Andreas Gruber

CODE GENESIS

Sie werden dich finden

Andreas Gruber

Code Genesis

Sie werden dich finden

cbj

Sollte diese Publikation Links auf Webseiten Dritter enthalten, so übernehmen wir für deren Inhalte keine Haftung, da wir uns diese nicht zu eigen machen, sondern lediglich auf deren Stand zum Zeitpunkt der Erstveröffentlichung verweisen.

Dieses Buch ist auch als E-Book erhältlich

MIX
Papier aus verantwortungsvollen Quellen
FSC® C083411

Verlagsgruppe Random House FSC® N001967

Auflage 2019

Umschlaggestaltung und Artwork: Isabelle Hirtz
Umschlagmotiv: Shutterstock (vorm in Bleed, Shooting Star Studio, ShotPrime Studio, tankist276)
Karte und U-Boot-Plan: © 2019 Melanie Korte
TP · Herstellung: AJ
Satz: Buch-Werkstatt GmbH, Bad Aibling
Druck: CPI books GmbH, Leck
ISBN 978-3-570-16535-5
Printed in the Czech Republic

www.cbj-verlag.de

für Nadine,
zur Erinnerung an deine Mama

»Mögest du in interessanten Zeiten leben.«

– alter chinesischer Fluch –

PROLOG

»Rede endlich, du verdammte Göre!« Der Mann war so aufgebracht, dass Spucke aus seinem Mund flog. Erneut holte er mit der flachen Hand aus, bremste jedoch ab, bevor er das Mädchen im Gesicht traf. Terry West kniff die Augen zusammen.

»Ich weiß es nicht!«

Verzweifelt zerrte sie an den Kabelbindern aus Plastik, mit denen der Mann ihre Hand- und Fußgelenke an den Stuhl gefesselt hatte. »Lassen Sie mich gehen. Ich werde auch nie wieder herkommen!«

»Na klar, wir werden dich gehen lassen. Da ist die Treppe.« Er lachte schäbig, dann drehte er sich um. »Hast du gehört? Terry will, dass wir sie gehen lassen.«

Soeben kam eine junge Frau mit einem Tablett die Kellertreppe herunter. Darauf befanden sich eine Spritze, ein Fläschchen, dessen grüner Inhalt wie ein giftiges Serum aussah, und ein kleines schwarzes Gerät mit zwei Spitzen, das Terry an einen Elektroschocker erinnerte.

Zwei Methoden, um mich zum Reden zu bringen, dachte Terry. Unwillkürlich biss sie die Zähne zusammen. Angeblich konnte man trainieren, keine Schmerzen zu empfinden, aber sie hatte das nie trainiert – wozu auch? –, und deshalb hätte sie unter Androhung von Folter alles gesagt, was sie wusste. Doch die Antworten, die man in dieser Nacht von ihr hören wollte, wusste sie dummerweise nicht.

Der Mann deutete zur Kellertreppe, auf der eine Halskette mit einem Medaillon lag. »Woher hast du das?«

»Das sagte ich bereits ... es gehörte meiner Mutter.«

»Deiner Mutter!« Er richtete sich auf. »Hat dir deine Mutter deshalb den Namen *Terry* gegeben, weil sie dachte, du wärst so zäh wie ein Terrier, der verbissen um sein Leben kämpft?« Er lachte. »Willst du dich in mein Hosenbein verbeißen, Terry, und nicht mehr loslassen, oder soll ich dir nicht lieber noch eine scheuern?«

Sie schwieg.

»Woran hat deine Mutter geforscht?«

Ihr liefen die Tränen übers Gesicht. »Woher soll ich das wissen? Ich war vier Jahre alt, als sie gestorben ist.«

»Wo sind ihre Aufzeichnungen?«

»Ich weiß es nicht!«, schrie sie verzweifelt.

»Wo ist sie?«

Terry schloss die Augen. »Sie ist tot – zum tausendsten Mal! Und daran wird sich nichts ändern, auch wenn Sie mir ...«

Er schlug ihr erneut ins Gesicht. Ihre Wange brannte bereits. Doch diesmal hatte sie sich auf die Zunge gebissen und spürte den bitteren Geschmack von Blut im Mund. *Scheiße!* Sie hätte nicht in das Haus einsteigen sollen.

»Hör auf!« Die junge Frau stellte das Tablett auf den Tisch an der Wand. Das Licht der Leuchtstoffröhre spiegelte sich in der grünen Flüssigkeit. »Wir versuchen es auf eine andere Art.« Sie griff zu dem Elektroschocker. »Ich hoffe, du hast vorher nicht allzu viel getrunken, denn du wirst dir jetzt gleich gehörig in die Hose pinkeln.«

Automatisch spannte sich Terrys Körper an. Sie hyperventilierte, ihre Brust hob und senkte sich. »Ich habe keine Ahnung, was Sie von mir wollen …«

»Sei still!«, befahl die Frau, hielt ihr die Nase zu, und als Terry nach Luft schnappte, drückte sie ihr mit einer raschen Bewegung einen kurzen Holzstab zwischen die Zähne. Dann kam sie mit dem Taser näher, doch das Läuten eines Telefons unterbrach sie. Das penetrante Klingeln drang vom oberen Stockwerk die Treppe herunter. Die Frau hielt kurz inne, doch dann ignorierte sie es. Der Mann ebenfalls.

Terry musste schlucken und wollte das Stäbchen ausspucken, doch die Frau hob drohend den Elektroschocker. Sekunden später verstummte das Läuten, und Terry hörte die Stimme einer älteren Frau.

»Okay, verstanden, ja, in Ordnung«, drang die Stimme von oben herunter.

Bleib aufmerksam und hör gut zu, schärfte Terry sich ein, *vielleicht kann dir das nachher helfen.*

Im nächsten Moment näherte sich das Klappern von Schritten auf der Treppe. Die ältere Frau kam herunter. Terry atmete erleichtert auf. Wenigstens ein paar Sekunden Schonfrist, bis sie der Stromschlag des Tasers grillen und sie ein Feuerwerk vor ihren Augen sehen würde. Aber vielleicht würde sie auch gar nichts mitbekommen und sofort bewusstlos werden. Zumindest hoffte sie das.

Die Frau betrat den Keller und legte ein Smartphone zu dem Tablett am Tisch.

»Und?«, fragte der Mann.

»Wenn sie nichts weiß, sollen wir sie von hier fortschaffen und verschwinden lassen.«

»Ich weiß nichts!«, presste Terry mit dem Stäbchen im Mund hervor, merkte aber im selben Moment, dass das nicht besonders hilfreich war.

»Dann wird das jetzt deine letzte Minute sein«, sagte der Mann.

»Ich werde es jetzt damit versuchen«, unterbrach ihn die junge Frau und bewegte sich mit dem Elektroschocker auf Terry zu. »Ich konnte dieses kleine Scheusal von Anfang an nicht leiden …«

1. TEIL

MIAMI

SECHZEHN STUNDEN ZUVOR …

1. KAPITEL

Das türkisgrüne Wasser klatschte gegen das Bullauge der Kopernikus. Jedes Mal, wenn die Wellen hochschwappten, sah ich einen Schwarm bunter Fische, der sich neben dem U-Boot tummelte. Gingen die Wellen hinunter, war der Hafen mit der Kaimauer, den Holzmolen und Segelbooten zu sehen.

Noch lag die Stadt Miami im Morgengrauen, doch im nächsten Moment kletterte die Sonne über den Horizont, vertrieb die Nebelschleier und brachte das Meer an der Südspitze Floridas zum Glitzern. Die ersten Möwen kreisten bereits über den Booten. Neben dem Frachthafen lagen die gigantischen Liegeplätze der Kreuzfahrtschiffe und dahinter ragte die Skyline der Stadt empor.

Als die Motoren der Kopernikus stoppten, legte unser U-Boot mit einem Rumpeln an der Mole an und schrammte an den alten Autoreifen entlang, die an der Kaimauer hingen, um die Schiffe abzufedern.

Ich war bereits seit einer Stunde wach und wartete in der Kombüse auf diesen Moment. Nur wusste ich nicht, ob ich mich tatsächlich *freuen* sollte oder nicht. *Miami!* Die traurige Erinnerung schnürte mir die Kehle zu – andererseits verband ich aber auch schöne Momente mit dieser Stadt. Jedenfalls existierten Freud und Leid nirgendwo so eng nebeneinander wie hier. Zumindest für mich.

Terry, du bist ein Sonnenkind, sagte ich mir. *Mach das Beste draus!*

Die Spülmaschine in der Kombüse war randvoll und auch darüber stapelten sich ungewaschene Teller und Gläser. *Nicht mein Problem! Diesmal nicht!* Normalerweise war es meine Aufgabe, die Bordküche zu putzen, doch heute war Ethan dran. Er hatte eine Wette gegen mich verloren, und während er schrubben würde, hatte ich mir vorgenommen, jede Minute des Tages in vollen Zügen zu genießen.

Ich band meine Turnschuhe zu, schnappte mir meinen Rucksack und verließ die Kombüse. Charlie begleitete mich. Er huschte zwischen meinen Beinen hindurch und lief mit aufgerichtetem buschigen Schwanz im Gang vor mir her. Er kannte den Weg zum Ausgang. Das Frettchen war genauso alt wie ich – vierzehneinhalb Jahre – und hatte wie ich zwei Drittel seines Lebens auf der Kopernikus verbracht. Damals, in Miami, waren wir zum ersten Mal an Bord gegangen, und nun waren wir wieder hier, nach einer verdammt langen Reise, in der wir fast die ganze Welt gesehen hatten. Normalerweise wurden Frettchen höchstens elf oder zwölf Jahre alt, aber trotzdem war Charlie immer noch fit wie ein junges Tier.

Charlie und ich liefen an den Kajüten vorbei und anschließend auf die Kommandobrücke, über der sich der Turm mit der Ausstiegsluke befand. Da kam mir Ethan entgegen. Mein Cousin war drei Jahre älter als ich, ziemlich hager und sah wie immer todmüde aus.

»Hast du wieder die ganze Nacht gearbeitet?«, fragte ich.

Er nickte, fuhr sich mit den Fingern durch die strubbeligen Haare, danach unter den dicken Rahmen seiner Brille und rieb sich die Augen. »Das Programm ist fast fertig.« Seine Notebooktasche hing über seiner Schulter. Ohne dieses Ding verließ er fast nie seine Kajüte. Bestimmt haute er sich, nachdem er die Küche geschrubbt hatte, aufs Ohr und würde den sonnigen Tag verpennen. So würde er nie Farbe bekommen.

»Und was hast du vor?«, murmelte er. »Schaust du dir Miami an?«

»Genau.«

»Denk nicht zu viel über alles nach«, sagte er nur, drückte mir die Schulter und zwängte sich an mir vorbei.

»Ich … okay, danke.« Mir blieb die Spucke weg. War das tatsächlich Ethan gewesen, der das gesagt hatte?

Diesmal hatte er gar keinen ätzenden Spruch vom Stapel gelassen wie sonst. *He, hast du dich heute Morgen wieder mit dem Hammer gekämmt?* … oder … *Du, der Zoo hat gerade angerufen! Die möchten dich wiederhaben!* Und nie fiel mir spontan eine passende Antwort darauf ein.

Obwohl Ethan meistens völlig emotionslos wirkte und ein absoluter Nerd war, besaß er manchmal doch einen tief versteckten Funken Mitgefühl – wie eben jetzt. Immerhin nahm er Rücksicht darauf, dass meine Mutter vor zehn Jahren im Hafen von Miami umgekommen war. Seitdem lebten Charlie und ich auf der Kopernikus, dem U-Boot meines Onkels Simon. *Dr. Simon West,* Ethans Vater, war Meeresbiologe, ähnlich wie meine Mutter, die ebenfalls Forscherin gewesen war. Allerdings war Simon nicht der typische Wissenschaftler. Statt einem blassen Bücherwurm glich sein Aussehen eher dem eines verwegenen Abenteurers.

Vor der Leiter, die im Turm des U-Boots hinauf zum Ausstieg führte, blieb ich stehen. Die Luke war bereits offen und gab den Blick auf einen strahlend blauen Himmel mit kreischenden Möwen frei, die um das Boot kreisten. Ein langer, heißer Sommer lag vor uns.

»Charlie, komm schon!«, forderte ich das Frettchen auf und streckte ein Bein aus. Mit spitzen Krallen sprang Charlie an mir hoch, kletterte über Shorts und Hemd und ließ sich auf meinem Rucksack nieder. Zufrieden lag er da, warf seine Pfoten über meine Schulter und legte den Kopf dazwischen. Wo immer ich hinging und wer immer mich so sah, Charlie war *die* Sensation!

Rasch kletterte ich die Leiter hinauf, steckte den Kopf ins Freie und sah mich um. Neugierig reckte auch Charlie den Hals, guckte in alle Richtungen, schnüffelte und rümpfte die Nase. Eine leichte Meeresbrise benetzte mein Gesicht. Das von Charlie vermutlich auch, denn er musste niesen und plusterte sein rotbraunes Fell auf. Ich spürte den Geschmack von Salzwasser auf den Lippen und musste lachen.

»Halt dich fest.« Ich schwang die Beine über den Turm und sprang auf das nasse Deck. Es war rutschig, aber ich hatte guten Halt, und Charlie gickerte vergnügt. *Gik-gik-gik-gik!* Er liebte Sprünge.

»Terry, du sollst nicht springen! Wie oft soll ich dir das noch sagen?«

»Aye, aye, Sir!« Ich lief über das Deck und hüpfte mit einem weiteren Satz auf die betonierte Mole, an der wir vertäut lagen.

»Verdammt, ich sagte doch, du sollst …«

»Ist ja nichts passiert«, unterbrach ich Onkel Simon.

»Eines Tages wirst du dir noch das Genick brechen«, rief er, sah jedoch gar nicht mehr zu mir herüber, weil er von der Zapfsäule einen armdicken Schlauch zum U-Boot zerrte, um den Dieseltank aufzufüllen. »Und wer macht mir jetzt Frühstück?«, brummte er und kratzte sich am Dreitagebart. Anscheinend rasierte er sich jetzt wieder nur noch sehr sporadisch.

»Heute kümmert sich Ethan um die Kombüse«, erklärte ich ihm.

»Mit welchem Trick hast du ihn diesmal reingelegt?«

»Wer war jünger? Der Apostel Jakobus oder Matthäus?«

Simon sah zu mir herüber und zuckte mit den Achseln. »Keine Ahnung. Matthäus?«

»Nein.« Ich lachte. »Beide waren Jünger.«

Simon runzelte die Stirn, und als er die Scherzfrage begriff, richtete er sich schmunzelnd auf. »Du Biest!«

Da wir oft tropische Inseln anliefen und Simon als Meeresbiologe fast immer im Freien arbeitete, war er stets braun gebrannt. Er war groß und schlank und hatte – ebenso wie Ethan – strubbliges Haar, nur dass seines blond war. Vater und Sohn eben. Das war aber auch schon fast die einzige Gemeinsamkeit. An diesem Morgen trug mein Onkel kakifarbene Shorts, ausgelatschte Sandalen, ein bis zur Brust aufgeknöpftes Hawaiihemd und an den Handgelenken jede Menge Freundschaftsbänder von unseren Reisen.

»Wo hast du diesen Scherz denn wieder her?«, rief er. »Bestimmt von Johann.«

»Nein, von mir bestimmt nicht!«, erklang plötzlich eine sonore Stimme hinter mir.

Ich verkniff mir ein Lächeln. Natürlich stammte der Scherz von Johann. Er versorgte mich immer mit Ideen, wie ich Ethan reinlegen konnte. Denn Ethan war ein Meister darin, sich vor jeglicher Schwerarbeit zu drücken, und darunter fiel seiner Meinung nach alles, was nicht mit Computern zusammenhing.

Johann war aus dem Turm der Kopernikus geklettert, ging soeben von Bord und öffnete einen Schacht an der Außenwand, zu dem er anschließend den Schlauch für die Wasserversorgung zog. Wie immer trug Johann eine Spiegelsonnenbrille. Dazu schwarze Schuhe, schwarze Hose und einen eng anliegenden schwarzen Rollkragenpullover, der sich über seinen Brustkorb spannte und den er immer in der Hose trug, sodass man seinen Gürtel mit der ebenfalls schwarz glänzenden Schnalle sehen konnte. Johann hatte die drahtige Figur eines Mittelgewichtsboxers und war noch dazu ziemlich hochgewachsen – eigentlich war er der größte Mann, den ich je gesehen hatte.

Während mein Onkel Treibstoff nachfüllte und Johann frisches Trinkwasser in die Tanks pumpte, kam ein Gabelstapler über die Kaimauer auf uns zu.

»Der Hafenmeister!«, rief Simon. »Johann, hast du die Bestellscheine?«

Johann griff in die Gesäßtasche seiner Hose und reichte meinem Onkel einen Packen Dokumente. Da mein Onkel, Ethan und ich aus Kanada stammten, fuhr die Kopernikus natürlich unter kanadischer Flagge. Daher brauchten wir eine Einreisegenehmigung für die Vereinigten Staaten und jede Menge Zoll- und Hafenpapiere.

Simon griff nach seiner schmalen Lesebrille, die er sich in die Haare gesteckt hatte, und studierte die Formulare.

Inzwischen kam der Hafenmeister mit dem Stapler bei uns an. Auf der Gabel stand eine Holzpalette, auf der

Orangen, Melonen und Bananen in den Kisten auf und ab hüpften.

Der Gabelstapler hielt neben meinem Onkel und ein junger Mann sprang vom Sitz. »Sind Sie das Forschungs-U-Boot Kopernikus, das gerade aus Südamerika eingetroffen ist?«

Mein Onkel grinste übers ganze Gesicht. »Nein, ich bin kein Forschungs-U-Boot. Aber hinter mir liegt eines im Wasser, das auf diesen Namen hört.«

Der Hafenmeister war höchstens ein Jahr älter als Ethan. Jetzt lief sein Gesicht rot an. Unsicher spähte er zu mir herüber. »Ich meine, sind Sie Dr. Simon West von der Kopernikus? Und fahren Sie morgen weiter Richtung Grönland?«

»Nein, wir sind von einem russischen Atom-U-Boot mit biologischen Kampfstoffen an Bord und auf dem Weg nach New York.«

Der Hafenmeister sah meinen Onkel verdutzt an.

Meine Güte, Onkel Simon und seine blöden Witze!

»Natürlich sind wir von der Kopernikus. Steht ja auch groß auf dem Boot, richtig?« Ich deutete zur Seitenwand des U-Boots.

»Ja, richtig. Ich bin der Hafenmei…«

Simon musterte ihn mit einem skeptischen Blick.

»Äh, ich meine, der *Assistent* des Hafenmeisters. Unser Büro ist hinter dem Schlagbaum neben dem Zoll. Dort können Sie einklarieren und die Liegegebühr bezahlen.«

»Danke, weiß ich«, brummte Simon. »Hier sind die Papiere. Wir bleiben nur eine Nacht in Miami, um Lebensmittel, Wasser und Treibstoff an Bord zu nehmen. Ich nehme an, die Palette gehört uns?«

»Die Palette nicht, nur das, was draufsteht.«

Ich musste grinsen. *Drangekriegt!*

Der Junge grinste auch. Und als ich meine Sonnenbrille aus dem Hemdausschnitt nahm, mir in die Haare steckte und mit dem Piercing in meiner Lippe spielte, glotzte er wieder zu mir herüber – und sein Blick verriet mir, dass er nicht wegen Charlie herübersah. *Ist was? Hast du noch nie ein Mädel mit Sommersprossen, sonnengebleichten Haaren und einem Pferdeschwanz gesehen?*

»He! Guck gefälligst woanders hin, verstanden?«, schnauzte mein Onkel den Jungen an, als könnte er Gedanken lesen.

Danke, aber das war nicht nötig, ich kann gut auf mich allein aufpassen!

»Aber ich …«, stammelte der Assistent.

»Die Kleine ist erst vierzehn.«

Vierzehneinhalb!

»Sorry, ich …«

Johann richtete sich zur vollen Größe auf, sah zu uns herüber und atmete einmal tief ein. Die Sonne spiegelte sich auf seiner Glatze und er strich sich über den kurz gestutzten Oberlippenbart. Da verstummte der Assistent augenblicklich. Ohne weiteren Kommentar kontrollierte er die Papiere und unsere Pässe, knallte dann auf jedes Dokument einen Stempel, reichte meinem Onkel Rechnung und Lieferschein und stieg wieder auf seinen Gabelstapler. »Aber die Holzpalette bleibt hier.«

»Ja, klar, ich werde der Versuchung widerstehen, sie als Brennholz mitzunehmen«, sagte Simon und begann, die Kisten abzuladen.

Der Junge startete den Stapler, fuhr ohne Palette davon, und ich sah ihm nach, wie er am Ende der Kaimauer hinter den Palmen verschwand. Dann sprang ich auf einen Betonblock, an denen die Kopernikus mit Leinen festgemacht war, und beobachtete, wie die Stadt vor mir zum Leben erwachte. So sah der Hafen von Miami also aus! Irgendwie hatte ich das alles anders in Erinnerung gehabt, aber vieles konnte sich natürlich verändert haben. Oder ich hatte es mir in den letzten zehn Jahren anders zusammenfantasiert.

Mittlerweile hatte sich die Sonne über die Palmen erhoben und auch die letzten grauen Nebelfetzen verschwinden lassen. Das Meer färbte sich türkisgrün und der Himmel war ein einziges, makelloses Blau.

»Terry, schau nur, was für ein Tag!«, rief Simon, warf eine Orange in die Luft und fing sie wieder auf.

Ich nickte. Obwohl ich mein Leben lang durch die Meere gefahren war, vom Bermuda-Dreieck durch den Panama-Kanal über den Pazifik bis hinunter in die kalte Antarktis, hatte ich selten einen so strahlenden, wolkenlosen Himmel gesehen. Als hätte man ein Fass mit satter blauer Tinte über die Welt gegossen.

Plötzlich fühlte ich mich elend. In diesem Hafen war Dr. Amanda West unter mysteriösen Umständen ertrunken, hatte es damals geheißen. Allerdings hatte man die Leiche meiner Mutter nie gefunden. Umso trauriger war die Tatsache, dass ich nur eine dunkle Erinnerung an sie hatte und auch nur *ein* vergilbtes Schwarz-Weiß-Bild von ihr besaß, das ich vor vielen Jahren selbst aus einem Zeitungsartikel ausgeschnitten hatte und ständig bei mir trug. Mein Onkel hatte nur Kinderfotos von ihr gehabt, alle anderen Bilder von meiner Mutter waren auf ihrem Laptop gewesen, der ebenfalls spurlos verschwunden war.

Ich ließ das Medaillon aufschnappen, das an einer Kette um meinen Hals hing, und betrachtete das Bild. Mutter hatte ein schmales Gesicht mit hohen Wangenknochen, dunkle Augen, lange Wimpern und lange schwarze Haare gehabt. Und sie hatte ein bezauberndes Lächeln. Mein Onkel behauptete immer, dass ich ihr ziemlich ähnlich sah. Mit meiner Stupsnase, den Sommersprossen und den grünen Augen – mit dem Unterschied, dass *meine* Haare etwas heller waren. Wenn ich einmal erwachsen war, würde ich mich jedenfalls keiner Gesichts-OP unterziehen müssen.

Ich schloss das Medaillon wieder, damit das Bild in der Sonne nicht noch mehr vergilbte, und spielte gedankenverloren mit dem Stein, der im Verschluss eingefasst war und im Sonnenlicht grün und blau leuchtete wie der Ozean. Bestimmt war das Medaillon nichts wert, aber es hatte meiner Mutter gehört, und allein deshalb war es für mich kostbarer als alles andere, das ich besaß.

Erst jetzt bemerkte ich, dass mein Onkel mich heimlich beobachtete. »Was hast du heute vor?«, fragte er wie beiläufig, als ich zu ihm herübersah.

»Ich schaue mir die Stadt an.«

Plötzlich bekam er einen traurigen Blick und ich glaubte den Grund dafür zu kennen. Wenn wir nicht dringend Wasser, Diesel und Proviant gebraucht hätten und Miami nicht so günstig auf der Strecke zwischen Südamerika und Grönland gelegen wäre, hätten wir mit der Kopernikus garantiert nicht hier angelegt. Simon hatte diesen Hafen seit damals gemieden.

»Du siehst dir nur die Stadt an, hm?«, wiederholte er. »Und ich dachte, sobald wir hier fertig sind, könnten wir uns ein Quad mieten und würden zusammen die Küste entlangfahren.« Er zuckte mit den Achseln. »Wir könnten eine Alligator-Farm besuchen.«

Der Vorschlag klang verlockend, trotzdem schüttelte ich den Kopf.

»Terry, ich kenne diesen Blick. Du heckst doch etwas aus.«

»Ich dachte mir …«, begann ich und biss mir dann auf die Zunge. Ich hatte meine Zweifel, ob es klug war, Johann und meinen Onkel in meine Pläne einzuweihen. Andererseits war es meine Sache, wie ich den Tag verbrachte. »Ich dachte, ich sehe mir mein Elternhaus an.«

Simon blickte mich skeptisch an. Auch Johann hielt kurz inne, hob den Kopf und sah zu mir herüber. Eigentlich war *Eltern*haus übertrieben, denn es war nur das Haus meiner Mutter gewesen. Meinen Vater hatte ich nie kennengelernt. Der hatte meine Mutter noch vor meiner Geburt sitzen lassen und sie hatte nie über ihn gesprochen.

»Terry, ich bezweifle, dass du es finden wirst«, bemerkte Johann.

Ich deutete nach Westen, denn soweit ich mich erinnerte, hatte ich meine Mutter immer am Wochenende auf meinem Fahrrad mit Stützrädern zum Fischmarkt am Hafen begleitet. »Diese Straße hinauf, etwa eine halbe Stunde.«

»Fünfzehn Minuten«, korrigierte Simon mich. »Es liegt in Richtung Innenstadt, aber Miami hat sich in den letzten Jahren verändert.«

»Vielleicht steht das Haus ja gar nicht mehr«, gab Johann zu bedenken.

»Das werde ich herausfinden.«

Simon schirmte die Augen mit der flachen Hand ab, sah zunächst in die strahlende Sonne und danach nach Westen. »Bestimmt steht es noch. Nach dem Tod deiner Mutter habe ich es verkauft … Moment, lass mich nachdenken … ach ja, an die Familie Goian. Merkwürdige Leute aus Osteuropa. Die hatten eine Tochter, die müsste jetzt etwa neunzehn sein.«

»Und wo *genau* liegt das Haus?«

Mein Onkel erklärte es mir. Geradeaus und dann ein paar Querstraßen. Es war leicht zu merken.

»Soll ich dich begleiten, Terry?«

»Danke, nicht nötig.« Wenn ich mich weder mit einem Segelboot auf dem offenen Meer noch in der Innenstadt von Kalkutta verirrte, würde ich wohl ein Haus in Miami finden können, das fünfzehn Minuten entfernt lag.

»Bist du dir wirklich sicher?«, hakte Johann nach, schob sich die Spiegelsonnenbrille auf die Stirn und sah mich ernst an. »Terry, das reißt nur alte Wunden auf. Lass die Vergangenheit ruhen.«

So besorgt kannte ich Johann gar nicht. Normalerweise wirkte er mit seiner vornehmen Sprache sehr kultiviert, aber innerlich war er ein rauer Kerl, was möglicherweise mit seiner Vergangenheit zu tun hatte. Als Jugendlicher hatte er einige Jahre im Knast verbracht.

»Ich muss es tun.« Wie zur Bestätigung gickerte Charlie. Vielleicht würde auch er sich an das Haus erinnern können.

»Von mir aus«, sagte Simon. »Aber komm nicht zu spät an Bord, damit du ausgeschlafen bist. Wir legen morgen früh um fünf Uhr ab, und abends brate ich uns Maiskolben mit Knoblauchbutter – dein Lieblingsessen.«

»Mmmh, lecker!« Ich rieb mir den Bauch. In Wahrheit war es Onkel Simons Lieblingsessen. Ich hasste Mais und das wusste er. »Hilft Johann dir bei diesem exquisiten Festmahl, oder soll ich …?«

Er lachte. »Nein, nicht nötig, und nun mach, dass du wegkommst. Lass die Familie Goian grüßen, obwohl ich bezweifle, dass die sich an mich erinnern können.« Er zwinkerte mir zu.

Wenn er das tat, hatte er die gleichen Augen wie meine

Mutter. Anscheinend wusste er das, denn plötzlich wurde er wieder ernst. »Pass auf dich auf.«

Ich knöpfte das Hemd unten auf und knotete es vor meinem Bauchnabel zusammen.

Erneut starrte Johann mich an. »So willst du in die Stadt gehen?«

Ich blickte an mir hinunter, betrachtete die ausgefransten Jeans, die ich mir selbst auf Höhe der Oberschenkel abgeschnitten hatte. »Klar, ich besuche ja keine Modenschau.«

Dann lief ich los.

2. KAPITEL

Mein Onkel hatte recht behalten. Das Haus lag in der Tubber Lane 27 und war tatsächlich nur fünfzehn Gehminuten vom Hafen entfernt. Schon von Weitem leuchtete der gelbe Bungalow mit dem Flachdach in der Sonne. Mein Herz schlug schneller, und ich spürte, wie meine Knie weich wurden.

Ich hatte schon öfter gehört, dass einem Dinge, die man aus dem Kindesalter als ziemlich groß in Erinnerung hat, viele Jahre später viel kleiner vorkommen. Aber das stimmte nicht. Zumindest nicht in diesem Fall. Die Palmen hinter dem Zaun waren groß – gut, die waren im Lauf der Zeit natürlich gewachsen –, aber der Bungalow war ebenfalls groß, genauso wie der Garten. Und tatsächlich, dort war sogar noch der blaue Swimmingpool mit der Leiter. Darin hatte ich schwimmen gelernt. Mit einem aufblasbaren Delfin – wie peinlich. Wie hatte ich das nur vergessen können?

Nun befanden sich Campingliegen unter einem Sonnenschirm und auf einem Tischchen standen Gläser und eine Karaffe mit Saft. Das Wasser im Pool war klar und die Sonne spiegelte sich auf seiner glatten Oberfläche.

Jeden Moment glaubte ich, die Stimme meiner Mutter aus dem Haus zu hören. *Terry, bring deine Spielsachen ins Haus. Ein Gewitter zieht auf!*

Mama, nur noch kurz. Charlie möchte …

Nein, jetzt!

Charlies Gickern riss mich aus den Gedanken. Er saß auf meinem Rucksack, seine Pfoten lagen auf meiner Schulter, und seine Barthaare kitzelten meine Wange.

»Bist du auch aufgeregt?«, fragte ich und kraulte sein Fell hinter dem Ohr. Erst jetzt bemerkte ich, wie kalt meine Hände trotz des sonnigen Tages waren.

Ich erreichte das kleine Eingangsgatter, das auf das Grundstück führte, und musste unwillkürlich schmunzeln. *Na klar, es ist tatsächlich kleiner, als ich es in Erinnerung hatte.* Die Leute, die das behaupteten, hatten also doch recht. Aber das war mir in diesem Moment gleichgültig. Ich stand da und starrte auf das Haus. Der lang gezogene Bungalow in L-Form hatte immer noch den gelben Anstrich und blaue Fensterläden aus Holz. Die Farbe war zwar etwas verblasst, aber die Hecken waren sauber gestutzt, und der Rasen war gemäht. Es roch nach frisch geschnittenem Gras. Ein Mann mit dunkler Hautfarbe, nacktem Oberkörper und blauer Arbeitshose leerte soeben den Behälter eines Rasenmähers in eine Biotonne.

»*¡Hola!*«, rief er zu mir herüber und winkte, nachdem er mich bemerkt hatte.

»*¡Hola!*«, antwortete ich.

»*Mi nombre es Raoul*«, sagte er auf Spanisch. »Kann ich dir helfen?«, fügte er hinzu und wischte sich den Schweiß von der Stirn.

»Nein, danke.«

»*Bien.*« Er wünschte mir noch einen schönen Tag und

widmete sich wieder dem Rasen. Möglicherweise kam er aus Puerto Rico oder Kuba und arbeitete die Sommermonate über hier.

Erst jetzt bemerkte ich, dass auf der Terrasse drei Leute saßen, die soeben ihr Frühstück beendeten. Auch sie sahen neugierig zu mir herüber.

»Suchst du jemanden?«, rief der Mann.

Das musste wohl Mr. Goian sein. Er hatte kurzes graues Haar, war glatt rasiert, trug ein weißes Hemd und eine schwarze Anzughose.

Rasch schüttelte ich den Kopf. »Nein, danke, ich wollte eigentlich nur …« Der Rest meines Satzes ging im Geknatter des Rasenmähers unter, denn Raoul hatte soeben das Gerät gestartet und schob es zur Rückseite des Hauses.

»Was?« Demonstrativ hielt sich der Mann die Hand hinter das Ohr, erhob sich und kam durch den Garten auf mich zu.

»Ich wollte Sie nicht beim Frühstück stören«, sagte ich hastig, als er den Gartenzaun erreichte. »Ich wollte mir nur das Haus ansehen.«

»*Dieses* Haus?«, fragte er verwundert.

»Ion, was will das Mädchen?«, rief die Frau von der Terrasse. Sie war schlank, trug Stöckelschuhe, einen roten Rock mit schicker blauer Bluse und hatte schulterlange, schwarze Haare.

»Unser Haus ansehen«, brüllte der Mann, um den Lärm des Rasenmähers zu übertönen.

»Will sie es kaufen?«

Auf der Terrasse lachte nun auch die jüngere Frau. Vermutlich die Tochter. Sie hatte eine schrille Stimme, aufgedonnerte blonde Haare und trug Jeans, Stöckelschuhe und ein enges weißes Top. *Du liebe Zeit! Nun kommen die auch noch her. He, Leute, so war das alles nicht geplant!*

»Es tut mir leid, Mr. Goian«, brachte ich hervor. »Ich wollte Sie wirklich nicht stören ... äh, Sie sind doch die Familie Goian, oder?«, fragte ich verunsichert.

Nun sah er mich wirklich erstaunt an. »Woher kennst du unseren Namen?«

»Ich bin in diesem Haus aufgewachsen. Sie haben es damals von meinem Onkel gekauft.«

Er legte die Stirn in Falten. »Das war ... hm, vor zehn Jahren – du musst damals ...« Er überlegte. »Drei Jahre alt gewesen sein?«

»Viereinhalb!«

»He, Dina!«, rief er zu seiner Frau. »Das ist die Kleine, die früher mal hier gewohnt hat.«

Ja, Idiot, schrei es noch lauter heraus, damit es alle hören!

Mittlerweile hatten Mrs. Goian und ihre Tochter den Gartenzaun erreicht und bestaunten mich mit großen Augen.

»Huch, dieses Tier ist aber entzückend. Gehört das etwa dir?«, wollte die Tochter wissen. »Was ist das? Ein Marder?« Sie versuchte Charlie zu streicheln, doch der spreizte die Krallen und fauchte sie an.

Ich verkniff mir ein Grinsen. Charlie hatte immer schon eine gute Menschenkenntnis besessen. Doch auch mir war die Tussi unsympathisch.

»Das ist ein Siebenschläfer, oder?«, fragte Mr. Goian.

»Ein Frettchen. Er heißt Charlie«, sagte ich.

»Herzlich willkommen«, unterbrach die Mutter die beiden. Wie ihr Mann und ihre Tochter hatte auch sie einen harten osteuropäischen Akzent. Sie reichte mir die Hand.

»Ich bin Dina Goian, das ist mein Mann Ion und unsere Tochter Lavinia.«

Ich musste sie ziemlich doof angesehen haben, denn sie fügte rasch hinzu: »Wir kommen aus Rumänien, wohnen aber schon seit zehn Jahren in Miami.« Dann sah sie mich mit traurigem Blick an. »Deine Mutter ist damals gestorben, nicht wahr? Das tut mir leid.« Sie öffnete das Gartentor. »Willst du nicht hereinkommen?«

Ich war perplex, denn mit so viel Gastfreundschaft hatte ich nicht gerechnet.

»Aber klar, komm rein, aber leider muss ich gleich zur Arbeit und Lavinia zur Uni.« Der Vater sah mich entschuldigend an. »Ich arbeite in einem medizinischen Forschungsinstitut.«

»Aber für ein kurzes Gespräch haben wir doch Zeit.« Lavinia steckte die Hände in die Gesäßtaschen ihrer Jeans und reckte den Busen heraus.

Anscheinend war sie nicht besonders heiß drauf, zur Uni zu kommen.

»Dann ist ja alles fein«, sagte die Mutter und zog mich an der Hand auf ihr Grundstück.

Ihr Mann und die Tochter folgten uns auf die Terrasse, wo wir uns setzten. Während Raoul weiterhin den Rasen mähte, tranken wir Kaffee, und Mrs. Goian goss Limettensaft aus der Karaffe ein. Hungrig blickte ich auf die Reste von Eier, Speck und Toastbrot, während mir bewusst wurde, dass ich an diesem Morgen noch gar nichts gefrühstückt hatte. Allerdings boten mir die Goians nichts zu essen an, stattdessen löcherten sie mich mit Fragen. Wo ich die letzten zehn Jahre verbracht hatte, warum ich eine so gleichmäßig gebräunte Haut und sonnengebleichte Haare hatte und wie es mir gelungen war, das Frettchen so zu dressieren, dass es still auf meinem Rucksack sitzen blieb und nichts vom Tisch klaute.

»Charlie hatte ich schon, als ich klein war«, erzählte ich. »Meine Mutter war beruflich viel unterwegs, und ich bin hier groß geworden … mit Johann.«

»Deinem Bruder?«, fragte Dina.

Ich musste lachen. *Na, das wäre was gewesen: Johann mein Bruder!* »Nein, Johann war der Hausangestellte meiner Mutter. Er hat sich um mich gekümmert und mir Privatunterricht gegeben. Nach Mutters Tod sind wir zu meinem Onkel aufs U-Boot gekommen.«

»Ein U-Boot?«, entfuhr es Lavinia, woraufhin sie eine Kaugummiblase zerplatzen ließ, was für ihr Alter ziemlich affig aussah. »Mensch, du bist echt krass.«

Krass fand ich das nun schon lange nicht mehr. »Dieses Leben ist normal für mich. Mein Onkel ist Meeresbiologe.«

Lavinia bekam große Augen. »Und davon könnt ihr leben?« Ihre Frage klang, als wäre sie wirklich daran interessiert.

»Mein Onkel hat einige Patente seiner Erfindungen verkauft.«

»Was denn zum Beispiel?«

»Eine solarbetriebene Drohne, die übers Meer fliegt, Wasserproben entnimmt und sie gleich auswertet«, erklärte ich. Von den Einnahmen ließ es sich gut leben, und wir brauchten uns über Geld keine Gedanken machen, aber das band ich Lavinia natürlich nicht auf die Nase. »Er nimmt ständig neue Forschungsaufträge an«, fügte ich hinzu. »Darum haben wir keinen festen Wohnsitz. Der nächste Job führt uns nach …«

»Und wo gehst du zur Schule?«, unterbrach mich Mrs. Goian.

»Mein Cousin und ich gehen nicht zur Schule. Mein Onkel und Johann unterrichten uns an Bord.«

»Und die können das? Beneidenswert.« Lavinia grinste. »Falls nicht, habt ihr ja unglaublich viel Freizeit.«

»An Bord ist immer viel zu tun«, sagte ich. Langsam nervte es mich, so ausgequetscht zu werden.

»Ständig auf einem U-Boot zu leben und dann noch dazu mit diesem Tier.« Lavinia schüttelte den Kopf. Ihre Begeisterung von vorher schien verflogen. Die hatte sie wohl nur vorgetäuscht.

»Das höre ich nicht zum ersten Mal«, sagte ich, während ich versuchte, unauffällig durch die offene Terrassentür und zwischen die im Wind wehenden Vorhänge ins Innere des Hauses zu spähen. »Viele Leute, die wir bei unseren Fahrten kennenlernen, behaupten, wir führen das Leben heimatloser Vagabunden, aber mittlerweile habe ich schon fast die ganze Welt gesehen, zumindest die Küstenregionen.«

»Nein, wie aufregend!«, rief Lavinia zuckersüß. »Aber vom Landesinneren hast du bisher nicht viel gesehen, oder?«

»Die Kopernikus kann auf großen Flüssen auch ins Landesinnere fahren.« Gleichzeitig biss ich mir auf die Zunge. Hatte ich es wirklich nötig, alles bis ins letzte Detail zu erklären? Es war ein verdammt blöder Gedanke gewesen, hierherzukommen. Wieder blickte ich durch die Terrassentür ins Haus.

»Aber mal ehrlich …«, fing jetzt auch Mr. Goian an. »Nervt dich dieses Leben nicht? Ständig woanders zu sein?«

»Nein«, murmelte ich, aber so sicher war ich mir da gar nicht mehr. Trotzdem wusste ich eines ganz genau. Ich war schon immer in die See verliebt gewesen, in den Geruch des Meeres nach Algen, Muscheln und Salzwasser und das Geräusch der Brandung, die sich an den Felsen brach. Meine Mutter hatte mir einst erzählt, ich sei auf einem Schiff während einer stürmischen Passage durch das Bermuda-Dreieck zur Welt gekommen. Vielleicht liebte ich das Meer deshalb – schließlich war es ja auch meine Heimat.

»Nein, es nervt nicht ...«, wiederholte ich nachdenklich. Doch irgendwie hatten sie recht. Ich hatte zwar viele Teile der Welt gesehen, sprach daher auch mehrere Sprachen, fühlte mich aber nirgends wirklich zu Hause. Das Gefühl, ein Leben lang Heimweh zu haben, aber nicht genau zu wissen, wonach, wurde in diesem Moment immer stärker, je länger ich auf der Terrasse saß, mich nach meiner Mutter sehnte und mit ansehen musste, wie diese Familie Charlie und mich wie eine Kuriosität bestaunte.

Mr. Goian erhob sich schließlich und schlüpfte in sein Sakko, das über der Stuhllehne gehangen hatte. »So, ich muss los. Bist du bereit?«

Lavinia nickte widerwillig. Sie wollte das Geschirr vom Frühstückstisch abräumen, doch Dina hinderte sie daran. »Lass nur, ihr seid spät dran. Mach, dass du zur Uni kommst.«

Ja, und lern schön brav übers Landesinnere!

Ich erhob mich ebenfalls.

»Terry, du kannst gern noch bleiben, wenn du willst«, sagte Dina und drückte mich wieder auf den Stuhl. »Ich räume schnell ab, und wenn du willst, zeige ich dir anschließend das Haus.«

Mein Herz machte einen Sprung. »Tatsächlich? Sie würden mir die Zimmer zeigen?«

»Klar.« Dina lächelte. »Ich hab doch deinen neugierigen Blick gesehen. Du willst sicher dein altes Kinderzimmer wiedersehen, richtig?«

»Mein Zimmer wird dir gefallen«, rief Lavinia.

Wiederum überraschte mich die extreme, aber für meinen Geschmack etwas zu aufgesetzte Freundlichkeit dieser Familie.

»Kannst dir gern meine Sachen ansehen«, fügte sie hinzu.

Aber ich stehe nicht auf Zickenkram!

Nun streckte mir Lavinia die Hand entgegen. »Tschüss.«

Als ich ihr die Hand gab, fauchte Charlie sie wieder an.

Dina erhob sich ebenfalls. »So und jetzt ab mit euch!«

Lavinia folgte ihrem Vater zur Garage und kurz darauf fuhren sie mit einem funkelnagelneuen Geländewagen in Richtung Innenstadt. *Zum Glück sind die weg!*

Ich sah ihnen nach, während ich Mrs. Goian half und Teller und Besteck auf dem Tisch einsammelte. Auch wenn die Familie auf mich etwas seltsam und fast schon auffällig nett wirkte, im Grunde genommen konnte ich Mrs. Goian gut leiden. Zumindest hatte sie mich eingeladen, in mein altes Zimmer zu gehen. Doch eine Sache machte mich stutzig.

Ich hatte mit keinem Wort erwähnt, dass mein Name Terry war.

3. KAPITEL

Ich half Mrs. Goian das Geschirr in die Küche tragen und wollte Butter und Marmelade in den Kühlschrank stellen, doch rasch nahm sie mir beides ab. Dabei fiel mir auf, dass an der Unterseite der Teller noch ziemlich neue Preisschilder klebten. Eigentlich *ganz neue*! Nicht einmal die Druckertinte war verwaschen.

Während sie selbst den Kühlschrank öffnete, sah ich im Spiegel der Glasvitrine, in der sich Teller und Gläser befanden, dass der Kühlschrank leer war. *Leer*, bis auf die Butter und das Glas Marmelade, das Mrs. Goian gerade hineingestellt hatte. Woher hatten sie Speck, Eier und Toast für das Frühstück hergezaubert? Das Fenster war geschlossen und trotzdem roch es nicht nach Spiegeleiern und gebratenem Speck. Es roch nach gar nichts! Hier stimmte etwas nicht.

In der Spüle stand auch keine schmutzige Bratpfanne. Nicht einmal Charlie schnupperte, und das war der Beweis, dass hier nicht gekocht worden war. Die ganze Küche blinkte und blitzte wie nie benutzt. Bloß im Mülleimer sah ich einige zusammengefaltete Kartons von einem Lieferservice. *Haben die sich das Frühstück liefern lassen?*

Wie beiläufig ging ich zum Herd und lehnte mich mit der Hand an die Dunstabzugshaube. In einem Moment, als sich Mrs. Goian hinunterbeugte, um Gläser in den Geschirrspüler zu räumen, fuhr ich mit den Fingern unter die Dunsthaube und berührte das Gitter. Von der Bordküche der Kopernikus wusste ich, dass der Filter einer Abzugshaube immer fettig war. Doch der hier war sauber, als wäre er noch nie benutzt worden.

Mrs. Goian sah mich an. »Alles in Ordnung?«

»Klar. Soll ich die Teller in den Geschirrspüler räumen?«

»Nein, nicht nötig. Lass einfach alles hier stehen.«

Nachdem mir Mrs. Goian Wohn- und Esszimmer gezeigt hatte, führte sie mich in den hinteren Bereich des Hauses. Mein ehemaliges Kinderzimmer war jetzt Lavinias Zimmer. Stofftiere saßen auf einem Bücherbord und Poster von Teenie-Bands hingen mit vergilbten Klebestreifen an der Wand. Irgendwie sah der Raum nicht so aus wie das Zimmer einer Neunzehnjährigen, die an der Uni studierte. Es wirkte, als wäre es vor zehn Jahren eingerichtet und seitdem nicht mehr verändert worden.

Gedankenverloren ließ ich den Rucksack von der Schulter zu Boden gleiten und befahl Charlie, nicht wild herumzurennen, sondern sitzen zu bleiben. Er gehorchte, reckte jedoch seine Nase und schnupperte. Sogar die Tapete war noch dieselbe! War das zu fassen? Nach über zehn Jahren!

Charlie, kannst du dich daran erinnern? Hier sind wir aufgewachsen! Hier haben wir gespielt und sind auf dem Bett auf und ab gehüpft.

Meine Gedanken machten eine Zeitreise und vor meinen Augen verschwamm die Realität. In meiner Vorstellung wuchs ein breites Regal aus der Wand, auf dem sich meine Bücher befanden. Märchengeschichten über Zwerge und

Hexen, Bilderbücher mit Delfinen und bunte Musikbücher mit Tasten zum Drücken. Vor dem Fenster stand plötzlich wieder mein kleiner Kinderschreibtisch, von dem ich, wenn ich mich darauf kniete, in den Garten blicken konnte, wo Johann die Wäsche auf die Leine hängte, während Mutter in ihrem Büro arbeitete.

Ja, richtig. Mutter und ihr Büro!

Ich blickte auf und die Vision verblasste. »Wo ist eigentlich der Abgang zum Keller?«, fragte ich.

»Keller?«, wiederholte Dina.

»Äh …« Ich war verunsichert. »Das Haus hat doch einen Keller?«

Sie lachte. »Nicht dass ich wüsste. Wo wäre der denn?«

Richtig, außen am Haus waren weder ein Sockel noch Kellerfenster zu sehen gewesen. Trotzdem hatte sich eine Erinnerung an meine Mutter aufgetan, wie sie in den Keller ging, um in ihrem Labor zu arbeiten, während ich im Wohnzimmer auf dem Boden lag und mit Buntstiften Bilder von einsamen Inseln, Schiffen und Seeungeheuern malte.

Labor?

Ja, da waren Erinnerungen an einen sterilen weißen Raum mit weißen Möbeln und einer grellen Leuchtstoffröhre.

Terry, spiel brav weiter, ich gehe noch runter arbeiten, in einer Stunde bin ich wieder da, dann gibt es Abendessen.

Mama, dürfen Charlie und ich mitkommen?

Nein, Terry, du bleibst hier!

Ich kaute auf der Unterlippe. Ja, Mutter hatte *runter* gesagt. Aber was hatte sie damit gemeint? Gab es in Miami vielleicht ein zweites, ähnliches Haus, in dem Mutter gearbeitet hatte? Ich schüttelte den Gedanken ab. Offenbar brachte ich da einiges durcheinander.

»Danke, dass Sie mir das Haus gezeigt haben«, murmelte ich und griff nach meinem Rucksack. Charlie klammerte sich am Stoff fest. »Ich sollte jetzt besser gehen.«

Mrs. Goian begleitete mich ins Wohnzimmer. »Ja, klar, freut mich, dass ...« Sie verstummte, als ihr Handy in der Küche klingelte. »Warte doch einen Augenblick hier, ich bin gleich wieder da. Das wird mein Mann sein, der hat sicher wieder etwas vergessen.« Lächelnd verschwand sie.

Ich stand allein im Wohnzimmer und betrachtete die Bilder an der Wand. Völlig banale Allerweltsmotive wie in der Lobby eines Hotels. Daneben ein paar Familienfotos. Keines schien älter als ein Jahr zu sein, da Lavinia auf jedem wie neunzehn aussah. *Keine Kinderfotos! Keine Babyfotos!* Garantiert war sie ein hässliches Kind gewesen.

Als Nächstes betrachtete ich die Regale an der Wand. Wenn ich mich recht erinnerte, hatten die Goians an der Einrichtung nicht viel geändert. Vieles kam mir vertraut vor. Hatten sie nicht viel Geld gehabt, um sich neue Möbel zu kaufen? Möglicherweise waren alle Familien aus Rumänien so sparsam. Da fiel mir ein, dass ich weder in Lavinias Zimmer noch im Ess- oder Wohnzimmer rumänische Bücher oder Zeitschriften gesehen hatte. Gut, das musste ja nicht sein, dennoch fand ich es merkwürdig.

Gedankenverloren strich ich über die Bücher im Regal. Lauter englischsprachige Klassiker! Eine Staubschicht befand sich darauf, die nun auf meinen Fingerkuppen klebte. *Wie nett!* Eine Putzfrau könnte sich hier zu wahrer Größe entfalten. Ich wollte meine Finger an einem Buchrücken abwischen, verrückte dabei aber die gesamte Bücherreihe. *Plastikbücher!* War das zu fassen? Im gesamten Regal befanden sich hohle Bücherattrappen aus Kunststoff.

Unwillkürlich musste ich an das kindliche Jugendzimmer denken. Die sterile Küche! Der leere Kühlschrank!

Hier wohnt niemand!

Während Mrs. Goian in der Küche telefonierte, stellte ich den Rucksack ab und ging instinktiv in die Mitte des Raums, wo sich ein billiger Kurzflorteppich mit schwarz-weißem Karomuster befand, auf dem ein niedriger Couchtisch mit einer Obstschale stand. Auch auf dem Obst entdeckte ich eine Staubschicht. *Das gibt es doch nicht!* Ich tippte einen Apfel an. *Plastikobst!*

In diesem Moment begann der Edelstein in meinem Medaillon azurfarben zu leuchten. Entsetzt starrte ich auf das Medaillon an meiner Halskette. *Das kann doch unmöglich sein!* Und im nächsten Augenblick gab der Boden unter meinen Füßen nach. Ich kam mir vor wie bei hohem Seegang an Deck der Kopernikus.

Charlie quiekte aufgeregt und ich machte einen Satz zur Seite. Vor meinen Augen öffnete sich unter dem Teppich völlig lautlos eine automatische Falltür. Das Ende des Teppichs fiel hinein, ein Tischbein gab nach, das Möbelstück begann zu kippen. *Verflixt!* Ich sprang nach vorn und fing den Tisch auf, bevor er hinunterfallen konnte. Dabei rutschte die Obstschüssel seitlich davon und ein Apfel rollte vom Tisch.

Mittlerweile hatte sich die Bodenklappe vollständig geöffnet und im Fußboden tat sich ein quadratisches Loch auf. Darunter sah ich eine Treppe, die in die Dunkelheit führte. Der Apfel war in die Öffnung gesprungen und hüpfte nun Stufe um Stufe hinunter.

Verdammt!

Ich sah kurz auf. Der Rasenmäher knatterte immer noch im Garten und in der Küche telefonierte Mrs. Goian.

»Was war das für ein Geräusch?«, rief sie plötzlich.

Mir plumpste das Herz in die Hose. »Äh … Charlie ist mir vom Arm gesprungen.«

»Pass auf, dass er nichts anstellt. Ich bin gleich wieder da«, rief sie. »Ich muss nur noch ein kurzes Telefonat führen.«

Von mir aus kann es auch gern ein langes sein!

Ich stieg die Treppe hinunter und bückte mich nach dem Apfel, der auf der fünften Stufe lag. In diesem unterirdischen Raum flackerte plötzlich das grelle Licht einer Leuchtstoffröhre auf. Anscheinend musste ein Bewegungsmelder die Lampe aktiviert haben. Ich schnappte den Apfel, dann sah ich mich um. *Mensch!* Der Raum unter dem Haus war groß. Ich bückte mich. Helle Möbel, ein Schreibtisch, ein Monitor und Regale, in denen sich Ordner befanden.

Ich werd verrückt: das Labor meiner Mutter!

Verdammt, ich hatte recht! Es *war* unter dem Haus.

Da stand plötzlich Charlie am Rand der Öffnung und reckte seine Nase hinunter. Seine Barthaare vibrierten aufgeregt. Er war genauso nervös wie ich.

»Zurück!«, zischte ich und scheuchte ihn weg. Das fehlte mir gerade noch, dass Charlie hinunterlief.

»Hast du etwas gesagt?«, drang Dina Goians Stimme aus der Küche.

»Nein«, rief ich laut.

»Ich komme schon!«

Scheiße!

Ich sprang nach oben und legte den Apfel in die Schüssel. *Und nun?* Verzweifelt suchte ich nach einem Schalter, mit dem sich die Falltür schließen ließ, fand aber keinen.

Indessen hörte ich, wie sich Dina Goian mit klappernden Stöckelschuhen näherte.

4. KAPITEL

Zur selben Zeit in Nepal war es bereits zwei Stunden vor Mitternacht. In knapp neuntausend Metern Höhe überflog ein zweistöckiger Jumbo-Jet das Himalaja-Gebirge auf dem Weg von Australien nach Europa. Die Bergspitzen ragten wie Inseln aus dem Wolkenmeer heraus und wurden vom Mond beleuchtet.

Weiter unten, tief in der Wolkendecke, tobte ein Gewitter. Gewaltige Blitze zuckten und brachten die Wolkenmassen über mehrere Kilometer weit zum Leuchten.

Unbeirrt setzte der Jumbo-Jet seinen Flug fort. An der Außenhülle prangte der Schriftzug *Biosyde One* in einer futuristischen blauen Schrift. Daneben glänzte das Logo einer Schlange im Mondlicht. An Bord befand sich nur eine Handvoll Personen.

Soeben betrat Sidney Stone das Cockpit. Beide Piloten drehten sich zu ihr um.

»Hallo, Sidney«, rief der Kapitän und ließ für einen Moment die Armaturenanzeigen aus den Augen.

Wie immer strahlten die Männer, wenn sie Sidney sahen.

Konzentriert euch lieber auf den Flug, dachte Sidney. Die Maschine ruckelte.

Sidney drückte den Piloten jeweils einen dampfenden Becher Kaffee in die Hand und klemmte sich anschließend das Tablett unter den Arm. »Alles in Ordnung?« Besorgt blickte sie aus dem Fenster.

»Alles Roger«, sagte der Co-Pilot. »Wir mussten wegen des Gewitters hochziehen, werden in Kabul einen Zwischenstopp zum Auftanken einlegen und um fünf Uhr früh Ortszeit planmäßig in Marseille landen.«

Noch neun Stunden Flug und vier Stunden fürs Tanken. Bis zur Landung hatte Sidney sowieso noch genug Arbeit zu erledigen, aber danach würde sie sich endlich in ihrem Zimmer in Valerie De Boes' Villa aufs Ohr hauen. Diese Langstreckenflüge von Europa nach Australien und retour stressten sie extrem. Trotzdem lächelte sie. »In einer Stunde bringe ich Abendessen.«

»Was gibt es?«

»Lachssandwich und gegrillte Garnelen.«

Der Co-Pilot verzog das Gesicht. »Und für mich?«

»Hühnerstreifen mit Reis.«

Zufrieden lächelnd nippte er an seinem Kaffee.

Auch wenn Sidney sich in ihrer Eigenschaft als Valerie De Boes' Assistentin höchstpersönlich um die Verpflegung an Bord kümmerte, sahen die Sicherheitsvorkehrungen vor, dass der Pilot niemals das Gleiche essen durfte wie der Co-Pilot. Zu hoch war die Gefahr, dass eines der Gerichte verdorben war und deswegen beide mit einer Vergiftung ausfielen. Und über dem Himalaja-Gebirge in einer Höhe von neuntausend Metern konnte das schnell tödlich enden. Noch dazu, wo seit geraumer Zeit das Gerücht kursierte, dass die Konkurrenz einen Spion in die Firma eingeschleust habe, nach dem Valerie De Boes bereits fieberhaft suchen ließ.

Sidney hörte ein Knacken und das statische Rauschen der Funkgeräte. Dann stürzte die Maschine in ein Luftloch und Sidney hob es den Magen. Aus dem Augenwinkel sah sie wild aufblinkende Lampen und das Rotieren einiger Zeiger. Im nächsten Moment waren die Piloten schwer beschäftigt. »Bis später.« Sie verließ das Cockpit und schloss die Tür.

Nachdem sie das Tablett in der Bordküche verstaut hatte, ging sie durch den Mittelgang der Maschine an den Arbeitsplätzen ihrer Kollegen vorbei, die eifrig über Headsets telefonierten und auf ihren Tastaturen tippten. Funkgeräte knackten und einige Drucker spuckten Blätter aus.

Sidney erreichte ihren Platz, doch bevor sie sich hinsetzen konnte, wurde die Maschine plötzlich durchgeschüttelt, sodass Sidney schwungvoll in ihren Sessel fiel. *Verdammt!* Konnten die beiden die *Biosyde One* nicht ruhig auf Kurs halten? Sie blickte aus dem Fenster. Der Himmel glänzte vom Mond beschienen dunkelblau, aber darunter tobte das Unwetter. Es schien, als rückte die Wolkendecke mit den Blitzen immer näher.

Sidney straffte ihren Rock und wollte sich bereits angurten, als eine Nachricht auf ihrem Monitor erschien. Sie stammte aus einem Privatsanatorium, das sich auf dem Felsen von Gibraltar an der Südspitze Spaniens befand. Das rote Ausrufezeichen signalisierte die Wichtigkeit der Meldung. Sofort öffnete sie die E-Mail.

Das erste Paket ist bereits unterwegs und wird bald unversehrt eintreffen!

Mehr stand da nicht – mehr war auch nicht nötig. Sidney

griff zum Telefonhörer, um De Boes darüber zu informieren, sah jedoch auf dem Display ihres Apparats, dass ihre Chefin gerade telefonierte. *Mist!* Sie wusste, wie dringend De Boes auf diese Mitteilung wartete.

Sidney erhob sich und lief wieder durch den Gang Richtung Cockpit. Allerdings betrat sie nicht die Kabine, sondern nahm davor die Treppe in das zweite Stockwerk. Oben, direkt über dem Cockpit der Maschine, befand sich Valerie De Boes' Büro. Sidney richtete den Kragen ihrer Bluse, schloss den obersten Knopf und flocht ihr langes blondes Haar rasch zu einem Zopf, sodass ihr die Strähnen nicht wirr über die Schulter fielen. In De Boes' Umgebung musste jedes Detail vollständig korrekt sein. *Erfolg beruht auf Disziplin – und großer Erfolg auf großer Disziplin!* Dann klopfte sie an.

»Herein!«, drang es aus dem Büro.

Sidney öffnete die Tür und betrat den Raum.

Valerie De Boes hatte in ihrer Arbeitskabine einen halbkreisförmigen Ausblick mit großer Fensterfront. Von hier sah das Gewitter noch viel beeindruckender, aber auch furchteinflößender aus. Doch Valerie De Boes schien das nicht zu kümmern. Sie war eine große schlanke Frau mit breiten Schultern, die es nicht notwendig hatte, Blazer mit Schulterpolster zu tragen. Sie thronte hinter ihrem Schreibtisch, unterzeichnete einen Stapel Verträge und führte gleichzeitig über mehrere Monitore eine Videokonferenz mit ihren Geschäftspartnern.

Mit einer knappen Geste bedeutete sie Sidney, einzutreten und die Kabinentür zu schließen. Sidney gehorchte. In der Zwischenzeit verabschiedete sich ihre Chefin von den australischen Geschäftsmännern, woraufhin ein Monitor nach dem anderen erlosch und im Licht der Decke nur noch schwarz glänzte. Schließlich beendete De Boes auch das letzte Gespräch.

Sidney trat näher. Obwohl sie schon seit drei Jahren bei Biosyde arbeitete – die letzten fünf Monate als Valeries persönliche Assistentin –, flößte ihr Valeries Anblick immer noch tiefen Respekt ein.

Ihre Chefin war neunundfünfzig Jahre alt, was man ihr aber nicht anmerkte. Makellose Haut, schlankes Gesicht, hohe Wangenknochen und wache Augen wie die eines Falken, die vor Energie und Angriffslust nur so sprühten. Nur die Tatsache, dass ihre gewellten schulterlangen Haare bereits ergraut waren, verriet ihr Alter – aber Sidney wusste, dass Valerie De Boes nicht einmal im Traum daran dachte, sie zu färben. *Die Menschen brauchen etwas, das ihnen Respekt einflößt*, lautete ihr Wahlspruch.

Trotz eines Achtzehn-Stunden-Arbeitstages und einer Sieben-Tage-Woche hielt Valerie sich täglich mit eiserner Disziplin fit. Nur so konnte sie ihre Top-Figur halten. Sidney sah im Augenwinkel das multifunktionale Fitnessgerät an der Wand. Eine Sonderanfertigung. Mehrmals schon hatte sie ihrer Chefin bei einem Flug Unterlagen ins Büro gebracht, während Valerie mit Geschäftspartnern sprach und gleichzeitig auf dem Gerät ruderte oder auf dem Laufband joggte. Und das bei einer Geschwindigkeit von 900 km/h. Aber so war Valerie De Boes nun mal. Im Gegensatz zu ihr kam Sidney mit ihren achtundzwanzig Jahren manchmal schneller außer Puste, als ihr lieb war.

»Was gibt es?« De Boes steckte die Hülse auf den Füllfederhalter und drehte den Stift zwischen den Fingern.

»Das erste Paket wird wie geplant in Gibraltar eintreffen.«

De Boes zog eine Augenbraue hoch. »Exzellent! Wenn

wir in Marseille gelandet sind und ich das Meeting mit meinen Gästen beendet habe, werden wir weiter nach Gibraltar fliegen, um die *Ware* zu begutachten. Bereiten Sie alles für unseren Besuch vor.«

Kein Ausschlafen also! Es geht gleich weiter.

Das Wort *Ware* hatte Valerie De Boes so betont, als handelte es sich dabei um beliebige Gegenstände – doch Sidney wusste, was tatsächlich damit gemeint war. Nämlich keine normale Fracht, sondern etwas viel Gefährlicheres.

»Selbstverständlich, Madame«, bestätigte Sidney.

Da klingelte einer von De Boes' Apparaten. Da nur wenige Leute ihre direkte Durchwahl kannten, nahm De Boes das Gespräch sogleich entgegen und schaltete auf Lautsprecher. Seit Sidney den Posten der Assistentin übernommen hatte, hatte Valerie keine Geheimnisse mehr vor ihr. »Was gibt es?«, bellte Valerie ins Mikrofon.

Der Lautsprecher knackte. »Hier spricht der Posten Miami!«, erklang eine weibliche Stimme.

Miami! Sidney wurde hellhörig. Aus Miami hatte sie schon lange nichts mehr gehört.

Valerie De Boes verzog keine Miene. »Und?«

»Ein Mädchen ist soeben hier aufgetaucht und hat sich nach Dr. Amanda West erkundigt.«

»Exzellent.« Der Anflug eines Lächelns umspielte De Boes' Gesicht. »Haben Sie eine Aufnahme von ihr?«

»Natürlich.«

De Boes schaltete einen Monitor ein, und es dauerte nur wenige Sekunden, bis ein kurzer Videofilm in einer Endlosschleife eingespielt wurde.

Sidney reckte den Hals und erkannte eine Terrasse mit Palmen. In Miami war es mit zwölf Stunden Zeitverschiebung gerade erst zehn Uhr vormittags bei klarem Sonnenschein. Sidney sah die Gesichtszüge eines etwa vierzehnjährigen, braun gebrannten Mädchens mit langen sonnengebleichten Haaren, das vor einem Gartenzaun stand.

Valerie De Boes starrte ebenfalls auf das Bild. »Schau an«, murmelte sie, legte den Füllfederhalter beiseite und klopfte mit dem Fingernagel auf den Monitor. »Amanda Wests Tochter. Finden Sie heraus, was sie über ihre Mutter und Jerichos Splitter weiß!«, befahl sie.

5. KAPITEL

Im Grunde genommen hatte ich nichts Böses getan. Ich war zu Gast in einem fremden Haus und aus einem mir unerklärlichen Grund hatte sich eine Falltür im Wohnzimmer geöffnet. Außerdem war ein Stück Plastikobst hinuntergefallen, das ich aufgehoben hatte.

Terry, mach dich nicht verrückt! Kein Grund zur Panik!

Doch mein Instinkt sagte mir, dass mit dieser Familie, die angeblich in diesem Haus lebte, etwas nicht stimmte. Und zwar gewaltig!

Am liebsten hätte ich Dina Goian nichts von diesem Keller erzählt. Meine Mutter musste einen Grund dafür gehabt haben, ihn so zu installieren, dass niemand etwas davon erfuhr.

»Tut mir leid, dass ich dich so lange allein gelassen habe«, rief Mrs. Goian vom Gang.

Sie näherte sich und ich starrte auf das Loch im Boden.

Da verstummte das Knattern des Rasenmähers.

»Señora Goian!«, rief Raoul im Garten.

»Herrgott! Was denn?« Bevor Dina die Tür zum Wohnzimmer erreichte, machte sie kehrt, lief zurück in die Küche, und ich hörte, wie sie das Fenster aufriss.

Ich bekam nicht mit, worüber sie sprachen, doch ich nutzte die Gelegenheit. Während Charlie neben mir saß und mich mit neugierigen Augen musterte, suchte ich weiter nach einem Schalter oder Hebel. *Nichts!* Schließlich griff ich nach dem Medaillon. Dieser kleine Edelstein in der Fassung hatte zu leuchten begonnen – und er strahlte immer noch azurblau, als befände sich eine Energiequelle darin.

Panisch versuchte ich, den Stein in der Fassung zu drehen, doch das ging nicht. Schließlich nahm ich das Medaillon vom Hals und hielt es zur Falltür. *Nichts!* Ich drückte auf den Stein, aber auch das klappte nicht. *Verdammt!* Resigniert ließ ich die Schultern sinken. *Okay, pfeif drauf! Du zeigst Mrs. Goian einfach, was du hier entdeckt hast, und dann gehst du wieder.*

Falls sie dich gehen lässt, ergänzte eine skeptische Stimme in meinem Kopf, und wie zur Bestätigung blickte mich Charlie besorgt an.

Du hast recht, das alles ist gar nicht gut … Aber eine Möglichkeit gab es noch! Ich warf das Medaillon einige Meter weit weg auf den Teppich und wartete. Vielleicht würde es funktionieren, wenn sich der Edelstein außerhalb der Reichweite dieser Falltür befand. Schließlich hatte sich die Tür erst geöffnet, als ich mich der Mitte des Raums genähert hatte.

Da begann sich die Klappe tatsächlich wieder zu schließen und mein Herz machte einen Satz. Im gleichen Augenblick hörte ich, wie Mrs. Goian in der Küche das Fenster schloss und wieder ins Wohnzimmer kam.

Komm schon!

Ich hob den Teppich hoch, damit er nicht in der Spalte eingeklemmt wurde, woraufhin sich die Falltür schloss, sodass nicht die kleinste Fuge zu sehen war. Danach ließ ich den Teppich hastig fallen, stellte den Couchtisch zurück und stürzte zu meinem Medaillon.

»Was machst du da?«, hörte ich Mrs. Goians Stimme hinter mir.

Ich erstarrte für einen Augenblick in der Bewegung, dann beugte ich mich tiefer hinunter und ließ das Medaillon in der Hand verschwinden. »Mein Schuhband ist offen … Charlie kann es nicht lassen und zieht immer wieder daran.« Ich öffnete die Finger und schielte auf den Stein, dessen Leuchten soeben erlosch. Dann blickte ich zu Charlie, der immer den Kopf hob – wie auch jetzt –, sobald er seinen Namen hörte.

»Würdest du mit deinen Schuhen bitte nicht auf den Teppich treten.« Ihr Tonfall wurde etwas schärfer.

»Entschuldigung. War nicht meine Absicht, ich wollte nur das Frettchen wieder einfangen.« Der arme Charlie musste für die nächste Ausrede herhalten.

Ich steckte die Hände in die Hosentaschen und hoffte inständig, dass der Stein nicht noch einmal aufleuchten und sich die Klappe kein weiteres Mal öffnen würde. Aber zum Glück passierte das nicht.

Ich mied die Mitte des Raums, und während ich mir meinen Rucksack schnappte und Charlie wieder auf meine Schulter kletterte, überlegte ich fieberhaft, ob Mrs. Goian etwas von diesem Keller wissen konnte. Offenbar nicht, da sie vorhin glaubwürdig abgestritten hatte, einen Keller zu besitzen. Hoffentlich hatte ich sie mit meiner Frage nicht auf die Idee gebracht, danach zu suchen.

Und wenn schon! Dieses Haus gehört schließlich den

Goians. Es war ihr gutes Recht, nach dem Keller zu suchen. Andererseits konnte es nicht sein, dass sie tatsächlich in diesem Haus wohnten, da alles merkwürdig künstlich wirkte. Einzig der Gärtner Raoul schien echt zu sein. Und immer noch ging mir die Frage durch den Kopf, woher Dina Goian meinen Namen kannte. Den hatte sie sich doch sicher nicht zehn Jahre lang gemerkt, falls sie ihn überhaupt je gekannt hatte.

»Du wirkst plötzlich so verstört«, bemerkte Mrs. Goian.

»Es ist bloß die Erinnerung an meine Mutter«, log ich.

»Sie war Wissenschaftlerin, nicht wahr?«

Ja, und zwar hat sie im Labor unter diesem Haus gearbeitet! »Ich glaube schon, kann mich allerdings nicht mehr genau daran erinnern.«

»Du weißt nicht, woran sie geforscht hat?«

Ich schüttelte den Kopf und ging Richtung Terrassentür. Der Wind wehte ins Zimmer und bauschte den Vorhang auf. »Danke für die Hausführung.« Rasch trat ich ins Freie und blickte zur Straße. Einige Autos fuhren vorbei und ein paar Kinder spielten auf dem Bürgersteig im Schatten der Palmen Ball.

»Vielleicht sehen wir uns ja mal wieder«, sagte Mrs. Goian lächelnd zum Abschied.

»Ja vielleicht.« *Mit etwas Pech sogar noch heute!* Denn in diesem Moment hatte ich beschlossen, dem Haus einen weiteren Besuch abzustatten.

Und zwar in der Nacht, wenn alle schliefen.

6. KAPITEL

Einen Kilometer vor der französischen Mittelmeerküste ragte die Insel Monique aus dem Meer. Im Norden der Insel befand sich ein weiter, flacher Sandstrand, wohingegen die Südspitze aus zerklüfteten Felsen bestand.

Inmitten der Insel lag die Landebahn eines privaten Flugplatzes, und nur wenige Hundert Meter davon entfernt thronte auf der höchsten Stelle der Felseninsel der Landsitz von Valerie De Boes, der zugleich auch der Firmensitz von Biosyde war. Das gesamte hübsche Fleckchen Erde war in Valerie De Boes' Privatbesitz.

Der Flug der *Biosyde One* ab Nepal hatte noch neun Stunden gedauert, aber zusätzlich hatten Valerie De Boes' Piloten auch noch einen vierstündigen Zwischenstopp am Flughafen von Kabul in Afghanistan eingelegt, um die Maschine aufzutanken. In dieser Zeit hatten Valeries Mitarbeiter an Bord geschlafen, während sie durchgearbeitet hatte. Den leichten Anflug einer gewissen Müdigkeit konnte sie daher im Augenblick nicht leugnen.

Jetzt war es fünf Uhr früh und die Sonne ging gerade

auf. Nachdem Valerie ein Back-up auf ihren Firmenserver kopiert und das Computernetz in der *Biosyde One* heruntergefahren hatte, legte sie den Gurt an und blickte durch die breite Fensterfront.

Die Maschine rumpelte, geriet wie immer über dem Meer in leichte Turbulenzen und setzte im nächsten Moment zur Landung an. Beeindruckt hielt Valerie den Atem an. Hier war sie bereits Hunderte Male bei Sonnenaufgang gelandet, trotzdem war es jedes Mal von Neuem ein bewegendes Gefühl – wenn die Maschine auf das Ende der Landebahn zuraste, bremste und kurz vor den Klippen nach rechts einschwenkte, wo Tower und Hangar lagen.

»Wir haben die Parkposition erreicht«, kam die Durchsage über Lautsprecher aus dem Cockpit.

Valerie löste den Gurt, nahm ihr schmales Notebook, verließ das Büro und ging die Stufen zur ersten Etage hinunter. Ihre Mitarbeiter hatten bereits ihre Unterlagen zusammengepackt und warteten ungeduldig darauf, endlich aussteigen zu dürfen.

Grußlos ging Valerie an ihren Angestellten vorbei. Sidney Stone öffnete die Luke und versicherte sich, dass die Gangway schon herangerollt worden war.

Für einen Moment hielt Valerie auf der Gangway inne und inhalierte die kühle salzige Meeresbrise in der Bucht vom Golfe du Lion. *Frankreich!* Wie sie dieses Land liebte! An der Küste blitzten die weißen Häuser Marseilles und nicht weit davon entfernt im Meer die felsige Gefängnisinsel Château d'If, auf der einst der legendäre Graf von Monte Christo eingekerkert gewesen war.

Der Anblick erinnerte sie immer an die zweifelhaften Geschäfte, die sie mit ihrem Pharmakonzern tagtäglich abwickelte. Aber er mahnte Valerie auch, sie so zu deichseln, dass die Schmiergeldzahlungen sich in Grenzen hielten und man sie nie wegen illegaler Tätigkeiten belangen konnte. *Geld, Beziehungen und Erfolg!* Das waren die drei wichtigsten Punkte in ihrem Leben. Sie dachte an das »Paket«, das bald auf Gibraltar eintreffen würde ... und an dieses kleine Häschen, das in Miami plötzlich auf der Bildfläche erschienen war. *Terry West.*

Valerie bemerkte das verhaltene Gemurmel hinter sich. *Nur Geduld! Bald dürft ihr wieder an eure Arbeit gehen.* Sie knöpfte ihren Blazer zu, setzte die Sonnenbrille auf und schritt die Gangway hinunter. Hinter ihr folgten die Piloten sowie der Tross aus Mitarbeitern mit Aktentaschen und Koffern.

Während ihre Leute über das Rollfeld zum Bürogebäude gingen, wo sich auch der Wohntrakt für die Belegschaft befand, blieb Valerie stehen. Vor ihr bremste ein Geländewagen mit offenem Verdeck. Hinter dem Steuer saß Finn, neununddreißig Jahre alt, sehnig, mit kurzen dunklen Haaren und pockennarbigem Gesicht. Ein Spitzbart zierte sein Kinn, um eine weitere Narbe zu verdecken.

Im merkwürdigen Gegensatz zu Finns grobschlächtigem Körper, den brutalen Gesichtszügen und seinem skrupellosem Charakter stand seine makellose Kleidung: Stets trug er Lackschuhe, eine schwarze Designerhose und maßgefertigte Hemden mit Manschettenknöpfen und der Stickerei *fdb* am Kragen. Darauf legte Valerie Wert. Schließlich war er ein Ex-Soldat, und niemand sollte ihr nachsagen, Finn sei ihr Mann fürs Grobe, obwohl genau das natürlich der Fall war. Seit vielen Jahren erledigte er all jene Jobs, von denen ihre Geschäftspartner nichts wissen sollten. Und das äußerst effektiv. Seinem Namen wurde er damit voll gerecht, denn *Finn* stammte aus dem Skandinavischen und hieß so viel wie *kenntnisreich*. Darüber hinaus war Finn ihr loyal ergeben und der Einzige, auf den Valerie sich hundertprozentig verlassen konnte – immer und überall.

»Du wirkst müde«, knurrte Finn. Die obersten Knöpfe seines Hemds waren offen, und sein behaarter muskulöser Brustkorb, über den sich der Stoff spannte, sah zum Fürchten aus. »Wie war der Flug?« Seine Finger trommelten auf dem Lederbezug des Lenkrads. An der linken Hand fehlten Ringfinger und kleiner Finger; außerdem zierte eine hässliche Narbe den Handrücken.

»Erspar mir den Small Talk, bring mich nach Hause!«

»Wie du willst«, sagte Finn.

Sie warf ihr Notebook auf den Rücksitz und stieg ein. Kaum hatte sie die Tür zugeschlagen, stieg Finn aufs Gaspedal und preschte die schmale Serpentinenstraße zur höchsten Stelle der Insel hinauf, wo Valeries luxuriöses Anwesen lag. Ihre Villa glich einem runden Schloss: Arbeitszimmer mit Ausblick auf Marseille, Schlafzimmer mit Sicht auf Château d'If, Esszimmer mit Blick auf Hangar, Tower und Bürogebäude und das Wohnzimmer in Richtung offenes Meer.

Während Finn den Geländewagen mit quietschenden Reifen durch die Kurven jagte, ließ Valerie den Arm aus dem Fenster hängen. Obwohl der morgendliche Fahrtwind ihr Haar durcheinanderwirbelte, genoss sie die Fahrt. Geschwindigkeit gab ihr jedes Mal einen Kick – in der Luft wie auf der Straße.

»Amanda Wests Tochter hat heute ihr Elternhaus betreten«, begann Valerie, ohne den Blick vom Meer zu nehmen.

»Ich dachte, du wolltest keinen Small Talk führen«, entgegnete Finn gereizt.

»Seit zehn Jahren warten wir auf diesen Moment und du nennst das Small Talk?«

»Ich bin bereits darüber informiert, dass sie da war«, seufzte er. »Und?«

»Dina Goian ist sicher, dass sie nichts über ihre Mutter weiß und sich nur mehr vage an sie erinnern kann.«

»Und warum war sie dann dort?«

Valerie sah zu Finn hinüber. »Kindheitserinnerungen? Alle kleinen Schildkröten, Lachse und Aale kommen eines Tages an den Ort ihrer Kindheit zurück.«

»Quatsch!« Er verzog das Gesicht, für einen Moment blitzte sein Goldzahn auf. »Warum hat Dina sie nicht ordentlich verhört?«

»Die Kleine weiß nichts«, wiederholte Valerie.

Finns Finger umklammerten das Lenkrad. »Soll ich selbst hinfliegen und mich persönlich um die Sache kümmern?«

»Nein, noch nicht«, entschied Valerie gelassen. Wieder streckte sie das Gesicht in den Wind und genoss die Fahrt. »Wir lassen sie an der langen Leine.«

»Das heißt, du hast sie entkommen lassen«, stellte Finn fest.

Valerie De Boes lächelte. »Natürlich.«

»Wie überaus klug.«

Sie schnalzte mit der Zunge. »Selbstverständlich war das klug, denn interessanterweise haben wir, kurz nachdem sie heute früh das Grundstück betreten hat, ein schwaches Funksignal aus dem Haus empfangen. Möglicherweise stammt es von dem Medaillon, das sie an diesem Morgen um ihren Hals trug.«

»Wie kommst du ausgerechnet auf das Medaillon?«

»Erstens habe ich es auf der Videoübertragung gesehen. Zweitens ist es ein bewegliches Signal. Seitdem verfolgen und beobachten wir es.« Valerie blickte auf die Armbanduhr. »In Miami ist es jetzt Nacht. Warten wir ab, was das Häschen vorhat.«

7. KAPITEL

In Miami war die Sonne längst hinter dem Horizont versunken. Nachdem ich geduscht und einen Becher Kaffee getrunken hatte, um die Müdigkeit zu vertreiben, saß ich an Bord der Kopernikus in meinem Zimmer am Schreibtisch und starrte durch das Bullauge aufs weite, dunkle Meer hinaus. Das Licht des sichelförmigen Mondes spiegelte sich auf der Wasseroberfläche und brachte die Wellen zum Glitzern. Seitlich waren die Stege des Hafens und deren Ausläufer zu erkennen. Die beleuchteten Boote kamen und gingen.

Schließlich zog ich den Vorhang zu, kaute auf dem Bleistift und ließ den Blick über meine Bücher auf dem Regal schweifen. Wie sollte ich das formulieren? Ich war keine Schriftstellerin. Gedankenverloren starrte ich auf Moby Dick, Kapitän Nemo und die Abenteuergeschichten von Robinson Crusoe, die ich als Kind so gern gelesen hatte, weil sie allesamt etwas mit dem Meer zu tun hatten. *Ach was, so kurz wie möglich!*

Schließlich kritzelte ich eine einfache Nachricht aufs Papier.

Gehe noch mal zum Haus meiner Mutter
Terry

Ich legte den Zettel in meiner Schlafkoje auf das Kopfkissen. Sicherheitshalber, falls mir etwas zustoßen sollte. Denn während ich den ganzen Nachmittag durch Miami gelaufen war und immer wieder über die merkwürdigen Goians, mein Medaillon und den geheimnisvollen Keller im ehemaligen Haus meiner Mutter nachgedacht hatte, war mein Plan gereift, wie ich es anstellen wollte. Ich wusste, dass Simon mich so spätnachts nicht von Bord lassen würde, andererseits jedoch musste er das ja nicht wissen. Also schnappte ich jetzt meinen Rucksack, in den ich bereits Taschenlampe, Getränk, Fotoapparat und ein Walkie-Talkie gepackt hatte, und schlich mich leise aus der Kajüte.

24 Uhr. Mitternacht. Der Gang zum Turm des U-Boots lag dunkel vor mir. Nur die Kolben für die Luftversorgung und Warmwasseraufbereitung stampften leise im Maschinenraum und hallten durch die Verbände des Boots. Ich schlich an Ethans Kabine vorbei. Durch den Türspalt fiel Licht. Mein Cousin war eine Nachteule, bestimmt war er gerade erst aufgestanden und würde wieder die ganze Nacht an seinen Programmen schreiben.

Simon schlief hingegen sicher schon längst. Immerhin legten wir morgen früh um fünf Uhr ab. Nicht um Liegegebühren zu sparen – Geldsorgen hatten wir noch nie gehabt –, sondern weil der frühe Vogel den Wurm fing, wie mein Onkel immer behauptete. Ethan und ich sahen das anders. Wer den frühen Wurm fangen wollte, *hatte* einen Vogel!

Zum Glück stand die Luke des Turms offen, damit frische Luft ins Boot kam, denn das ersparte mir das geräuschvolle

Knarren und Quietschen der Scharniere. Leise stieg ich die Metallleiter hoch und reckte die Nase ins Freie. Die Nachtluft war kühl und streifte mein Gesicht. Sterne funkelten über dem Hafen und die Wellen klatschen leise gegen die Mole. Von Weitem hörte ich das Bellen eines Hundes.

Ich sprang diesmal nicht an Deck, wie ich es sonst immer tat, sondern ging leise von Bord. Als ich vom Boot auf die Kaimauer hopste, hörte ich ein Quieken.

Charlie!

Ich wandte mich um und sah den kleinen Kerl, wie er entlang der Kaimauer aufs U-Boot zulief. Etwas hing links und rechts aus seinem Maul. *O Gott, schon wieder eine Maus!* Bestimmt hatte er die ganze Nacht gejagt, der Hafen war für ihn ein Paradies. Ich mochte das nicht besonders, aber das Jagen war nun mal sein Instinkt, gegen den er nicht ankonnte.

Er warf mir die tote Maus vor die Füße und quiekte aufgeregt.

»Ja, brav!«, lobte ich ihn, ging in die Hocke und strich ihm über den Kopf, da er vorher keine Ruhe geben würde. »Ich muss weg«, flüsterte ich. »Bleib hier. Pass auf Onkel Simon und das Boot auf.«

Er blickte mich mit seinen schwarzen Knopfaugen treuherzig an. Sein Näschen zuckte und die langen Barthaare vibrierten.

»Ach, was. Von mir aus, komm mit.«

Das ließ er sich nicht zweimal sagen, sprang über mein Knie auf meine Schulter und legte sich auf den Rucksack. Als ich mich erhob, roch ich auf einmal Zigarettenrauch, den der Wind zu mir herüberwehte. Ich drehte mich um und da stand plötzlich eine große Gestalt vor mir.

Johann!

»Mann, musst du mich so erschrecken?«, flüsterte ich.

»Warum flüsterst du?«, fragte er mit ebenso gedämpfter Stimme.

»Ich flüstere doch gar nicht«, wisperte ich und schielte zum U-Boot.

Er sah ebenfalls zur Kopernikus, dann blickte er mich fragend an. »Solltest du nicht schon längst …?«

»Nein«, antwortete ich rasch.

Im matten Licht der Hafenlaternen sahen seine Glatze und sein scharfkantiges Gesicht mit der Adlernase unheimlich aus. Der Rest war nur bei näherer Betrachtung zu erkennen, denn auch jetzt trug er dunkle Schuhe, eine schwarze Hose und einen schwarzen Rollkragenpullover. Sogar wenn wir von der Kopernikus im Schlauchboot unter der Mittagssonne zu einer einsamen Insel ruderten, auf der Onkel Simon seine Messgeräte installierte, trug er diese Kleidung. Ich hatte ihn bisher kaum in etwas anderem gesehen. Damit sah er aus wie eine seltsame Mischung aus Einbrecher, Ganove und ehemaliger Sträfling. Aber im Grund genommen war er das ja auch. Als Jugendlicher hatte er angeblich fast so lange in den verschiedensten Anstalten und Gefängnissen gesessen, wie andere zur Schule gegangen waren. Und zwar deshalb, weil er zahlreiche Einbrüche begangen und jede Menge andere krumme Dinger gedreht hatte, die mich brennend interessierten, von denen er jedoch leider nur zu selten erzählte.

Nach dieser rebellischen Phase war er in die Dienste der Familie West getreten. Das war vor fast fünfzig Jahren gewesen. Er hatte bereits meinen Onkel und meine Mutter großgezogen und war meiner Mutter bis zu ihrem Tod stets treu ergeben gewesen. Danach fungierte er als Simons helfende Hand. Er kochte, wusch, bügelte, hielt das U-Boot in Schwung, unterrichtete Ethan und mich und assistierte meinem Onkel bei dessen Forschungen. Es gab nichts, was Johann nicht konnte, und kaum etwas, das er nicht wusste.

Durch ihn war ich schon als Kind zweisprachig erzogen worden, englisch und deutsch, außerdem war Johann – was man ihm gar nicht zutraute, wenn man seiner feinen Sprache zuhörte – beinahe am ganzen Körper tätowiert. Wenn er – was nur selten vorkam – einmal kurze Ärmel trug, konnte man die Messer, Schlangen und Pistolen auf seinen Unterarmen erkennen. Vielleicht bevorzugte er stets hochgeschlossene Kleidung, weil er sich für seine Tattoos genierte, die noch aus seiner Zeit im Knast stammten. Damals war er bestimmt ein harter Kerl gewesen. Ich wusste, dass er sich im Knast mit Boxen Geld verdient hatte. Einiges davon hatte er mir sogar beigebracht. Natürlich heimlich, ohne dass mein Onkel es je mitbekommen hätte.

Wahrscheinlich war er schon uralt, wie ich mir kürzlich ausgerechnet hatte, sah aber trotzdem kaum älter aus wie mein Onkel. Wie das ging? Das wusste ich selbst nicht, doch Simons abenteuerliche Fahrten und die Meeresluft hielten ihn angeblich jung, frisch und fit, wie er immer mit einem Augenzwinkern behauptete.

Nun schnippte er die Zigarette weg, sodass sie eine rote Glutspur durch die Nacht zog.

»Du solltest das nicht tun, Johann«, sagte ich.

Er ignorierte meinen Vorwurf. »Was hast du vor?«, fragte er stattdessen.

Ich deutete in Richtung Kaimauer. »Och, einfach nur frische Luft schnappen.«

»Ist die Kleidung nicht etwas unangemessen für einen nächtlichen Besuch im Hafen?«, fragte er ganz nebenbei.

Ich betrachtete meine dunklen Turnschuhe, die schwarzen Jeans und den schwarzen Rollkragenpullover. Im Moment sahen wir uns sogar ziemlich ähnlich. »Nein, warum?«

»Sollte ich dich nicht besser begleiten?«

»Johann, untersteh dich, mir zu folgen!«, warnte ich ihn. »Ich bin alt genug, um auf mich selbst aufzupassen.«

»Natürlich. Aber …«

»Johann!« Ich machte mich ein Stück größer und sah ihn streng an. »Gib dir keine Mühe, mit mir darüber zu diskutieren.«

»Gib gut auf dich acht, Terry«, knurrte er nur.

Ich ging weg, drehte mich aber noch einmal um und versuchte, arglos zu lächeln. »Du musst dir keine Sorgen machen«. Dann entfernte ich mich in Richtung Hafen. Es war die entgegengesetzte Richtung, in die ich eigentlich wollte, aber Johann brauchte ja nicht wissen, was ich vorhatte.

»Terry!«, rief er mir nach. »Ich darf dich daran erinnern, zum Haus deiner Mutter geht es da lang.« Er nickte in Richtung der Straße, die ich links liegen gelassen hatte.

Ertappt!

Er wusste genau, was ich vorhatte. Aber ich war sicher, er würde den Mund halten und mich nicht verpetzen.

8. KAPITEL

Fünfzehn Minuten später erreichte ich das Grundstück in der Tubber Lane. Ich war außer Puste, verbarg mich hinter einer Palme, ging in die Hocke und blickte zum Haus.

Ich hatte richtig vermutet: Hier wohnte niemand. Weder brannte im Haus ein Licht noch flimmerte ein Fernsehgerät in einem der Zimmer. Gut, sie konnten ja auch alle schlafen, aber das Auto der Goians stand auch nicht hier. Charlie saß immer noch auf meinem Rucksack und blickte ebenfalls zur anderen Straßenseite.

»Wir machen jetzt etwas Illegales«, flüsterte ich. War es überhaupt illegal, wenn ich in mein ehemaliges Elternhaus einbrach? War es nicht viel eher nur ein Besuch? Klar war es das, versuchte ich mir einzureden. »Nur ein Besuch«, flüsterte ich. *Nichts weiter!*

Falls es die Katzenklappe auf der Rückseite des Hauses noch gab, durch die Charlie früher immer rein- und rausgeschlüpft war, hatte ich auch eine Idee, wie wir hineingelangen könnten.

Ich wartete ab, bis kein Auto kam, dann überquerte ich die Straße und stieg mit einer raschen geschmeidigen Bewegung über das Gartentor. Wozu riskieren, dass die Angeln des Tors quietschten? Ebenso wenig wollte ich riskieren, dass sich durch mein Eindringen ein eventueller Bewegungsmelder aktivieren würde und irgendwo Licht anging. Darum drückte ich mich so weit wie möglich vom Haus entfernt in die Hecken und schlich zur Rückseite.

Dort sah man ohne Straßenbeleuchtung kaum die Hand vor Augen, aber ich konnte mich ganz gut orientieren. Hier war mein Zimmerfenster, durch das ich als Kind in den Garten geblickt hatte. Nur einen Meter daneben gab es in Bodennähe ein kleines Fenster, hinter dem ein Korridor lag, der zu Bad und WC führte. In dieses Fenster hatte meine Mutter damals eine Katzenklappe einbauen lassen. Zum Glück war die Klappe immer noch da.

Ich hockte mich davor in die Wiese und drückte sie nach innen auf. Sie war von Laub, Erde und Regenwasser ziemlich verklebt, bestimmt waren schon seit einem Jahrzehnt keine Katze und schon gar kein Frettchen mehr durchgeschlüpft.

Charlie kletterte von mir herunter, setzte sich neben mich ins Gras und quiekte nun aufgeregt. Bestimmt erinnerte er sich daran oder merkte am vertrauten Geruch dieser Gegend, dass er hier als junges Frettchen rein- und rausgehuscht war.

»Pssst!«, zischte ich.

Er verstummte.

Der Dreck bröckelte vom Rahmen ab, dann ließ sich die Klappe öffnen. Sogleich drängte sich Charlie neben meine Hand und stupste mit der Nase gegen die Klappe.

»Nein, geh weg!«, wisperte ich und wollte Charlie am Halsband packen, bekam ihn jedoch nicht zu fassen. *Selber schuld!* Ich hatte ihm das Halsband seinerzeit so eng angelegt, damit er nirgends hängen bleiben konnte. Im nächsten Moment war er auch schon ins Haus geschlüpft.

Dieses Frettchen! Es war immer so neugierig und musste überall schnüffeln. Ich hätte es beim U-Boot lassen sollen, damit es weiter Mäuse jagen konnte. Wer weiß, was Charlie im Haus alles anstellte.

Rasch legte ich mich vor der Katzenklappe auf die Seite, streckte meinen Arm bis zur Schulter durch die Öffnung, drehte mich und tastete auf der Innenseite des Fensters bis zum Griff. Als Kind war mir das nie gelungen – doch damals war ich auch erst viereinhalb gewesen.

Trotz der kühlen Nachtluft lief mir der Schweiß über die Stirn. Mit den Fingerspitzen erreichte ich den Fenstergriff und schob ihn in eine waagerechte Position. Im nächsten Moment schwang das Fenster nach innen auf. Für einen Augenblick hielt ich die Luft an.

Keine Alarmanlage!

Prima!

Ansonsten wäre ich wie der Teufel davongerannt. Ich zog den Arm leise aus der Öffnung und kletterte mit dem Rucksack durch das Fenster ins Haus. Charlie saß in der Dunkelheit auf dem Teppich und blickte mich vorwurfsvoll an. *Merkwürdige Art, ins Haus zu gelangen*, schien sein Blick zu sagen.

»Ja, ich weiß«, flüsterte ich.

Obwohl ich sicher war, dass außer uns niemand da war, schlich ich auf Zehenspitzen ins Wohnzimmer. Der Schein der Straßenlaternen fiel durch die Fenster und mittlerweile hatten sich meine Augen an die Dunkelheit gewöhnt.

Im Wohnzimmer sah alles genau so aus wie heute Vormittag. Kaum hatte ich den Teppich mit dem Tisch und dem Plastikobst von der Falltür runtergezogen, begann der Stein in meinem Medaillon auch schon wieder zu leuchten. Das Herz schlug mir bis zum Hals. Im nächsten Augenblick öffnete sich die Falltür.

Vor mir lag die Treppe. Wer weiß, wie lange ich Zeit hatte, bevor jemand kommen würde. Ohne lange zu überlegen, ging ich hinunter. Genauso wie am Vormittag aktivierte sich auch jetzt eine Leuchtstoffröhre und für einen Moment schloss ich geblendet die Augen. Rasch nahm ich das Medaillon und legte es auf den Treppenabsatz. Solange es sich in der Nähe der Öffnung befand, würde sich die Falltür nicht schließen – und sie musste offen bleiben, damit ich es rechtzeitig hörte, falls jemand das Haus betrat.

Den Weg durch das Haus zu meinem Einstiegsfenster hatte ich mir eingeprägt. Sicherheitshalber hatte ich es offen gelassen, um im Ernstfall so schnell wie möglich abhauen zu können. Was sollte also schiefgehen?

Zuvor hatte ich nicht viel von dem zu sehen bekommen, was es hier unten alles gab. Nun entpuppte sich der Raum als Labor mit Schreibtisch, Aktenschränken, Messgeräten, Glasvitrinen, Computer und Monitor. Die Luft war stickig wie in einer alten Bibliothek, in der schon seit Jahren nicht mehr gelüftet worden war. Über allem lag eine dicke Staubschicht, und von der Decke hingen Staubfäden, die sich im Luftzug bewegten, als ich daran vorbeiging.

Bestimmt wusste niemand aus der Familie Goian von diesem Labor und offenbar war seit Mutters Tod auch keiner hier unten gewesen.

Auf dem Schreibtisch zeigte ein Tischkalender den Monat, in dem meine Mutter im Hafen ertrunken war. Niemand hatte das Blatt abgerissen. Augenblicklich schossen mir Tränen in die Augen, die ich rasch wegwischte. In diesem Raum, in dem ich die Anwesenheit meiner Mutter förmlich spüren konnte, war ich ihr ganz nah.

Ich stellte den Rucksack ab, setzte mich auf den Stuhl vor dem Schreibtisch und zog die Schubladen auf. Wie gern hätte ich jetzt die Stimme meiner Mutter gehört.

Terry, was machst du hier unten? Geh sofort rauf und räum deine Spielsachen weg!

Mama, nur noch kurz.

Nein, du hast hier unten nichts verloren.

Doch im Haus blieb es mucksmäuschenstill. Nur Charlie sprang mir auf den Schoß und stupste mich an. Gedankenverloren strich ich ihm übers Fell, während ich einen Blick in die Schubladen warf. Es befanden sich nur Kugelschreiber, Bleistifte, leere Notizblöcke, eine Schere, Heftklammern, Taschenrechner und anderes altes Bürozeugs darin.

Mit Charlie auf mir rollte ich mit dem Stuhl zur anderen Seite und zog auch dort die Laden auf. Hier wurde es bereits interessanter. In einer Mappe fand ich handschriftliche Aufzeichnungen, die vermutlich von meiner Mutter stammten. Soviel ich erkennen konnte, ging es um Meeresforschung. In einer anderen Mappe lagen Zeitungsartikel.

Dr. Amanda West enträtselt das Verhalten von Delfinen, hieß eine Überschrift.

Darunter befand sich ein Foto von meiner Mutter. Es ähnelte dem, das ich in meinem Medaillon trug, nur war dieses hier in Farbe und etwas größer. Meine Mutter stand in einem knappen schwarzen Bikini am Rand eines großen Wasserbeckens, mit Taucherbrille und Schnorchel in der Hand, und winkte in die Kamera. Dahinter lag das Meer. Ihr langes schwarzes Haar war nass und fiel ihr an einer Seite über die Schulter. Um den Hals trug sie das Medaillon, das ich jetzt besaß.

»Mama …«, flüsterte ich und strich mit dem Finger über das Bild.

Dr. Amanda West forscht an einem unbekannten Ort, lautete die Bildunterschrift.

Plötzlich kamen einige merkwürdige Erinnerungen in mir hoch. Ich war mit Delfinen in einem Salzwasserbecken geschwommen – keinen aufblasbaren aus Plastik, sondern mit echten. Zwar hatte ich keine genauen Bilder vor mir, aber ich roch das Wasser und hörte das Fiepen der Tiere. Es mussten fünf oder sechs Delfine gewesen sein, allerdings fielen mir ihre Namen nicht mehr ein. Unweit davon erklang die Brandung des Meeres. *Genau!* Demnach musste meine Mutter, wie auch auf dem Foto zu sehen war, in Meeresnähe geforscht haben. Vermutlich hier in Miami, denn soweit ich mich erinnern konnte, war ich als Kind nie woanders gewesen. Oder doch?

Ich wischte mit der Hand eine Träne fort, faltete den Artikel mit dem Foto zusammen und steckte ihn in meinen Rucksack. Es war das beste Foto, das ich jetzt von meiner Mutter besaß. Später würde ich es ausschneiden und gegen das Schwarz-Weiß-Foto in meinem Medaillon austauschen. So gesehen hatte sich der Ausflug schon gelohnt.

Vielleicht befanden sich auf dem PC weitere Fotos von meiner Mutter oder sogar Videos? Ich schaltete den Monitor ein, machte mich darauf gefasst, dass er implodieren würde, doch das passierte nicht. Dann startete ich den Computer. Eigentlich hätte ich nicht damit gerechnet, dass in dem verstaubten Monstrum überhaupt noch ein Funken Leben hauste, doch die Kiste blinkte sogleich. Mit der Hand wischte ich den Staub vom Bildschirm.

Während der PC knarrend und ratternd hochfuhr, stöberte ich weiter durch die Schubladen und stieß auf einen

USB-Stick mit einem Aufkleber, auf dem eine merkwürdige Bezeichnung stand: *Jerichos Splitter*.

Falls ich auf dem Computer tatsächlich Fotos von meiner Mutter fand, würde ich das Ding wenigstens nicht aus dem Haus schleppen müssen, sondern konnte die Dateien einfach auf den Stick kopieren. In Gedanken sah ich mich bereits mit einem breiten Grinsen vor Ethan, Johann und Onkel Simon stehen, um ihnen stolz meinen Fund zu präsentieren, doch ich wurde enttäuscht.

Der Bildschirm blieb schwarz. Nur ein grüner Cursor blinkte. Ich versuchte etwas zu schreiben, aber das brachte nichts. Es war nicht so, dass der PC passwortgeschützt war, nein – es war bloß so, dass sich nichts auf dem PC befand. Jemand musste die Festplatte formatiert und alle Inhalte gelöscht haben. Aber wozu? Und vor allem wer? Bis auf meine Mutter hatte doch garantiert niemand von diesem Labor gewusst. Johann vielleicht? Oder lag ich mit meiner Vermutung doch falsch, dass diesen Raum seit Jahren niemand betreten hatte? Enttäuscht drehte ich den Stick zwischen den Fingern.

Da bemerkte ich zwei Dinge gleichzeitig. Erstens zuckte Charlies Kopf herum, und zweitens sah ich in der Spiegelung des schwarzen Monitors, dass jemand auf der Treppe stand und in das Labor blickte.

Sofort fuhr ich im Stuhl herum. Charlie quiekte.

Auf der Treppe standen Mr. Goian, dahinter seine Frau Dina und ihre Tochter Lavinia.

»Guten Abend …«, stotterte ich. Sogleich schoss mir die Hitze ins Gesicht.

»Wir haben dich erwartet«, sagte Mrs. Goian kalt. Diesmal klang ihre Stimme nicht so freundlich wie am Vormittag.

Mr. Goian kam die Treppe herunter. »Was hast du da gefunden?« Er kam auf mich zu und streckte die Hand aus.

Der Datenstick! Geistesgegenwärtig zwängte ich den Stick unter Charlies Halsband. Das Frettchen sah mich unentschlossen an.

»Nach Hause«, flüsterte ich. Schon sprang er in einem weiten Satz von mir herunter und schoss durch den Raum auf die Treppe zu.

»Haltet das Vieh auf!«, schrie Dina Goian.

Doch Charlie jagte bereits die Treppe hoch, lief zwischen ihren Beinen hindurch und raste Richtung Katzenklappe.

9. KAPITEL

Es war weit nach Mitternacht und Ethan saß immer noch vor seinem Monitor und programmierte eine neue Flugroute für die Wasserdrohnen. Diese war effizienter als die bisherigen, verband mehrere Orte miteinander und berücksichtigte automatisch die Wind- und Wetterverhältnisse für eine optimale Flugbahn.

Während der Rechner das neue Programm kompilierte, schaute Ethan durch das Bullauge auf den Hafen. Die Nacht war ruhig. Vor knapp zwei Stunden hatte er Terry vor dem U-Boot auf der Kaimauer gesehen. In dunkler Kleidung mit Rucksack. Wie immer hatte auch diesmal das dämliche Frettchen auf ihr gehockt. Sie hatte mit Johann gesprochen, während der eine Zigarette geraucht hatte, danach war sie verschwunden und bisher nicht mehr wiedergekommen.

Johann hatte etwa um ein Uhr die Luke im Turm des U-Boots geschlossen, und Ethan war sicher, dass sie seitdem nicht mehr geöffnet worden war. Das bedeutete, dass Terry immer noch draußen in Miami war. *Die soll sich ruhig amüsieren. Morgen früh wird sie wieder elend in der Kombüse hängen und kein Auge aufbringen.*

Seufzend rieb er sich die Nasenwurzel unter der Brille, danach sah er auf die Uhr. Kurz nach zwei. Er rutschte tiefer in seinen Stuhl, legte die Beine auf den Schreibtisch, aß eine Handvoll Erdnüsse aus einer Schüssel und blickte auf den Monitor. Das Programm arbeitete. *Prozess endet in fünf Minuten*, zeigte ein Bildschirmfenster an.

Ethan blickte auf die Anzeige, die im Sekundentakt nach unten zählte. Im Gegensatz zu Terrys Kabine, die aussah, als wäre Hannibal mit einer Horde Elefanten durchgeritten, war in seiner blitzblank aufgeräumten Kajüte alles pingelig geordnet. Ethan war ein Vollblut-Nerd, ein mathematisches und computertechnisches Genie, verfügte über ein fotografisches Gedächtnis und bildete sich in fast jeder freien Minute weiter, was man von Terry nicht behaupten konnte. Die stromerte lieber herum, tauchte zu Korallenriffen oder lag faul an Deck der Kopernikus in der Sonne. Von dem, was Johann ihr beibringen wollte, lernte sie nur das Notwendigste. Und weil sie nicht mit ihrem Taschengeld umgehen konnte, hatte sie Ethan sogar einmal zwanzig Dollar geklaut, als sie auf den Galapagos-Inseln angelegt hatten – aber bisher hatte er ihr das nicht beweisen können, was ihn ziemlich fuchste. Schlau war sie ja, dass musste er ihr lassen.

Mit dem Vorwurf, dass sie eine faule Seegurke sei, zog Ethan sie schon lange nicht mehr auf. »Du kannst Bonbons oder Ohrfeigen haben«, bot er ihr meistens an. »Aber Bonbons sind gerade aus.« Woraufhin Sie immer konterte mit: »Wer Spaß an Pest, Cholera, Lepra und Tuberkulose hatte, wird dich vielleicht auch mögen, du Supergenie!« Eigentlich nichts Schlimmes, aber die Art und Weise, *wie* sie *Supergenie* sagte, brachte ihn auf die Palme.

Im Grunde genommen war das Frettchen gar nicht dämlich, dachte Ethan. Wenn er es sich recht überlegte, war Charlie sogar intelligenter als Terry. Ethan grinste.

Noch zehn Sekunden.

In diesem Moment klatschte etwas von außen an das Bullauge. Ethan fuhr erschrocken hoch. Die Schüssel mit den Erdnüssen fiel zu Boden und die Nüsse kullerten über den Kabinenboden.

Scheiße!

Er blickte zum Fenster. Da hing das Frettchen! Der kleine rot-braune Kerl spreizte sich mit seinen Beinchen im Rahmen des Bullauges ab und klopfte mit der Nase gegen die Scheibe.

Was zum Teufel ...?

Ethan spähte an Charlie vorbei aus dem Fenster. Mole, Kaimauer und Hafen lagen ruhig von der Mondsichel beschienen da. Alles ruhig. Weit und breit waren keine streunenden Hunde oder räudigen Kater zu sehen. Trotzdem hing das Vieh am Bullauge und sträubte sein Fell, als wäre ein Tierfänger mit einem Netz hinter ihm her. Wieder klopfte es mit der Schnauze ans Glas.

»Ja doch!« *Muss ich mich jetzt auch noch um Terrys Haustier kümmern?*

Ethan rollte mit dem Stuhl zu dem runden Fenster, fuhr dabei über ein paar Erdnüsse, die knackend unter ihm zerbröselten. *Verdammt!* Dann löste er die hydraulische Sperre und öffnete das Bullauge. Sein Vater hatte ihm davon abgeraten, das zu oft zu machen, da die Dichtungen darunter litten, was fatal war, wenn sie auf eine Tiefe von dreißig Metern gingen. Aber wie es schien, war das ein Notfall.

Charlie drängte sich durch den Spalt in die Kabine, sprang mit einem Satz auf Ethans Schoß und stupste ihn mit der Nase an.

»Ach, wenn du doch nur sprechen könntest.«

»*Aber ich kann doch sprechen*«, imitierte Ethan Charlies Quieken mit hoher Stimme und fuhr dem Tier übers Fell.

Da bemerkte er einen Gegenstand, der unter dem Halsband des Frettchens hervorragte. Ein Feuerzeug? Nein, ein Datenstick.

»Halt still, alter Junge!« Er zog es raus. Es war ein uraltes Teil mit nur 512 MB Speicherplatz.

»Jerichos Splitter«, las Ethan. »Wo hast du das bloß her?«

»*Habe ich aus dem Apple-Museum in der Innenstadt geklaut*«, imitierte er wieder Charlies Quieken.

Das Programm war mittlerweile längst fertig, aber jetzt war etwas anderes wichtiger. Ethan steckte den USB-Stick an sein Notebook und ließ sicherheitshalber ein Anti-Viren-Programm über den Datenträger laufen. Das Ding schien sauber zu sein.

Danach sah er sich die Inhalte an, während Charlie auf seinem Schoß saß. Es waren ausschließlich Filme. Mit der Handkamera selbst gedrehte Videos, von denen das längste zehn Minuten dauerte. Laut Datum waren die Filme zwischen zehn und vierzehn Jahre alt.

Egal, welchen Film er öffnete – immer wieder waren die gleichen Szenen zu sehen: Wasserbecken mit Delfinen und eine schlanke Frau im Bikini mit langen schwarzen Haaren. Eine Delfinshow? Nein, es gab weder Tribünen noch Besucher. Es sah mehr nach einer Tierklinik oder einer Forschungseinrichtung aus.

»Wo hast du das bloß her?«, murmelte Ethan. »Das sieht nicht nach … O Mann!« Ihm stockte der Atem. Das war doch Tante Amanda auf dem Video. *Na, klar!* Dr. Amanda West, die Schwester seines Vaters. Und das kleine Mädchen, das vom Beckenrand ins Wasser sprang, musste demnach Terry sein.

»Meine Güte, Terry!«, rief Ethan und lachte laut auf. »Du warst ganz schön pummelig als Kind.« Unwillkürlich musste er grinsen. Dann wurde ihm schlagartig bewusst, was er da sah. Filme, von denen vermutlich niemand wusste, dass es sie gab, da sie vor Amanda Wests Tod aufgenommen worden waren.

Automatisch kopierte er den Inhalt des Sticks auf seine Festplatte. Indessen sprang Charlie runter, lief nervös auf dem Boden herum und quiekte aufgeregt. Das sonst so gefräßige Frettchen ignorierte sogar die Erdnüsse, die immer noch herumlagen, was es sonst nie tat. *Kein gutes Zeichen!*

»Was ist bloß los mit dir?« Ethan warf einen Blick aus dem Fenster. Die Mole am Anlegeplatz des U-Boots war verlassen. »*Terry ist nicht da!*«, imitierte er wieder Charlies Quieken mit hoher Stimme. »Ja, das sehe ich, Kumpel!«

Er stand auf. »Wir sollten nach ihr suchen, meinst du das?«

Charlie lief zur Tür und kratzte mit den Krallen am Metall.

»Natürlich meine ich das, du Genie!«

»Okay, dann los.« Ethan schloss das Bullauge, verriegelte die Hydraulik, öffnete die Tür und folgte dem Frettchen, das in langen Sätzen durch den Gang zum Turm hüpfte.

Ethan schlich ihm leise hinterher, hielt sich an der Leiter fest und blickte nach oben. »Da hinauf? Und raus?«

Wie auf Kommando kletterte Charlie an Ethans Hose und Sweatshirt hinauf und klammerte sich an seiner Schulter fest. »Aua«, zischte Ethan und biss die Zähne zusammen.

Das hatte das Tier noch nie getan, zumindest nicht bei ihm.

»Ich wünschte, du könntest wenigstens die Krallen einziehen!«, murmelte Ethan, stieg die Leiter hoch, öffnete die Luke und ließ sie langsam aufschwingen, sodass die Scharniere nicht quietschten.

Mit einem Satz war Charlie draußen, sprang vom Boot und lief über die Kaimauer auf eine Straße zu.

»Ja doch, ich komme ja schon«, murrte Ethan und folgte ihm, aber nicht ohne sich vorher das Funkgerät, ein leistungsstarkes Walkie-Talkie, das sicherheitshalber immer im Turm hing, an den Gürtel zu klemmen.

10. KAPITEL

Von der ursprünglichen überschwänglichen Freundlichkeit der Goians war nichts mehr zu spüren. Ohne Zweifel waren sie auf meinen Besuch vorbereitet gewesen, hatten mich nicht gerade sanft überwältigt und mit Kabelbindern an den Schreibtischsessel gefesselt. Die Handgelenke an die Lehnen, die Fußgelenke an die Stange unter der Sitzfläche. Dabei hatte ich Dina in die Hand gebissen und ihn gegen das Knie getreten, aber zu zweit waren sie einfach stärker als ich gewesen.

Verschnürt wie ein Paket, konnte ich mit den Zehenspitzen nicht einmal den Boden berühren, um mit dem Stuhl durch den Keller zu rollen. Bevor ich den Mund auch nur aufmachen konnte, hatte mir Mr. Goian ansatzlos schon zwei Ohrfeigen verpasst, sodass meine Wangen wie Feuer glühten.

Während die beiden meinen Rucksack durchwühlten, aber nichts Interessantes darin fanden, außer den Artikel, den sie aber drinließen, kam Lavinia fluchend die Treppe herunter. Anscheinend hatte sie Charlie nicht erwischt. Bestimmt war er durch das offene Fenster ins Freie entkommen.

»Grins nicht so frech!«, brüllte Mr. Goian, holte erneut aus und schlug zu.

Ich presste die Augen zusammen und schluckte den Schmerz hinunter.

Die nächste Stunde kam mir wie eine Ewigkeit vor. Durch die verkrümmte Sitzhaltung bekam ich Krämpfe in den Oberschenkeln, und meine Handgelenke waren bereits so wund gescheuert, dass jede Bewegung höllisch schmerzte.

»Du kannst schreien, so laut du willst«, sagte Mr. Goian. »Hier unten hört dich niemand. Und falls doch ungebetene Gäste kommen sollten, schließen wir einfach die Falltür, und du kannst hier unten brüllen, bis du schwarz bist.«

Die Goians hatten nicht viel von mir erfahren, ganz einfach deshalb, weil ich von dem, was sie wissen wollten, keine Ahnung hatte.

Allerdings hatte *ich* einiges erfahren. Und zwar, dass sie von diesem Keller garantiert nichts gewusst hatten. Denn erstens hatten sie sogleich jeden Winkel akribisch durchsucht, aber auch nicht mehr gefunden als ich, nämlich ein paar Notizen meiner Mutter, die jedoch nicht sehr aufschlussreich waren. Und zweitens hatten sie sich ganz fasziniert mit meinem Medaillon beschäftigt. Sobald man damit in die Nähe der Treppe kam oder sich wieder davon entfernte, öffnete beziehungsweise schloss sich die Falltür. Offenbar hatte es einen implantierten Sender, der auf die Falltür eingestellt war und sich innerhalb einer Entfernung von einem Meter automatisch aktivierte.

Danach ließen mich die beiden Frauen mit Mr. Goian allein.

»Zum letzten Mal: Was ist auf dem Stick, den du dem Frettchen unters Halsband geschoben hast?«

»Wie oft denn noch?«, antwortete ich schwach. Mein Kinn sank auf die Brust. »Ich weiß es nicht … *Jerichos Splitter* stand darauf.«

»Rede endlich, du verdammte Göre!« Mr. Goian war so aufgebracht, dass Spucke aus seinem Mund flog. Erneut holte er mit der flachen Hand aus, bremste jedoch ab, bevor er mein Gesicht traf.

Ich kniff die Augen zusammen. »Ich weiß es nicht!«

Das Verhör ging noch eine Weile, in der ich Ohrfeigen kassierte und mir immer wieder die gleichen Fragen gestellt wurden, bis ich plötzlich ein zischendes Geräusch hörte und ein Auge öffnete.

»Ich werde es jetzt damit versuchen.« Lavinia hielt den Elektroschocker in der Hand. »Ich konnte dieses kleine Scheusal von Anfang an nicht leiden …« Sie kam mit dem Gerät auf mich zu. Zwischen den Enden sprang ein blauer Blitz hin und her.

Schlagartig war ich wieder hellwach. »Ich weiß es nicht«, rief ich.

»Das Problem ist, dass ich dir nicht glaube«, sagte Lavinia. »Aber vermutlich macht dir der Taser nicht einmal etwas aus.«

»Was?«, kreischte ich und schielte auf die Funken.

»Was könnte ein Elektroschock bei dir schon viel bewirken? Du bist doch als Kind zu oft gegen die Schleuse geschwommen.« Sie betrachtete die blauen Blitze. »Aber wir probieren es ganz einfach aus.«

»Nein!«, stoppte Dina ihre Tochter, die bestimmt gar nicht ihre Tochter war. »Falls sie bewusstlos wird, habe ich nichts da, um sie wieder wach zu kriegen. Außerdem führt das vielleicht zum Herzstillstand.«

»Das riskieren wir«, schlug Lavinia vor.

Wie reizend!

»Nein!«, entschied Dina, ging zu dem Tablett und zog eine Spritze auf. Aus dem Augenwinkel sah ich das Fläschchen mit dem giftig grünen Inhalt und auf dem Etikett das Emblem einer blauen Schlange, die sich um einen Stab wand. Darunter stand ein Name: *Biosyde*. Und das klang nicht sehr gesund.

Mr. Goian schob mir den Ärmel des Pullovers nach oben, verbog meinen Arm und streckte ihn durch. Es tat weh. Sie machten sich nicht einmal die Mühe, meine Armbeuge mit einem Alkoholtuch zu desinfizieren. Stattdessen band Dina meinen Oberarm mit einem Gummischlauch ab, knurrte ein »Halt still!«, stach mir die Nadel in den Arm und löste das Band.

Ein Schauer lief mir von der kalten Nadel bis zu den Haarspitzen am Kopf. Tatenlos musste ich zusehen, wie sie das giftgrüne Zeug in meinen Arm jagte.

»Das hätten wir gleich von Anfang an machen sollen«, sagte Mr. Goian.

»Und riskieren, dass sie an Herzversagen krepiert?«

Ich spürte, wie sich meine Augen vor Panik weiteten.

»Eine neue Wahrheitsdroge«, erklärte Dina mit einem falschen Lächeln. »Kämpf nicht dagegen an. Hast du Angst?«

»Ja«, gab ich zu und spürte im selben Moment, wie mir ganz merkwürdig wurde. Der Raum dehnte sich plötzlich und die Treppe rückte in unerreichbare Ferne. Dinas Gesicht wurde länger und ihre Augen traten seltsam hervor. Ihre Stimme klang dunkler und ihre Worte wurden langsamer.

»Warum bist du in Miami?«

»Wir haben angelegt … um Wasser und Vorräte an Bord zu nehmen«, murmelte ich und brauchte für die Antwort gefühlt eine Ewigkeit.

»Weiß jemand, dass du hier bist?«

»Nein, aber ich habe eine Nachricht auf meinem Kopfkissen hinterlassen.«

»Wann wird sie frühestens jemand lesen?«

»Um fünf Uhr früh, bevor wir ablegen.«

»Gut. Wonach hast du in diesem Haus gesucht?«

»Ich wollte mir das Labor ansehen.«

»Was ist auf dem Stick?«

»Weiß ich nicht …«

»Was weißt du über die Formel?«

»Welche Formel …?«

»Was weißt du über die Forschung deiner Mutter?«

»Nichts …«

»Wo ist sie?«

»Die Forschung …?«, fragte ich.

Eine Ohrfeige knallte, und ich spürte erneut, wie meine Wange brannte.

»Deine Mutter, du dummes Ding! Wo ist deine Mutter?«

Ich spürte, wie mir Tränen über die Wange liefen, und schmeckte das Salz auf den Lippen. »Sie ist tot.«

»Tatsächlich? Wo steckt sie?«, beharrte die Frau.

Was soll das alles? Ich versuchte, mich wegzudrehen. »Ihre Leiche wurde nie gefunden«, presste ich hervor.

»Wo steckt sie?«, wiederholt Dina.

Ich weiß nicht mehr, wie lange die Tortur noch gedauert hatte, doch plötzlich hörten die Fragen auf. Müde öffnete ich die Augen.

Es standen nur Dina und Lavinia im Keller. Von Mr. Goian sah ich nur noch die Beine, wie sie zeitverzögert und unendlich weit entfernt über die Treppe nach oben verschwanden.

Dina und Lavinia sahen ebenfalls nach oben.

Da fiel mir ein, dass ich ein Geräusch gehört hatte. Ein Klopfen. Es hatte so weit weg geklungen, als wäre es aus dem Garten gekommen. Oben war es noch dunkel. Anscheinend herrschte immer noch Nacht.

»Ion?«, wisperte Dina.

Doch von oben kam keine Antwort. Nur ein Poltern war zu hören.

»Ion? Verdammt!«, fluchte sie. »Ich sehe nach.«

Nun verschwand auch Dina nach oben und ließ mich mit der verrückten Lavinia allein.

Sogleich kam diese näher. »Ich konnte dich und dein widerliches Frettchen von Anfang an nicht ausstehen«, zischte sie mir ins Ohr.

»Ich dich auch nicht«, gab ich wahrheitsgemäß zu, was nicht sehr hilfreich war.

»Gut.« Sie lächelte kalt. »Dann wirst du ja verstehen, warum ich das jetzt mache.« Sie hielt immer noch den Elektroschocker in der Hand, den sie nun direkt vor meinem Gesicht knisternd aufblitzen ließ.

11. KAPITEL

Johann konnte sich noch genau an das Haus in der Tubber Lane erinnern, in dem er bis vor zehn Jahren mit Terry und Dr. Amanda West gewohnt hatte. Es hatte sich kaum verändert. Allein *das* war ein Indiz dafür, dass etwas nicht stimmte. Denn Häuser veränderten sich im Lauf der Zeit. Dieses nicht. Alles war exakt wie damals. Die gleiche Fassade, die gleichen alten Fensterläden, der gleiche Garten. Und falls er sich nicht täuschte – und das tat er äußerst selten –, hatte Terry bestimmt versucht, in dieses Haus einzudringen. Mittlerweile waren seit ihrem Aufbruch zwei Stunden vergangen, und das Mädchen war nicht wieder zum Boot zurückgekehrt, also hatte sich Johann auf den Weg gemacht. Terry war tatsächlich alt genug, um selbst auf sich aufzupassen – das hatte sie schon oft genug bewiesen. *Trotzdem hätte ich nicht so lange warten, sondern ihr gleich folgen sollen*, dachte er besorgt.

Nun schlich er durch den Garten, sprang mit zwei Sätzen auf die Terrasse und presste sich in die Dunkelheit des Dachvorsprungs an die Mauer. Im Haus war alles ruhig. Weder brannten Lampen noch zuckte der Lichtstrahl einer

Taschenlampe durch die Zimmer. Bloß im Wohnzimmer leuchtete eine quadratische Öffnung im Boden.

Das Labor!

Jemand hatte es also entdeckt und geöffnet. Jemand? Es konnte nur Terry gewesen sein. Oder wussten die Goians etwa davon?

Johann zog sein Pickset aus der Hosentasche, ein kleines Etui mit Dietrichen. Mit schlafwandlerischer Sicherheit suchte er das richtige Werkzeug heraus, fuhr damit in das Schloss der Terrassentür und entriegelte es routiniert mit einer kleinen Bewegung aus dem Handgelenk. Einbrechen war wie schwimmen, Rad fahren oder atmen – man verlernte es nie.

Lautlos drückte er die Klinke hinunter, öffnete die Tür, schob den Vorhang beiseite, betrat das Wohnzimmer und schloss die Tür hinter sich. Es roch ... *nach nichts! Merkwürdig!*

Eigentlich war es ihm scheißegal, dass er in diesem mittlerweile fremden Haus nichts zu suchen hatte. Er musste nur sichergehen, dass Terry nicht in Schwierigkeiten steckte, und niemand würde ihn dabei aufhalten. Im nächsten Moment hielt er den Atem an und lauschte.

Und wie sie in Schwierigkeiten steckte!

Aus dem Keller drangen fremde Stimmen. Sie klangen gar nicht nett und stellten immerzu die gleichen Fragen. Nach Terrys Mutter und ihrer Forschung. Und dann hörte er Terry. Sie klang erschöpft und bemühte sich verzweifelt um Antworten.

Gar nicht gut!

Johann blickte über die Treppe ins Kellerlabor. Drei Personen befanden sich unten. Sie kehrten Johann den Rücken zu – und weiter hinten entdeckte er Terry, die gefesselt auf einem Stuhl saß. Eine der Fremden, eine junge Frau, stand mit einem Gerät, das wie ein Elektroschocker aussah, neben Terry. *Jetzt aber schnell!*

Johann schlich zur Terrassentür und klopfte mehrmals heftig an die Scheibe. Dann huschte er auf leisen Sohlen zurück zur Kellerluke und hockte sich neben den Aufgang in den Schatten. Dort würde er unbemerkt bleiben, sobald jemand die Treppe heraufkam.

Wenige Sekunden später stampfte ein Mann über die Stufen nach oben, um nachzusehen, wer geklopft hatte. Kaum stand er im Wohnzimmer und sah sich um, schnellte Johann aus der Hocke hoch, presste ihm von hinten die Hand auf den Mund und schlug ihm gleichzeitig mit dem Handballen an die Schläfe. Johann wusste, wie man jemanden rasch und effizient bewusstlos machte. *War die Zeit im Knast doch nicht umsonst gewesen.*

Kraftlos sank der Mann in seine Arme, und er zerrte den schlaffen Körper durchs Wohnzimmer, um ihn auf die Couch zu legen.

Vor einigen Jahren hätte er das gesamte Manöver noch völlig lautlos hinbekommen, doch mittlerweile kam er etwas außer Atem. Er unterdrückte ein Keuchen. Der Schlag war auch nicht perfekt gewesen, aber immerhin würde der Mann die nächsten paar Minuten ausgeschaltet sein. Kurz darauf kam die nächste Person – vom Geräusch angelockt – nach oben.

»Ion? Verdammt!« Pause. »Ich sehe nach.«

Diesmal war es die hochgewachsene Frau. »Ion?«, fragte sie erneut und sah sich um.

Johann ließ sie heraufkommen, packte sie ebenfalls von hinten und schlug ihr ebenso wie dem Mann den Handballen an die Schläfe. Nicht ganz so hart, doch der Hieb reichte aus, sie bewusstlos in seine Arme sinken zu lassen. Er packte sie unter den Achseln und zerrte sie zum Teppich. Kaum hatte er sie auf den Boden gelegt, spürte er, dass jemand hinter ihm stand.

Wild fuhr er mit erhobener Faust herum, bereit, sofort zuzuschlagen.

»Johann?«, presste die Gestalt vor ihm heraus.

Vor Angst geweitete Augen starrten ihn hinter einer Brille an.

In letzter Sekunde stoppte Johann in der Bewegung. Im Dämmerlicht erkannte er den Kerl mit den strubbeligen Haaren. »Ethan?«, flüsterte er und nahm die Faust herunter.

»Johann, was tust du in diesem Haus?«, flüsterte nun auch Ethan, der sich verdattert umsah. Seine Brille war ein wenig beschlagen.

»Was tust *du* hier?«, entgegnete Johann, »und wie bist du in dieses Haus gekommen?« Er blickte zur Terrassentür, die immer noch geschlossen war.

Ethan nickte in den Gang. »Hinter dem Haus war ein kleines Fenster mit einer Katzenklappe offen, und ich dachte …«

»Hallo?«, drang die Stimme der jungen Frau vom Labor nach oben.

»Keine Zeit für weitere Erklärungen«, zischte Johann, wandte sich ab und stürzte hastig zur Treppe.

Irgendein kleiner Gegenstand lag auf den Stufen, den er beim Hinunterlaufen versehentlich mit dem Schuh zur Seite kickte. *Egal.* Kaum war er unten, kam eine junge Frau mit einem Elektroschocker auf ihn zu, die wohl den Tumult von oben gehört haben musste.

Gleichzeitig merkte Johann, wie sich die Luke hinter ihm zu schließen begann. *Nicht gut!*

Mit einem Satz war die Frau bei ihm und versuchte ihm einen elektrischen Schlag zu verpassen. Johann wehrte den Angriff ab, packte die Frau am Arm, verdrehte ihr Handgelenk und drückte ihr das Gerät auf die Brust.

Sogleich schrie sie auf und fiel um wie ein Brett. Es roch nach versengtem Stoff.

»Johann!«, rief Ethan von oben. »Die Luke!«

Johann ignorierte die Warnung und stürzte zu Terry, die immer noch an den Stuhl gefesselt war. *Verdammt!* In seinem Pickset hatte er nichts, womit er das starke Plastik der Kabelbinder durchtrennen konnte. Also musste er sie wohl mitsamt dem verdammten Stuhl hochwuchten.

»Johann!«, rief Ethan.

In diesem Moment verschloss sich die Luke in der Decke mit einem dumpfen Geräusch.

12. KAPITEL

Plötzlich sah ich Johanns verschwommenes Gesicht vor mir und spürte, wie er an den Fesseln zerrte. »Coole Aktion, das mit dem Elektroschocker«, murmelte ich und musste unwillkürlich grinsen.

»Nicht lustig, Terry!«, herrschte Johann mich an. »Sag mir lieber, wie …«

»In der linken Schublade liegt eine Schere«, brachte ich hervor.

Im nächsten Moment hörte ich Johann die Schublade durchwühlen.

»Das andere links …«, murmelte ich.

Johann stöhnte genervt auf. Kurz darauf waren die Kabelbinder durchtrennt. »Kannst du gehen?«

»Ich denke schon …«, murmelte ich, » … aber wohin?« Ich blickte zur Decke, die immer noch meilenweit entfernt schien. »Die Luke ist zu.«

»Das habe ich bereits festgestellt.«

Aus dem Augenwinkel bemerkte ich, wie Lavinia, die verkrümmt in der Ecke lag und eine mächtig steile Frisur hatte, sich aufzurappeln versuchte.

Gleichzeitig klopfte von oben jemand gegen die Luke.

»Oben sind die beiden anderen«, nuschelte ich.

»Die sind außer Gefecht.«

»Aber wer klopft da?«, fragte ich.

»Ethan.«

»Ethan? Der ist doch in seiner Kajüte und programmiert.«

»Offenbar nicht.« Johann stemmte die Arme in die Hüften und sah mich vorwurfsvoll an. »Denn wie es aussieht, hatte in dieser Nacht jeder von euch einen kleinen Ausflug geplant.« Er klang gar nicht erfreut. »Also, wie kann man diese Luke öffnen?«

Ich deutete zur Treppe. »Da müsste ein Medaillon sein …« Aber dort lag es nicht mehr.

Johann ließ mich einen Moment allein stehen, sodass ich mit wackeligen Beinen durch den Raum wankte und mich am Schreibtisch abstützen musste. In der Zwischenzeit erhob sich Lavinia mit ebenso wackeligen Beinen und torkelte auf mich zu.

Johann hatte das Medaillon gefunden und lief damit die Treppe hoch, bis er mit dem Kopf an die Decke stieß. Im nächsten Moment öffnete sich die Luke wieder. »Terry, los!«

»Ja doch …« Ich wankte zur Treppe, bückte mich nach meinem Rucksack und versuchte erfolglos ihn zu schultern. Hinter mir hörte ich Lavinias Keuchen. Sie hielt schon wieder den Elektroschocker in der Hand. So gut ich konnte, folgte ich Johann über die Treppe nach oben, doch plötzlich prallte ich gegen ihn. Er war stehen geblieben. Im Wohnzimmer brannte Licht und vor uns stand Ethan. Er lächelte beschämt, dann zuckte er mit den Achseln.

Hinter ihm standen Mrs. Goian und ihr Mann. Mr. Goian hatte eine Waffe mit langem Lauf auf Ethan gerichtet.

Schlagartig brachte mich der Adrenalinschock zur Besinnung, ich war wieder klar im Kopf. Und da erkannte ich noch etwas. Mr. Goian hielt in der anderen Hand den Datenstick, den ich Charlie unter das Halsband gesteckt hatte. Wie kam denn der hierher? Charlie war doch damit abgehauen!

»Hast *du* den Stick *hierher*gebracht?«, fragte ich Ethan.

»Ja, ich wusste ja nicht, dass …«

»Großartig!«, fuhr ich ihn an. »Ich wollte, dass er an Bord in Sicherheit gebracht wird.«

»Haltet jetzt beide die Schnauze!«, fuhr Mr. Goian uns an.

Nun waren wir alle drei in der Gewalt dieser verrückten Familie, aber auch der Stick, hinter dem sie offenbar her waren. Und zurück konnte ich nicht, da Lavinia hinter mir stand und nur darauf wartete, mir eine mit dem Taser zu verpassen.

»Kommt langsam rauf, und keine hastigen Bewegungen!«, befahl Mr. Goian und deutete mit dem Lauf der Pistole immer noch auf Ethan.

Johann setzte sich wortlos in Bewegung. So hatte er sich die Befreiungsaktion wohl nicht gedacht. Aus dem Augenwinkel sah ich in diesem Moment, wie etwas durchs Wohnzimmer huschte, einen Satz machte und Mr. Goian ansprang.

Charlie!

Mit einem lauten Quieken verbiss er sich mit seinen scharfen Zähnen in Mr. Goians Hand. Der schrie auf. Im gleichen Moment rammte Johann die Schulter gegen Mrs. Goian, sodass sie zu Boden fiel.

Mr. Goian ließ vor Schmerz die Waffe fallen. Während er verzweifelt versuchte, seine Hand durch Schütteln von

Charlie zu befreien, polterte die Waffe zu Boden, und der Stick schlitterte auf die offene Kellerluke zu.

Ich stand immer noch auf der Treppe. Lavinia war hinter mir, packte mich an der Schulter und wollte mich herumreißen. Geistesgegenwärtig beugte ich mich aus der Luke und griff nach der Waffe. Sie war schwer und ölig. Gleichzeitig kullerte mir der Stick entgegen, die Stufen hinunter. Schnell trat ich mit dem Fuß drauf, um ihn zu stoppen. Ein hässliches Knirschen ertönte.

Mist!

Die Splitter fielen zu Boden. Obwohl hinter mir der Elektroschocker knisterte, drehte ich mich um, um die zerbrochenen Stickteile zu retten. Als ich mir den Rucksack schwungvoll über die Schulter warf, knallte es hinter mir, und Lavinia fiel schreiend rücklings die Stufen hinunter.

Geschieht dir recht, du Zicke!

Allerdings war das auch meine Chance. Ich wollte mich bereits bücken, um die Sticksplitter aufzusammeln, doch Johann packte mich an meinem Rollkragen. »Raus hier!«, befahl er.

»Nein, ich …«

»Jetzt!« Er zog mich nach oben. »Zur Terrassentür!«

Ethan und ich folgten ihm. »Charlie!«, rief ich.

Ich sah, wie das Frettchen von Mr. Goians Hand abließ, über den Boden geschleudert wurde, sich überschlug, sich jedoch wieder aufrappelte. Charlies Krallen kratzten über den Boden und wie ein Pfeil schoss er zur Terrassentür.

Johann stieß Ethan und mich nacheinander durch die bereits geöffnete Tür ins Freie, bevor er selbst hinauslief. Ohne lange zu überlegen, rannten wir über die Wiese zum Gartentor. Charlie überholte uns und hüpfte mit einem Satz darüber und auf die Straße.

Wir sprangen ebenfalls über das Tor. Immer noch etwas benommen, kam ich ins Straucheln, aber Johann fing mich auf. Vor dem Haus stand der Geländewagen der Goians. Ich blieb stehen. »Johann, kannst du dieses Auto knacken und kurzschließen?«, keuchte ich.

Johann sah zum Haus. Soeben drängten alle drei Goians durch die Terrassentür ins Freie.

»Ja, aber dafür fehlt mir leider die Zeit.« Johann starrte mich an, dann entriss er mir die Waffe, die ich immer noch geistesabwesend in der Hand hielt. Er zielte damit auf einen Vorderreifen des Wagens und schoss.

Von der Waffe war nur ein Ploppen zu hören. Anscheinend war der lange Lauf ein Schalldämpfer. Zielsicher zerschoss Johann auch einen Hinterreifen. Zischend entwich die Luft, und der Geländewagen sackte wie ein Schlauchboot, dem die Luft ausging, zur Seite.

Mit einer geübten Bewegung riss Johann das Magazin aus der Waffe und zog den Schlitten nach hinten, woraufhin die Patrone im Lauf ausgeworfen wurde. Dann warf er sowohl das Magazin als auch die Waffe über die Hecke aufs Grundstück.

»Lauft!«, rief er.

Hinter der Hecke hörte ich noch, wie Waffe und Magazin ins Wasser des Swimmingpools klatschten. Dann rannten wir die Straße hinunter, Richtung Hafen.

13. KAPITEL

Doch Johann lenkte uns nicht zur Kopernikus, sondern er bog ab in Richtung Innenstadt. Zunächst kam mir unsere Flucht etwas ziel- und planlos vor, doch er versicherte mir, dass er genau wisse, was er tue.

Als wir keuchend vor einer Polizeistation haltmachten, wurde mir sein Plan klar. Er wollte Anzeige gegen die Goians erstatten. Diese sogenannte Familie war immerhin im Besitz einer Waffe mit Schalldämpfer und hatte mich gefangen gehalten und stundenlang gefoltert. Andererseits waren wir drei aber auch ohne Einladung in ihr Haus eingedrungen und Johann hatte zweimal auf ihr Auto geschossen.

»Ist das wirklich eine so gute Idee?«, fragte ich.

»Und ob es das ist!«, erwiderte Johann. »Du wurdest schließlich gefoltert!«

Während unserer gesamten Flucht hatten wir uns mehrmals umgedreht, aber keiner der Goians hatte uns verfolgt. Nicht einmal die ersten paar Meter. Irgendetwas an der ganzen Sache war merkwürdig. Aber ich wusste noch nicht was.

»Kommt!« Johann sah sich um, dann ging er die Stufen zum Eingang des Polizeireviers hinauf, und wir folgten ihm.

Insgesamt saßen wir eine geschlagene halbe Stunde in einem stickigen Vorraum mit Milchglastür, einem Kaffeeautomaten und einem Tisch mit vergilbten Zeitschriften und warteten auf eine Polizistin, die im Moment aber noch ein anderes Protokoll tippte. Die ganze Zeit über blickte ich nervös durch das gekippte Fenster nach draußen, aus Angst, dass doch noch einer der Goians auftauchen würde. Doch der Parkplatz blieb leer, ebenso die Straße.

»Du wirkst so benommen«, stellte Ethan schließlich fest. »Ist alles in Ordnung mit dir?«

Ich nickte. »Die haben mir ein Wahrheitsserum gespritzt«, murmelte ich, merkte jedoch, dass die Wirkung langsam verflog, da sich mein Blick wieder normalisierte.

»Das heißt, du musstest die ganze Zeit die Wahrheit sagen?«, fragte er.

»Ja.«

»Und wirkt es immer noch?«

»Ein wenig.«

»Hast *du* damals eigentlich die Eprouvettengläser mit den Wasserproben in Vaters Labor hinuntergeworfen?«, fragte er ganz nebenbei. »Wolltest du dein Missgeschick verheimlichen, hast anschließend die Scherben zusammengekehrt und alles trocken gewischt?«

Nein, natürlich nicht, wollte ich sagen, doch meinem Mund entrang sich nur ein knappes: »Ja.«

Verdammt!

Ethan grinste. »Hast *du* mir zwanzig Dollar aus der Tasche geklaut, als wir auf den Galapagos-Inseln waren?«

»Ja, aber es waren fünfundzwanzig.« *Verflixt!*

»Und was hast du damit gemacht? Schminksachen gekauft?«

»Leckerlis für Charlie.«

»Aber du sollst ihn doch nicht mit Leckerlis füttern«, sagte Ethan. »Die sind nicht gut für ihn.«

»Ich mache es heimlich ...«

»Schluss jetzt!«, fuhr Johann dazwischen.

Ethan verstummte, verkniff sich aber ein Lachen. Ich sah Johann dankbar an.

Der griff in seine Hosentasche und zog mein Medaillon hervor. »Das gehört dir«, sagte er knapp und reichte es mir. »Erstaunlich, dass man damit die Geheimtür öffnen konnte«, fügte er kopfschüttelnd hinzu.

»Was? Damit?«, fragte Ethan ungläubig.

Ich nickte. »Aber frag mich nicht, wie. Ich habe keine Ahnung, wie das funktioniert.«

»Darf ich mir das mal ansehen?« Ethan streckte die Hand aus.

»Sicher.« Ich reichte ihm die Kette mit dem Anhänger. »Wenn ich es anschließend wieder kriege.«

»Ich werde es garantiert nicht am Flohmarkt verhökern.« Ethan betrachtete die Kette, ließ das Medaillon aufschnappen, nahm das Bild heraus und untersuchte den Stein.

Indessen umklammerte ich meinen Rucksack, streichelte Charlie, sah zum Fenster hinaus und wartete.

In der Zwischenzeit war eine Funkstreife vor das Gebäude gefahren und hielt unmittelbar vor dem Fenster. Ein Polizist stieg aus und wollte zum Eingang des Gebäudes gehen, blieb jedoch stehen und griff zur Schulter seiner Uniform, wo ein Funkgerät hing. »Wie ist die Beschreibung des Mädchens?«, fragte er in das Gerät.

Was sein Kollege über Funk sagte, war nicht zu verstehen. Gleichzeitig knisterte jedoch auch das Funkgerät an Ethans Gürtel.

» ... *eins sechzig groß, etwa vierzehn Jahre alt, schwarze*

Jeans, schwarzer Pullover, langes, brünettes Haar, Lippenpiercing«, drang die Antwort aus Ethans Gerät.

Ich spürte, wie sich mein Körper versteifte. Die sprachen von mir! Und zufällig hatte Ethan die Frequenz des Polizeifunks eingestellt. Ängstlich sah ich zu Johann, dem das Funkgespräch auch nicht entgangen war. Ich wollte etwas sagen, doch der legte den Finger auf die Lippen.

»Einbruch, Diebstahl und schwere Körperverletzung.«

»Und wo?«, fragte der Polizist.

Ethan bekam ebenfalls große Augen. Wortlos ließ er das Medaillon in seiner Hosentasche verschwinden. Dann drehte er sein Funkgerät leiser, versuchte jedoch die Frequenz besser reinzubekommen, indem er an einem Rädchen drehte. *» … der Tubber Lane, im Haus von Mr. Goian. Die Gesuchte ist bewaffnet und gefährlich. Sie hat die Tochter der Goians mehrmals schwer mit einem Elektroschocker verletzt.«*

»Was? Mehrmals?«, entfuhr es mir. »Der ist doch gar nichts passiert, außer …«

Johann hob die Hand und brachte mich zum Schweigen. »Nicht so laut!«, zischte er.

Mein Herz schlug bis zum Hals und schnürte mir die Kehle zu. Indessen kniff Johann konzentriert die Augen zusammen und rückte näher zu Ethan, um besser hören zu können.

»Außerdem hat ihr Begleiter mehrmals mit einer Waffe auf Mr. Goians Auto geschossen.« Als Nächstes folgte eine Personenbeschreibung von Johann. *»Wir haben Verstärkung angefordert und eine Fahndung nach dem Mädchen und dem Mann rausgegeben! Sie können noch nicht weit sein.«*

Johann erhob sich. Gleichzeitig hörten wir Schritte im

Gang. Anscheinend kam endlich jemand, um unsere Anzeige aufzunehmen.

Ethan schaltete sein Funkgerät aus und rutschte unruhig auf dem Stuhl herum. »Wir sollten von hier abhauen.«

»Warum?«, entfuhr es mir. »Wir haben doch gar nichts getan.«

»Das ist egal, Terry«, bestätigte Johann. »Wenn wir jetzt in die Hände der Polizei fallen, würde das Untersuchungshaft für uns bedeuten und wegen unserer kanadischen Staatsbürgerschaft zu internationalen Verwicklungen führen.«

Die Schritte im Gang wurden lauter, und mittlerweile sahen wir auch durch die Milchglastür, dass sich ein Schatten dem Zimmer näherte.

»Aber die haben mich *gefoltert*!«, rief ich.

»Leise!«, zischte Ethan. »Und wenn schon! Sie würden meinem Vater das Sorgerecht für dich entziehen, weil er seine Aufsichtspflicht vernachlässigt hat, und wir könnten mit der Kopernikus nicht auslaufen … und du wärst weg«, fügte er leise hinzu.

Ich wusste, was das bedeutete. Trotz der aussichtslosen Situation fühlte ich mich plötzlich gerührt. Ethan machte sich nicht nur Sorgen um sich und die Forschungsarbeit seines Vaters, sondern tatsächlich auch ein wenig um mich. Ich sah Johann an.

Der nickte nur. »Er hat recht!«

Während der Polizist vor dem Fenster in seinen Wagen stieg und davonfuhr, klemmte Johann einen Stuhl unter die Türklinke. »Jetzt! Aus dem Fenster!«, flüsterte er. »Zum Boot. Rasch!«

Die Umrisse der Person hinter der Milchglasscheibe erreichten die Tür. Es war eine Frau. Sie rüttelte an der

Klinke, aber der Stuhl verkeilte sich in den Rillen der Bodenfliesen. »Hallo?«, rief sie, und ich sah durch die Scheibe, wie sie zu ihrem Funkgerät griff.

Inzwischen hatte Johann bereits das Fenster geöffnet und wir sprangen der Reihe nach ins Freie. Über eine Böschung kullerten wir die Wiese hinunter zur Straße. Als ich mich aufrichtete, sah ich von dem Polizeiwagen zum Glück nur noch die Rücklichter.

In wenigen Minuten würde die Morgendämmerung einsetzen.

»Wo geht's zum Hafen?«, fragte ich.

Während Johann und Ethan sich noch aufrappelten, bemerkte ich, dass Charlie bereits in eine schmale Gasse gesaust war. Er hatte immer schon einen perfekten Orientierungssinn gehabt.

Ohne lange zu überlegen, spurteten wir hinterher.

14. KAPITEL

Als wir den Hafen erreichten, dämmerte bereits ein zarter silberner Streifen am Horizont, der sich bald in einen leichten Orangeton verfärben würde. Möwen kreisten über den Masten der Fischkutter. Die hohen Laternen im Hafen brannten noch und tauchten die Andockstellen in ein gelbes Zwielicht. Einige Matrosen waren schon auf den Beinen und luden ihre Fracht aus.

Ich hatte keine Ahnung, wie spät es war, aber bestimmt schon nach vier Uhr früh. Um fünf Uhr wollte mein Onkel auslaufen. Meine Hoffnung, dass er noch schlief und von all der Aufregung nichts mitbekommen hatte, löste sich jedoch in Luft auf, als wir die Kopernikus erreichten. Simon stand nämlich schon in Shorts, Sandalen, Hemd und Schal neben dem U-Boot auf der Kaimauer. Er hielt einen Stapel Papiere in der Hand und blickte sich in alle Richtungen um. Seine Miene war wirklich finster und er hatte tiefe Ringe unter den Augen.

Kaum standen wir keuchend vor ihm, ging das Gezeter auch schon los.

»Schön, dass ihr auch mal vorbeikommt. Darf ich bitte

schön erfahren, wo ihr euch alle herumgetrieben habt?«, begann er und deutete dann bereits auf mich. »Deine Koje ist unberührt! Und was soll dieser Zettel? *Gehe noch mal zum Haus meiner Mutter.* Um diese Zeit? Warst du etwa die ganze Nacht weg?« Er wandte sich an Ethan. »Und was ist mit dir? Übernachten wir neuerdings auswärts?« Zuletzt sah er Johann an und da wurde sein Blick erst so richtig finster. »Bist du noch bei Trost?«

»Wenn ich uns allen einen Rat geben dürfte«, sagte Johann knapp, »sollten wir so rasch wie möglich von hier verschwinden.«

Simon atmete tief durch. »Was habt ihr ausgefressen?«

»Käpt'n!«, drängte Johann. »Wir sollten *wirklich* ablegen! Wenn du willst, übernehme ich die bürokratischen Formalitäten.«

Simon hob die Hand mit den Papieren. »Die Liegegebühr ist schon bezahlt, wir sind bereits ausklariert und …« Er zog die Augenbrauen zusammen und starrte zur Hafenzufahrt, über die soeben ein Polizeiauto in unsere Richtung fuhr. » … und die Kopernikus ist zum Auslaufen bereit.«

Während wir noch alle wie gebannt auf die näher kommende Polizeipatrouille starrten, murmelte Simon leise: »Ich will gar nicht wissen, was die von uns wollen. Alle Mann an Bord!«

Mein Onkel wusste, wie sehr ich die Bezeichnung *Alle Mann* hasste. Doch in diesem Augenblick war mir das mehr als egal. Wir stürzten zur Kaimauer und sprangen an Deck. Zuerst kletterten Ethan und ich über die Leiter auf den Turm – Charlie klammerte sich an meinen Rucksack – Johann folgte uns.

Simon löste indessen die Leinen, mit der die Kopernikus festgemacht war. Sogleich driftete das Boot durch die Strömung von der Kaimauer weg, Simon sprang an Bord und kletterte ebenfalls zur Einstiegsluke hinauf. Ich war bereits unter Deck auf der Brücke und blickte durch das Bullauge. Das Polizeifahrzeug blieb exakt neben unserem Anlegeplatz stehen. Zwei uniformierte Polizisten stiegen aus, einer von ihnen sprach hektisch in ein Funkgerät.

Alle Formalitäten im Hafenbüro waren erledigt und nichts konnte uns jetzt noch aufhalten. Ein paar Handgriffe genügten, um abzuhauen. Die Motoren waren bereits warm gelaufen und die beiden Schiffsschrauben brachten das Wasser hinter dem Heck zum Schäumen. Langsam bewegte sich das Boot durch die Wellen.

»Ruder hart Backbord!«, rief Simon, der auf der Kommandobrücke an den Geräten stand.

Johann, der sich gegenüber im Ruderraum befand, setzte den Befehl sogleich um.

»Terry, mach die Luke dicht«, brüllte Simon.

»Aye, aye, Sir.« Ich kletterte im Turm hoch, zog die schwere Luke zu und verriegelte das Schott. Dann rutschte ich die Leiter hinunter und fuhr das Sehrohr aus. Da jeder an Bord wusste, was zu tun war, funktionierte unsere Crew in solchen Situationen wie ein geöltes Uhrwerk.

»Jetzt volle Kraft voraus!«, rief Simon.

Ich klappte die Griffe des Sehrohrs herunter und warf einen Blick durch das Periskop. Der Horizont färbte sich soeben orange und das erste Tageslicht fiel über das glitzernde Meer. »Eine halbe Meile voraus drei Grad Backbord sind zwei Schiffe, sehen aus wie Polizeiboote«, rief ich aufgeregt.

»Ich sehe es auf dem Radar, Terry«, sagte mein Onkel. »Johann!«, brüllte er. »Wir tauchen. Drei Meter.«

Im gleichen Moment hörte ich, wie die Wassertanks über

die Ventile mit Meerwasser geflutet wurden. Das Boot neigte sich vorne in die Tiefe und gleichzeitig verlangsamte sich die Fahrt. Ich klammerte mich an die Griffe und blickte immer noch durch das Periskop. Allerdings musste ich das Sehrohr weiter ausfahren, da die Wellen gegen die Linse schlugen.

»Sieben Grad Steuerbord!«, korrigierte Simon den Kurs.

»Aye, Käpt'n«, kam Johanns Antwort.

Dann hatten wir Tauchtiefe erreicht. Die gewohnte Stille hüllte das Boot ein. Ich hörte nur das gleichmäßige Stampfen der Maschinen und das schrille *Ping* des Sonars, mit dem man auf dem Bildschirm die Unterwasserumgebung sehen konnte.

Ethan kam zu mir ans Periskop. »Das hast du ja prima hingekriegt. Nach zehn Jahren wieder einmal in Miami und dann müssen wir vor Killern *und* der Polizei flüchten.«

Beim Wort *Killer* verzog sich Onkel Simons Gesicht. Da bestand wohl Erklärungsbedarf. Bei dem Gedanken daran zog sich mein Magen zusammen. Aber im Moment war er mit dem Steuern des Bootes zu beschäftigt, als dass er nachfragen konnte. Außerdem bereitete mir gerade eine andere Sache Sorgen.

»Ich habe Charlie den Datenstick ans Halsband gesteckt, damit diese Typen ihn nicht finden und du ihn in Sicherheit bringst. Aber was machst du?«, fuhr ich Ethan an. »Du bringst ihn wieder ins Haus zurück, du gehirnamputiertes Supergenie!«

»Kann ich hellsehen, du Klugscheißerin?«, konterte er ebenso zornig. »Außerdem bin ich nicht halb so dämlich, wie du aussiehst. Ich habe von allen Dateien eine Kopie erstellt. Zumindest wissen wir jetzt genauso viel wie die.«

»Haltet mal beide die Luft an!«, unterbrach uns mein

Onkel, ohne den Blick vom Sonar zu nehmen. »Wovon sprecht ihr und wer sind überhaupt *die*?«

Ethan und ich sahen uns an. »Keine Ahnung, wer sie wirklich sind«, antwortete ich, »aber sie geben sich als Familie Goian aus und tun so, als lebten sie im ehemaligen Haus meiner Mutter.«

Simon presste die Lippen schweigend aufeinander, während ich die Chance nutzte, durchs Periskop zu sehen. Wir waren gerade im Begriff, zwischen den Polizeibooten hindurchzutauchen.

»Fahr das Sehrohr ein«, befahl Simon nun. »Johann, wir gehen auf sieben Meter Tiefe. Es muss nicht jeder sehen, wo wir hinfahren. Vor allem jetzt, wo *Killer* und die *Polizei* hinter uns her sind.« Der Vorwurf in seiner Stimme war nicht zu überhören. Dann wandte er sich vom Sonar ab und nahm Ethan und mich ins Visier. »So, und darf ich jetzt bitte erfahren, warum das so ist?«

Ich sah Ethan an, doch er zog es vor, zu schweigen und mir die Antwort zu überlassen.

»Die Goians sind an Mutters Forschung und einer gewissen Formel interessiert«, antwortete ich kleinlaut.

Mein Onkel nickte nur.

»Soso«, murrte er schließlich, nachdem ich ihm alles erzählt hatte, was in dieser Nacht vorgefallen war. »Eine Formel also. Verdammt!«, presste er zwischen zusammengebissenen Zähnen hervor und ballte die Faust. »Ich habe befürchtet, dass das eines Tages passieren würde.«

15. KAPITEL

Zur selben Zeit in Marseille stand die Sonne bereits hoch am Himmel. Es war Mittag. Valerie De Boes saß in ihrem Büro und beendete soeben eine Videokonferenz mit Gibraltar. Das »Paket« war wohlbehalten angekommen, der Inhalt ruhig gestellt und in die dafür vorgesehenen Zimmer verfrachtet worden. Der Monitor erlosch.

Sie nahm die Lesebrille ab und massierte ihre Nasenwurzel. Im Moment lief alles zu ihrer vollsten Zufriedenheit, trotzdem war an Schlaf nicht zu denken. Zahlreiche Dinge mussten noch geregelt werden. Sie sah auf und blickte durch die breite Glasfront über das Meer. Der durchsichtige Vorhang bewegte sich leicht im Wind und durch den Fensterspalt drangen das Kreischen der Möwen und der Geruch von Salzwasser in den Raum. Am Horizont lag die Küste Marseilles mit den weißen Häusern, die im strahlenden Sonnenlicht leuchteten. Davor brachen sich die Wellen an den Felsen, wodurch ein heller Gischtstreifen entstand, der sich die Küste entlangzog.

Während Valerie auf die Gegensprechanlage ihres Telefons drückte, rieb sie sich die Augen.

»Ja, bitte?«, drang sogleich Sidney Stones Stimme aus dem Lautsprecher.

»Eine große Tasse starken Kaffee«, bat Valerie.

»Haselnuss-, Zimt- oder Vanillegeschmack?«

Valerie dachte kurz nach. »Was haben wir noch?«

»Amaretto, Schokolade, Marzipan, Mandel, Eierlikör und …«

»Marzipan klingt gut«, unterbrach Valerie ihre Assistentin.

»Kommt sofort.«

Die Verbindung wurde unterbrochen, und Valerie zog eine Mappe mit Verträgen zu sich, die sie auch noch durchsehen musste, bevor sie sich eine Stunde mit ihrer Schlafmaske für ein Mittagsschläfchen auf ihre Entspannungscouch legen würde.

Kaum hatte sie die Unterlagen aufgeschlagen, piepte ihr Monitor. Eine Gesprächsanfrage aus Miami. Valerie sah auf die Uhr. Dort war es gerade fünf Uhr früh. Sie nahm das Gespräch entgegen.

Der Bildschirm flimmerte einen Moment, dann erschien Dina Goians Gesicht auf dem Display. »Guten Morgen, Miss De Boes … äh, ich meine Mahlzeit.«

»Schon gut, was gibt es?«

»Ich fürchte, wir haben keine guten Neuigkeiten.«

»Ich will nicht wissen, ob die Neuigkeiten *gut* oder *schlecht* sind – davon mache ich mir selbst ein Bild –, informieren Sie mich einfach über die Fakten, und die Interpretation überlassen Sie mir!«

»Ja. Natürlich …« Dina zögerte. »Wir haben gesehen, wie Terry West, der Bursche und dieser große glatzköpfige Mann in Schwarz aus der Polizeistation geflüchtet sind.«

In diesem Moment hörte Valerie, wie sich hinter ihr die

Tür zum Büro mit einem leisen *Klick* öffnete. Im Spiegel auf ihrem Schreibtisch sah sie, dass Sidney Stone mit einem Tablett eintrat, gefolgt von Finn. Augenblicklich duftete es nach Marzipan und frischem Kaffee.

»Die Hafenpolizei?«, fragte Valerie.

»Ist zu spät gekommen. Ihr U-Boot war bereits ausgelaufen.«

»Und die Küstenwache?«

»Hat die Verfolgung zwar aufgenommen, aber das U-Boot ist abgetaucht. Vermutlich wird es so rasch wie möglich die Hoheitsgewässer verlassen.«

Valerie lächelte. »Exzellent«, antwortete sie und ignorierte Dinas verwirrten Gesichtsausdruck. »Wir haben sie jetzt genügend unter Druck gesetzt. Sie können die Anzeige zurückziehen. Hafenpolizei und Küstenwache können sich anderen Dingen widmen. Eine weitere Verfolgung ist nicht notwendig. Lasst sie ungehindert weiterfahren. Ich möchte nur wissen, wohin sie wollen.«

»Aber, ich dachte …«

»Sie werden nicht fürs Denken bezahlt!«, unterbrach Valerie sie. »Ich habe das Signal von Terrys Medaillon auf dem Schirm. Das reicht mir im Moment.« Sie blickte zu einem anderen Monitor, der die Weltkarte in Satellitenansicht zeigte. Vor der Küste Floridas blinkte ein kleiner roter Punkt. »Das war's, danke.« Sie unterbrach die Verbindung.

Sidney und Finn hatten sich während des Gesprächs im Hintergrund gehalten. Nun trat Sidney an den Schreibtisch und stellte das Tablett mit dem Kaffee ab. Neben der schlanken Designertasse befanden sich ein Löffel, ein Kännchen Milch, eine Zuckerdose und ein Teller mit zwei kleinen Nusscroissants. Die Tasse war weiß und in schwarzer Schrift stand ein Spruch auf der Keramik. *Lächle, du kannst sie nicht alle töten!* Ein Motto, das Valerie meist durch den Tag half.

»Noch etwas?«, fragte Sidney.

»Danke, das war alles. Sie können sich ausruhen. Ich brauche Sie erst wieder in fünf Stunden.«

Die Assistentin nickte und zog sich zurück. Es machte nichts, wenn sie das Videogespräch zum großen Teil mitgehört hatte. Auch wenn Valerie kaum Geheimnisse vor ihr hatte, sollte Sidney das, was sie jetzt mit Finn besprechen wollte, nicht hören.

Valerie wartete, bis sich die Tür geschlossen hatte, dann drehte sie sich im Stuhl zu Finn, der langsam zum Schreibtisch kam. Er trug die gleiche Kleidung wie an diesem Morgen, als er sie mit dem Jeep abgeholt hatte, nur hatte er die Ärmel seines maßgeschneiderten Hemds aufgerollt und den Kragen noch ein bisschen tiefer aufgeknöpft, sodass seine muskulöse Brust zu sehen war. Sein Gesicht war versteinert, und seine Augen funkelten so hart und kalt wie das Meer an den Klippen der Insel Monique, auf der sie sich befanden.

Finn setzte sich leger auf eine Ecke des Schreibtischs, ließ ein Bein vom Tisch baumeln und spielte mit dem breiten Lederband an seinem Handgelenk.

Valerie kippte Milch in die Tasse und rührte ein Stück Zucker hinein. »Du scheinst besorgt zu sein«, stellte sie fest.

»Ob es eine so gute Idee war, sie entkommen und an der langen Leine zu lassen?«, knurrte er. »Was, wenn wir das Signal verlieren?«

Valerie nippte an der Tasse. Das Aroma belebte sogleich ihre Sinne. Zucker und Koffein brachten die kleinen Rädchen in ihrem Gehirn wieder in Schwung. »Werden wir nicht.« Sie lächelte und deutete zum Monitor mit der Weltkarte. »Meine Techniker in Miami konnten die exakte Frequenz bestimmen, mit der der Chip im Edelstein des Medaillons die Falltür geöffnet hat.«

»Und?« Finn beugte sich nach vorne. Er schien interessiert zu sein.

»Eine äußerst seltene Frequenz im Bereich der Omikronwellen. Ich habe unsere Satelliten auf diese spezielle Frequenz einstellen lassen. Ab sofort können wir unser Häschen weltweit rund um die Uhr aufspüren.«

»Auch wenn das U-Boot taucht?«, fragte Finn.

»Dann natürlich nicht, Dummerchen.« Valerie zwinkerte ihm zu. »Aber irgendwann müssen sie wieder auftauchen, um nach Luft zu schnappen und Vorräte an Bord zu nehmen. Und sobald das Boot an die Oberfläche kommt, können wir das Signal orten und verfolgen – so wie jetzt.«

»Und wo sind sie gerade?«

Valerie griff zur Lesebrille und klopfte mit dem Bügel auf den Monitor. »Im Moment befinden sie sich auf dem offenen Meer.«

»Richtung Norden«, murmelte Finn nachdenklich, während er die Karte studierte. »Wo wollen sie hin?«

Valerie tippte einige Befehle auf der Tastatur, mit denen sie ein Simulationsprogramm aktivierte. Sogleich entstand eine punktierte rote Linie auf dem Monitor. »Wenn sie den Kurs beibehalten, Richtung New York.«

»New York …« Finn rieb sich das Kinn. »Ich kann mir schon denken, zu wem sie wollen und was sie dort vorhaben.«

Valerie De Boes nickte. »Ich auch.«

2. TEIL

NEW YORK

16. KAPITEL

Die Kopernikus durchpflügte den Atlantik mit einer Geschwindigkeit von 45 Knoten, was etwa 85 km/h entsprach. Mit zwölf Seemeilen Abstand blieben wir in der Nähe der Küste, an der entlang wir nach Norden fuhren.

Als der Autopilot die Steuerung übernahm, wurde es höchste Zeit, mich unauffällig in meine Kajüte zu verdrücken. Doch ich hatte nicht mit Simon gerechnet. Er gab einen Befehl über die Bordlautsprecher durch und beorderte uns alle sofort auf die Kommandobrücke.

Nachdem Johann, Ethan und ich eingetroffen waren, warf mein Onkel je einen prüfenden Blick auf Radar und Sonar, kontrollierte den Kurs und sah uns dann der Reihe nach streng an. Jetzt würde der große Anschiss kommen.

»Ihr wisst, was ich von Ungehorsam an Bord halte. Dieses Boot und das Leben an Bord können nur funktionieren, wenn wir als Team zusammenarbeiten. Also wenn wir …« Er breitete die Arme aus. » … keine Geheimnisse voreinander haben, gegenseitigen Respekt füreinander zeigen und jeder seine Arbeit macht.«

Ich saß auf einigen Holzkisten mit Orangen, Avocados und Mangos, die ich noch nicht in der Vorratskammer verstaut hatte, und sah zu Boden. Ethan, der neben mir auf einem Generator hockte, ließ die Schultern hängen und verhielt sich genauso still wie ich. Nur Johann stand aufrecht neben dem Periskop, die Hände hinter dem Rücken verschränkt und blickte mit erhobenem Haupt und reglosem Gesichtsausdruck ins Nichts.

»Eigentlich hätte ich große Lust und auch allen Grund dazu, euch eine mächtige Standpauke zu halten und euch danach einen Tag lang das Deck schrubben zu lassen. Meine Nichte wurde gefangen gehalten, gefoltert und hätte sogar getötet werden können. Wie kann man nur ein vierzehnjähriges Mädchen unter Drogen setzen?«

Vierzehneinhalb, lag mir auf der Zunge, doch ich hielt den Mund.

»Außerdem habt ihr euch beide gegen meine ausdrückliche Anweisung nachts von Bord geschlichen«, fuhr er fort und sah Ethan und mich an. »Was hätte alles passieren können, wenn Johann nicht rechtzeitig zu Hilfe gekommen wäre? Wenn die Polizei jetzt tatsächlich nach euch fahndet, können wir uns gratulieren – aber Genaueres wissen wir spätestens in vierundzwanzig Stunden.«

»Was machen wir bis dahin?«, fragte ich kleinlaut.

»Gar nichts! Ich werde versuchen, das für uns zu regeln.« Simon kontrollierte das Sonar und überprüfte dann, ob die Maschinen genügend warm gelaufen waren. Danach erhöhte er die Geschwindigkeit auf achtzig Knoten, unsere Maximalgeschwindigkeit. Sogleich hörte ich, wie sich die Zusatzgeneratoren einschalteten. Diesen Antrieb hatte mein Onkel erfunden. Lief der Reaktor auf Betriebstemperatur, erzeugten die Generatoren eine stabile Wasserdampfblase, die das U-Boot umhüllte und uns ein schnelleres Vorwärtskommen im Wasser ermöglichte.

»Warum sind die Goians an der Forschung meiner Mutter so interessiert?«, wollte ich wissen. »Worum geht es bei dieser Formel, hinter der sie her sind? Und warum haben sie der Polizei gegenüber gelogen?«

Simon atmete tief durch und fuhr sich mit der Hand über den Dreitagebart. »Ich habe keine Ahnung«, murmelte er. »Ich weiß nur, dass deine Mutter an etwas streng Geheimem geforscht hat.« Er sah zu Johann. »Weißt du mehr darüber?«

Johann schüttelte den Kopf. »Weder, worum es sich dabei gehandelt hat, noch, für wen sie geforscht hat. Ich war mit Terrys Erziehung und mit dem Haushalt beschäftigt und weiß nur, dass es um Delfine ging.«

Delfine! So viel wusste ich mittlerweile auch. Aber aus irgendeinem Grund, den ich nicht näher bestimmen konnte, glaubte ich Johann nicht. Mein Bauchgefühl sagte mir, dass er mehr wusste und damals nicht nur Mutters Haushaltsgehilfe gewesen war – andererseits aber zuckte seine Miene bei der Antwort kein einziges Mal verräterisch auf. Vielleicht sagte er ja doch die Wahrheit und ich war einfach nur paranoid.

»Aber Mutters PC war leer«, ergänzte ich. »Jemand muss die Daten von der Festplatte gelöscht haben.«

»Und auf dem Datenstick sind nur Videos von Delfinen zu sehen«, fügte Ethan hinzu. »Völlig unspektakulär.«

»Wie auch immer.« Mein Onkel klatschte laut in die Hände. »Wir werden diese Fragen jetzt nicht beantworten können. Am besten ist, jeder geht auf seinen Platz und ruht sich aus … und Terry, du räumst den Proviant weg.«

»Aye, Sir«, sagte ich müde und rutschte von den Kisten.

Nachdem ich Orangen, Avocados, Mangos, die Kisten mit dem Dörrfleisch, Getreide, Milchpulver und die Dosenpfirsiche im Vorratsraum verstaut hatte und dazwischen auch mal einen Apfel und eine Banane verdrückt hatte, weil mir der Magen knurrte, schlurfte ich durch den Korridor zu meiner Kajüte.

Genau gegenüber von meinem Zimmer lag Ethans Kabine, und ich sah ein gelbes Post-it, das an seiner Tür klebte.

Zimmer ist offen, Notebook läuft, kannst dir gern die Videos ansehen – aber leise!

Anscheinend ahnte er, dass ich bereits vor Neugierde platzte. Ich öffnete die Tür und sah Ethan zusammengerollt in seiner Koje liegen. Er kehrte mir den Rücken zu. Der Vorhang vor seinem Bullauge war geschlossen und der flimmernde Bildschirm tauchte den Raum in blaues Licht.

Ich schloss die Tür, ging zum Schreibtisch. Unter meinen Schuhen knirschte es auf einmal: eine Erdnuss, die auf dem Boden lag.

»Pass doch auf …!«, murmelte Ethan im Schlaf.

Ja, Mr. Pingelig. Das war sonst nicht seine Art. Normalerweise war seine Kabine so steril, dass man vom Boden essen konnte. Aber vermutlich hatte er ja genau das getan.

Ich setzte mich ans Notebook. Daneben lag mein Medaillon. Ethan war noch dabei herauszufinden, wie der Mechanismus funktionierte. Ich schob es beiseite, griff zur Computermaus und ließ den Bildschirmschoner verschwinden. Ethan hatte bereits einen Ordner für mich geöffnet, in dem sich ungefähr zwanzig Videos befanden, die alle etwa zehn Minuten lang waren. Ich steckte mir Kopfhörer ins Ohr, schaltete den Ton lauter und sah mir ein Filmchen nach dem anderen an.

Nach eineinhalb Stunden brannten meine Augen. Entweder war auf den Filmen meine Mutter zu sehen, wie sie Delfine pflegte, oder ich, wie ich im roten Kinderbikini mit den Tieren schwamm. Nun fielen mir auch die Namen der Delfine wieder ein. Es waren sechs schöne große und gesunde Tiere gewesen, und wie ich jetzt begriff, hatte Mutter sie nach Buchstaben des griechischen Alphabets benannt. *Alpha, Beta, Gamma, Delta, Kappa* und *Omega.* Drei Männchen und drei Weibchen. Und es hatte sogar ein Baby gegeben, das meine Mutter *Pi* getauft hatte. Es war so klein und zwitscherte immer ganz aufgeregt, wenn Mutter es mit einer Flasche fütterte.

Aber was hatte das alles mit dem Begriff *Jerichos Splitter* zu tun, der auf dem Stick gestanden hatte? Fast fielen mir die Augen zu, als ich das letzte Video öffnete und wieder Bassins sah – zum gefühlten hundertsten Mal. Doch diesmal war auch ein Mann mit blonden Rastalocken, dünnem Schnurrbart und einem melancholischen Blick wie Ryan Gosling darauf zu sehen. Er war etwa so alt wie meine Mutter und sah in Jeans und T-Shirt wie ein verwegener, braun gebrannter Abenteurer aus. Er assistierte ihr, gemeinsam gaben sie den Delfinen Spritzen. Die Injektionsnadeln waren ziemlich lang und die Kammern fassten sicherlich dreihundert Milliliter einer blauen Flüssigkeit.

Im Hintergrund waren Johann und ich zu sehen. Über unsere Köpfe flog eine große Frachtmaschine. Obwohl dieses Video laut Datumsanzeige am unteren Bildrand fast elf Jahre alt war, hatte sich Johann kaum verändert. Ich hingegen hatte damals eine peinlich mopsige Figur gehabt.

Ich schloss die Datei, nahm die Kopfhörer raus und ließ

das Notebook herunterfahren. Dann klappte ich es zu. Die ganze Zeit über hatte Ethan seelenruhig geschlafen und sich nur einmal herumgewälzt.

Auf Zehenspitzen verließ ich seine Kabine und achtete in der Dunkelheit darauf, auf keine Erdnuss zu treten.

Von außen wirkte die Kopernikus wie ein unscheinbares normales Forschungs-U-Boot, aber innen war sie erstaunlich geräumig. Abgesehen von Kabinen für Onkel Simon, Ethan, Johann und mich gab es neben Kombüse, Bad, Toilette, Vorratskammer, Kommandobrücke und dem Ruder-, Steuer- und Maschinenraum auch einen Fitnessraum, in dem Simon trainierte, und ein wissenschaftliches Labor, in dem er seine Studien betrieb.

Seit meinem Missgeschick mit den Eprouvettengläsern war das Labor für mich tabu. In diesem Raum ganz vorn im Bug des Bootes befand sich außerdem Simons Büro mit seinem Computer und einer riesigen Datenbank, in der er die Geheimnisse unseres Antriebs und des Reaktors sowie sämtliche Forschungsergebnisse und Patente abgespeichert hatte. Und das mussten mittlerweile viele sein.

Aber es gab noch einen zweiten Grund, warum weder Ethan noch ich Onkel Simons Labor betreten durften. Angeblich befand sich neben seinem Computer ein roter Selbstzerstörungsknopf, der die Kopernikus innerhalb von fünf Minuten vernichten und auf den Grund des Meeres versenken würde. Es klang wie ein Märchen, das man kleinen Kindern erzählte, um sie in Angst und Schrecken zu versetzen, aber ich hatte die Geschichte von dem Knopf tatsächlich einmal zufällig bei einem Gespräch zwischen Simon und Johann aufgeschnappt. Sollte die Kopernikus je mit all dem Wissen, den Dokumenten, Forschungsergebnissen und Patenten dem Militär, einem Pharmakonzern oder einer anderen Organisation in die Hände zu fallen drohen, würde mein Onkel diesen Knopf drücken und alles zerstören. Simon war noch nie besonders gut auf Politiker, Generäle oder Direktoren großer Konzerne zu sprechen gewesen, und er würde sein Lebenswerk eher vernichten, als dass es fiese Typen mit üblen Absichten missbrauchten.

Schon ein paarmal hatte ich versucht, Johann über diesen roten Knopf im Labor auszuhorchen, doch wenn es etwas gab, das er nicht preisgeben wollte, konnte er schweigen wie ein Grab. Und ärgerlicherweise tat er das dann auch konsequent.

Zuletzt gab es an Bord auch noch eine Bibliothek mit jeder Menge Bücher und einem großen digitalen Zeitungsarchiv. Nachdem ich beschlossen hatte, mich nach dem Besuch in Ethans Kabine noch nicht gleich aufs Ohr zu hauen, brühte ich mir in der Kombüse einen Becher starken Filterkaffee. Simon hatte zwar nichts dagegen, wenn ich hin und wieder in einer Konditorei einen Eiskaffee löffelte, aber wenn er mich richtigen Kaffee trinken sah, schimpfte er immer. Er war der Meinung, dass ich dafür noch zu jung sei, doch ich sah das anders. Kaffee hielt mich wach und war besser als eine Dose Energydrink, die mein Herz zum Rasen brachte. Dass ich auch noch drei Löffel Zucker in die schwarze Brühe rührte, würde ihm auch nicht gefallen. Aber zum Nachdenken brauchte ich jetzt Zucker.

Ich nahm meinen Becher und setzte mich damit in die Bibliothek. Dort gab es jede Menge Abenteuerromane, die ich längst alle gelesen hatte. Aber im Moment hatte ich keine Absicht, eines dieser Bücher aufzuschlagen. Stattdessen schaltete ich den Computer ein und öffnete das digitale Zeitungsarchiv. So weit von der Küste entfernt, hatten wir zwar keine Internetverbindung, aber das war gar nicht nötig. In Onkel Simons Archiv befanden sich alle Ausgaben der wichtigsten Tageszeitungen der Welt über die letzten dreißig Jahre – und sobald wir mehrere Tage in einem Hafen lagen, lud er ein Update auf den Server. Klang verrückt. Aber er wollte immer über alles informiert sein, auch wenn wir mal tagelang in der Antarktis, in einem Fjord nördlich des Polarkreises oder im Fluss eines Dschungels unterwegs und völlig von der Zivilisation abgeschnitten waren. Für Simon war Wissen alles und in dieser Hinsicht kam Ethan ganz nach seinem Vater. Beide waren wissbegierige Mega-Nerds.

Johann hingegen hatte schon so vieles in seinem Leben gesehen und erlebt – ihm war dieses Archiv völlig egal. Und mir auch. *Bis jetzt!* Denn in diesem Moment durchsuchte ich die Datenbank nach Informationen über meine Mutter.

Ich fand zwar einige Zeitungsartikel, die schon vor fünfzehn Jahren darüber berichtet hatten, dass meine Mutter Forschung mit Meeressäugern betrieb, doch bis auf allgemeines Blabla stand da nie etwas Konkretes. *Woran genau hast du gearbeitet?*

Bei meiner Suche entdeckte ich sogar am Ende eines Interviews eine Chronik der Familie West. Johann hatte anscheinend schon lange in Diensten meines Großvaters gestanden, als Onkel Simon und meine Mutter noch gar nicht auf der Welt waren. Wenn ich richtig rechnete, musste Johann, wie ich immer schon vermutet hatte, tatsächlich bereits 65 Jahre alt sein.

Ich las die Chronik ein zweites Mal, dachte an Johann, an meine Mutter, die Delfine, an den kleinen Pi, das Medaillon, die Geheimtür zum unterirdischen Labor, die Formel … und schließlich fielen mir die Augen zu.

Als ich erwachte, lag ich mit dem Gesicht auf dem Schreibtisch. Spucke war mir aus dem Mundwinkel gelaufen. *Fuck, wie peinlich!* Ich wischte sie rasch weg und rieb mir anschließend die Augen. Der Computer hatte sich inzwischen automatisch ausgeschaltet und der Kaffeebecher stand mittlerweile nicht mehr auf dem Tisch. Hatte ich ihn hinuntergeworfen?

Ich sah mich um. Nein, er war weg! Außerdem bemerkte ich eine große karierte Decke auf meinen Schultern. Offenbar hatte mich entweder Johann oder Simon in der Bibliothek gefunden, mich nur zugedeckt und weiter schlafen lassen. Zwar war Sommer, aber da die Kopernikus ständig im Wasser lag und meistens tauchte, hatte es an Bord immer nur um die neunzehn Grad.

Durch das Bullauge sah ich, dass schon bald die Abenddämmerung einsetzte. Ich hatte offenbar den ganzen Tag verschlafen. Allerdings befanden wir uns entgegen meiner Vermutung nicht mehr auf hoher See, sondern fuhren gerade in einen Hafen ein.

Einen Hafen?

Warum wollte mein Onkel anlegen? Schlagartig saß ich aufrecht da, mein Herz schlug mir bis zum Hals. Hatte er etwa Nachricht von der Polizei erhalten, die uns dazu zwang, unsere Fahrt zu unterbrechen?

Eigentlich hätte uns Simons nächster Forschungsauftrag von Miami ohne Zwischenstopp in die Labradorsee vor die Küste Grönlands führen sollen. In Miami hatten wir nur haltgemacht, um unsere Vorräte für die lange Reise aufzustocken.

Ich klebte mit dem Gesicht am Bullauge, presste die Nase ans Glas und starrte hinaus. Wir fuhren an einem Frachtpier nach dem anderen vorbei, überholten Containerschiffe und mächtige Krananlagen, die an den Kaimauern standen. Dahinter sah ich Wolkenkratzer. Wo zum Teufel waren wir?

Und dann sah ich sie.

Die Freiheitsstatue!

Mein Onkel steuerte die Kopernikus soeben in den Hudson River und wir liefen in den Hafen von New York ein.

17. KAPITEL

Ich verließ sofort die Bibliothek und rannte auf die Kommandobrücke, wo Simon gerade die Kopernikus zu einer freien Andockstelle am Pier 26 navigierte.

»Johann!«, rief er durch das Boot. »Übernimm das Einklarieren und die Zollformalitäten. Aber erwähne nicht, dass wir von Miami kommen. Ich bin unterwegs.«

»Aye, Käpt'n!«, rief Johann aus dem Ruderraum.

Simon marschierte in die Kombüse.

Ich folgte ihm. »Was machen wir in New York? Ich dachte, wir wollten nach Grönland.«

»Wollten wir auch«, knurrte mein Onkel. Er schien immer noch zornig zu sein, dass ihm mein nächtlicher Ausflug einen Strich durch die Rechnung gemacht hatte.

»Und was tun wir dann hier?«

Er öffnete eine Schublade und kramte darin herum, bis er Reisepass und Brieftasche fand, die er beide in die Tasche seiner Shorts steckte. »Ich sagte doch, dass ich versuchen werde, die Situation zu klären. Ich besuche Ethans Mutter.« Dabei wurde sein Blick finster.

O Gott, das ist keine gute Idee!

Doch dann dämmerte es mir schlagartig.

Ethans Mutter war Onkel Simons Exfrau, also meine Tante. Aber dafür, dass sie meine einzige Tante war, hatte ich sie bisher nur wenige Male gesehen. Sie hieß Katherine Genarro und war eine New Yorker Staranwältin. Soweit ich wusste, war sie mit dem Bürgermeister der Stadt und dem New Yorker Polizeipräsidenten befreundet und hatte gute Kontakte zu den Medien.

»Und du glaubst, sie kann uns aus dem Schlamassel helfen, in den wir hineingeraten sind?«, fragte ich leise und hatte plötzlich ein noch schlechteres Gewissen als zu dem Zeitpunkt, als wir in Miami abgelegt hatten.

Mein Onkel stöhnte laut auf. »Sie ist zumindest die Einzige, die mir einfällt. Falls sie mich überhaupt empfängt.«

»Ich begleite dich«, sagte ich spontan.

Ich hatte gehofft, Simon würde *Nein* sagen, doch er sah mich einen Moment lang aus eng zusammengekniffenen Augen an und nickte plötzlich. »Das ist eine ausgezeichnete Idee!«

»Was?«, rief ich.

»Du wolltest deiner Tante doch immer schon mal einen Besuch abstatten.«

»Wollte ich?«

Er sah mich auffordernd an. »Natürlich.«

»Okay, also gut«, murmelte ich. »Soll ich mich schick anziehen? Rock und so?«

»Hast du überhaupt einen? Vergiss es! Bleib, wie du bist. Aber nimm deinen Reisepass mit, falls dich die Polizei aufgabelt und in den Knast stecken will.«

Ich spürte, wie ich blass wurde. »Echt jetzt?«

»Nein, war nur Spaß.« Auf einmal grinste er. »Aber nimm den Pass trotzdem mit.«

»Gut, ich putz mir nur rasch die Zähne und mach mich frisch.«

»Beeil dich!«

»Alles klar«, rief ich und stürzte bereits ins Bad.

Vor der Anlegestelle war Johann bereits mit den Zollbeamten beschäftigt, während mein Onkel und ich den Hafen verließen.

Wir kamen an einer Reihe Frachtcontainer vorbei, neben der sich ein großer Helikopterlandeplatz befand, wie ich auf Grund der Bodenmarkierungen erkannte. Außerdem stand da auch ein roter Hubschrauber, dessen Rotorblätter soeben ausschwangen. Der Luftzug war noch zu spüren.

»Dort entlang.« Simon deutete zum Zollbüro. Er trug zwar immer noch seine kakifarbenen Shorts und die ausgelatschten Sandalen, hatte jedoch ein frisches langärmeliges weißes Hemd über sein schwarzes T-Shirt gezogen. Ich hatte gar nicht gewusst, dass er so eines besaß.

»Du hättest dich zumindest rasieren können«, stellte ich fest, während unsere Reisepässe kontrolliert wurden.

»So einen guten Eindruck will ich nun auch wieder nicht hinterlassen«, antwortete er.

»Weißt du, wo ihre Kanzlei ist?«

»So etwas vergisst man nicht.«

Wir verließen das Zollbüro und traten auf die Straße. Simon pfiff mit erhobener Hand nach einem gelben Taxi, das sogleich den Blinker setzte und wenige Meter vor uns hielt.

Zwar war ich schon zweimal in New York gewesen, allerdings war das letzte Mal schon länger her. Die Stadt faszinierte mich immer wieder mit ihren mächtigen Wolkenkratzern, dem geschäftigen Verkehr, der immer in Bewegung war, egal zu welcher Tages- oder Nachtzeit. Der Big Apple schlief nie.

»Steig ein!« Simon hielt mir die Tür auf.

Wir sprangen hinein, und mein Onkel beugte sich zum Fahrer nach vorne, einem Inder mit orangem Turban und blauem Sari. »Wall Street 127.«

»Okay, Sir.« Mehr sagte der Fahrer nicht, drückte auf den Taxameter und fuhr los.

Im Taxi lief die Klimaanlage, die vermutlich auf Kühlschrank-Temperatur eingestellt war. Schlagartig stellten sich die kleinen Härchen in meinem Nacken auf. Zum Glück trug ich immer noch den schwarzen Rollkragenpullover.

Die Fahrt vom Pier 26 zur Wall Street an der Südspitze Manhattans dauerte nur knapp fünfzehn Minuten, aber ich nutzte die Chance, um mit meinem Onkel zu sprechen. Außerdem wollte ich ihn auf andere Gedanken bringen, da ihm das ungewollte Wiedersehen mit seiner Exfrau sicherlich schwer im Magen lag.

»Mochte Ethan nicht mit?«

Simon blickte aus dem Fenster. »Ich wollte, dass er mitkommt, habe ihn auch gefragt, aber er hat mir deutlich zu verstehen gegeben, dass er keine Lust hat, seine Mutter zu treffen. Und mittlerweile ist er zu alt, dass ich ihm etwas vorschreibe.«

Kein Wunder! Tante Katherine war nie sehr erpicht darauf gewesen, Ethan zu sehen – warum sollte er sie also jetzt besuchen?

Ich presste das Gesicht an die Scheibe und versuchte zu den Spitzen der Wolkenkratzer hinaufzusehen, was mir jedoch nicht gelang, da die Häuserschlucht, durch die wir fuhren, dem tiefen Tal des Grand Canyon glich.

»Und Johann ...?«, fragte ich.

»Der hat zu tun«, sagte Simon. »Als deine Tante und ich uns vor vielen Jahren getrennt haben, war es nicht leicht für Ethan«, fuhr er fort. »Katherine wollte beruflich nach New York ziehen. Eine größere Anwaltskanzlei, ein schöneres Büro, mehr Geschäftspartner, bessere Beziehungen und reichere Klienten.«

Aha! Er spricht das Thema also von sich aus an. Eigentlich wollte ich ja über etwas anderes sprechen, anscheinend tat es ihm aber gut, darüber zu reden. *Jetzt bloß nicht unterbrechen!* Neugierig rutschte ich näher.

»Dieses sesshafte Leben ließ sich mit meinem Beruf als reisender Forscher nicht vereinen. Als wir Ethan bekamen, waren wir noch jung und dachten, das wäre alles kein Problem. Doch als er sieben wurde, wussten wir, dass wir unterschiedliche Leben führen wollten. Sie in New York und ich an Bord der Kopernikus, in der mich meine Forschungsaufträge monatelang über die Weltmeere führten.«

Ich bemerkte, wie der Taxifahrer einen Moment lang in den Rückspiegel blickte und uns anstarrte. Dann sah er aber zum Glück wieder auf die Straße.

»Und warum ist Ethan nicht ...?«, fragte ich.

»Bei seiner Mutter geblieben?«, ergänzte mein Onkel. »Oh, ich wollte das. Glaub mir, ein Leben in der Stadt, gute Schulen, eine bessere Ausbildung, Freunde, gute Krankenhäuser und ein tolles Apartment wären mir für ihn lieber gewesen. Aber Ethan wollte bei mir bleiben.«

»Damals war er sieben.«

»Siebeneinhalb«, korrigierte er mich. »Genau zu der Zeit starb deine Mutter und plötzlich brauchten auch Johann und du eine neue Bleibe. Also wurde ich dein Vormund, verkaufte das Haus deiner Mutter in Miami, modernisierte und rüstete die Kopernikus technisch auf, und ihr kamt alle zu mir an Bord.«

»Und Tante Katherine hatte nichts dagegen?«

»Dass Ethan an Bord eines U-Boots lebt?« Mein Onkel lachte. »Im Gegenteil. Das war sogar ihre Idee.«

»Echt?«

Er nickte. »Das Boot war groß genug, jeder von euch bekam eine eigene Kajüte, und statt eine Schule zu besuchen, unterrichtete euch Johann. Das war der Deal mit dem Jugendamt. Wegen ihres Jobs und ihrer Karriere hätte Katherine sowieso kaum Zeit für Ethan gehabt und er wäre in ein Internat gekommen. So aber hat er mit dir Johanns Erziehung genossen.«

Die war zwar nicht immer ein *Genuss* gewesen, aber da ich mir lebhaft vorstellen konnte, wie es in einem Internat zuging, war das für uns zweifellos die bessere Lösung gewesen.

»Allerdings …« Simon drehte an den Freundschaftsbändern an seinem Handgelenk. » … hätte sie dieser Variante nie zugestimmt, wenn damals nicht das mit deiner Mutter passiert wäre und Johann und du nicht ebenfalls an Bord gekommen wärt. Katherine hatte zwar nie Sinn für Familie gehabt, aber sie war der Meinung, für euch sei es das Beste, zusammenzubleiben.«

»Hängst du noch an ihr?«, fragte ich.

Er sah lange aus dem Fenster. »Ich …«

»Sir, wir sind da«, rief der Taxifahrer plötzlich, hielt den Wagen und tippte auf den Taxameter. »Dreizehn Dollar achtzig.«

Ich blickte aus dem Fenster. Vor uns befand sich ein

monströses Gebäude aus Stahlbeton mit riesigen Fensterfronten, in denen sich die Abendsonne spiegelte.

Ich war gespannt, wie Katherine auf unseren spontanen Besuch reagieren würde.

18. KAPITEL

An der Südspitze Spaniens, am Felsen von Gibraltar, war zur gleichen Zeit bereits Mitternacht.

Soeben setzte die *Biosyde One* auf der kurzen Landebahn des Flughafens auf und rollte zu ihrer Parkposition in der Nähe des Hangars. Sidney Stone hatte alles für den Ausstieg vorbereitet. Eigentlich hatte sie gehofft, dass Valerie De Boes es sich anders überlegen würde und sie doch noch ein paar Tage auf der Insel Monique vor der Küste Marseilles verschnaufen konnten, aber Sidneys Chefin war rast- und ruhelos. Anscheinend war das »Paket« so wichtig, dass sie es persönlich inspizieren wollte. Also waren sie wieder aufgebrochen. Nur Sidney und eine Handvoll Eingeweihter wie beispielsweise Finn wussten, worum es sich bei dieser Ware tatsächlich handelte. *Um Menschen!*

Die Tür öffnete sich. Die Gangway stand schon bereit. Zuerst stieg Valerie aus, gefolgt von Finn und den beiden Piloten. Außer Sidney war sonst niemand an Bord.

Sie kletterte zuletzt aus dem Flugzeug und schloss die Tür. Der Fußmarsch über die Rollbahn dauerte nur kurz. Über ihr funkelten die Sterne und jenseits der Landepiste war das Rauschen der Brandung zu hören. Sidney roch das Salzwasser und spürte die kühle Nachtluft, die vom Meer übers Land wehte. An dieser Stelle, der Straße von Gibraltar, trafen der Atlantik und das Mittelmeer aufeinander, und die Meerenge verband Europa mit Afrika. An klaren Tagen konnte man von hier aus sogar das Festland Marokkos sehen. Doch jetzt war alles in eine sternenklare Nacht getaucht und vor Sidney türmte sich der von Tausenden Lichtern beleuchtete Felsen von Gibraltar auf.

Dieses kleine Fleckchen Erde lag zwar an der Küste Spaniens, gehörte aber zu Großbritannien. Die Engländer hatten an diesem schmalen Küstenstreifen Tonnen von Sand aufgeschüttet, um ihr Territorium zu vergrößern, und so war hier im Lauf der Jahrhunderte eine kleine Stadt entstanden. Aber auch der Felsen von Gibraltar, der mehrere Hundert Meter hoch aufragte, war mit Straßen, Tunnels und Häusern besiedelt worden.

Die beiden Piloten verabschiedeten sich, bevor Valerie De Boes, Finn und Sidney mit ihren Rollkoffern durch den Zoll gingen. Nun betraten sie britischen Boden. Nur wenige Meter hinter den Schranken wartete bereits eine schwarze Limousine mit laufendem Motor auf sie.

Nachdem Finn die Koffer eingeladen hatte, nahm er links neben dem Fahrer Platz, der Lenkrad, Pedale und Armaturenbrett nach der hier üblichen Art auf der rechten Seite hatte, weil auf Gibraltar Linksverkehr herrschte, während Sidney und ihre Chefin hinten einstiegen.

Nach einer kurzen Begrüßung fuhren sie los. Ihr Chauffeur lenkte den Wagen durch die engen Gassen bergauf, fuhr durch einige schmale Tunnels und anschließend die Serpentinen bis zur Bergspitze.

Finn hatte das Fenster hinuntergelassen und ließ nun den

Ellenbogen lässig aus dem Fenster hängen. Seine Haare flogen im Fahrtwind. Sidney betrachtete ihn vom Rücksitz aus. Obwohl er ein rauer Kerl war – kantiges Gesicht, immer rasiert mit Spitzbart am Kinn, scharfer undurchdringlicher Blick und ein paar fehlende Fingerglieder und eine hässliche Narbe auf der Hand –, besaß er dennoch eine gewisse Anziehungskraft, die ihr nicht entgangen war. Finn war männlich, auf eine bestimmte Art attraktiv, und Sidney war sicher, dass hinter seiner harten Schale ein weiches Herz schlug. Schon allein deshalb, weil er trotz seines kompromisslosen Auftretens gut zu Tieren war. Einmal hatte sie auf der Insel Monique gesehen, wie er einen streunenden herrenlosen Wildhund gestreichelt und sogar gefüttert hatte, indem er ihm etwas von seinem Hotdog abgab. Ein durch und durch mieser Kerl hätte das nie getan.

»Ist das Paket gut angekommen?«, fragte Valerie De Boes den Fahrer, als die Serpentinen durch ein Waldstück führten.

Der drehte kurz den Kopf zur Seite. »Jawohl, Madam. Alles zu Ihrer vollsten Zufriedenheit.«

Valerie nickte. »Gut, gut …«

Hätte der Chauffeur an dieser Stelle etwas anderes gesagt, wäre er sofort seinen Job los gewesen. Sidney hatte bereits ein paar Mal erlebt, wie Valerie De Boes mit Untergebenen umging, die ihr Hiobsbotschaften überbracht hatten. Mit denen hätte sie nicht tauschen wollen.

Ein elektronisches Summen riss sie aus den Gedanken. Es kam aus Valeries Handtasche. Ihre Chefin klappte aus der Lehne des Vordersitzes das kleine Tischchen herunter und zog ihr Tablet heraus.

Sidney schielte hinüber. Ein Videoanruf von De Boes' Niederlassung in New York.

»Was gibt's?«, fragte Valerie.

Auf dem Tablet tauchte das Bild einer jungen Frau auf. »Ich hoffe, ich störe nicht.«

»Niemand stört, wenn es wichtig ist!«

»Gut, danke.« Die Frau aus New York saß in einem Büro, durch dessen Fenster gerade das orange Licht der Abendsonne fiel. »Dr. Simon West ist gerade im Begriff, Kontakt zu seiner Exfrau aufzunehmen.«

»Das haben wir bereits geahnt, aber woher wissen *Sie* das?«, fragte Valerie.

»Die Kopernikus hat vor wenigen Minuten im Hafen von New York angelegt.«

»Jetzt schon?« Valerie blickte auf ihre Armbanduhr. »Dort ist es erst sechs Uhr abends«, murmelte sie und öffnete auf ihrem Tablet ein kleines Fenster, auf dem eine Weltkarte zu sehen war. Vor der Küste New Yorks blinkte tatsächlich ein roter Punkt. Sie schloss das Fenster wieder. »Wie konnten die so schnell dort sein?«

Die Frau auf dem Display gab keine Antwort. Stattdessen drehte sich Finn in seinem Sitz zur Seite und warf einen Blick nach hinten. »Anscheinend ist doch etwas an dem Gerücht dran, dass Simon West seine Theorie von einem rascheren U-Boot-Antrieb in die Tat umgesetzt hat.«

»Und wie soll der bitte schön funktionieren?«, bellte Valerie De Boes. »Die schnellsten U-Boote der Marine fahren fünfundvierzig Knoten. Die Kopernikus müsste …« Sie wedelte mit dem Arm, sodass die goldenen Reifen an ihrem Handgelenk klimperten.

»Achtzig Knoten fahren«, rechnete Finn rasch aus. »Mit einem Kavitationsantrieb wäre das möglich.«

»Und was zum Teufel soll das sein?«

Finn beugte sich weiter nach hinten. »Dabei wird eine

Wasserdampfhülle erzeugt, die sich wie eine schützende Blase um das Boot legt.« Seine Hände formten eine ovale Figur. »Dadurch sinkt der Widerstand zwischen Wasser und Boot, und es sind enorme Geschwindigkeiten unter Wasser möglich – zumindest theoretisch.«

»Und das besitzt er?«

»Offenbar«, antwortete Finn, »andernfalls wäre er in dieser kurzen Zeit nicht nach New York gekommen, sondern befände sich noch auf halber Strecke mitten auf dem Meer.«

»Entschuldigen Sie bitte, dass ich mich da einmische«, murmelte Sidney, »aber ich frage mich, woher er die Energie dazu nimmt. Ohne mehrmals während der Fahrt die Dieseltanks zu füllen, lässt sich eine solche Maschine wohl kaum betreiben.«

Valerie hob den Zeigefinger. »Gute Frage!« Sie blickte Finn an.

Der schnalzte mit der Zunge. »Angeblich hat Dr. Simon West nicht nur den Kavitationsantrieb erfunden, sondern auch die Kalte Fusion in die Tat umgesetzt. Einen Reaktor mit kalter Kernschmelze, wodurch er über nahezu unendliche Energiemengen verfügt.«

»Das ist noch nie jemandem zuvor gelungen. Wie soll er das geschafft haben? Er ist doch Meeresbiologe und kein Techniker«, widersprach Valerie.

»In erster Linie ist er Erfinder«, korrigierte Finn sie. »Vor seinem Biologiestudium war er am MIT und hat Physik studiert.«

Anscheinend hatte Finn seine Hausaufgaben gemacht und alles über Dr. West in Erfahrung gebracht, was es zu wissen gab.

»Ein Wunderknabe also – na gut.« Valerie wandte sich

wieder ihrer Videogesprächspartnerin zu. »Jedenfalls bringt das meinen Zeitplan ein wenig durcheinander.«

»Falls Katherine Gennaro von uns erfährt«, sagte die Frau aus New York, »würde sie bestimmt versuchen, mehr über uns und unsere Forschung herauszufinden. Sie hat genügend Kontakte, um ...«

»Das weiß ich!«, unterbrach Valerie ihre Untergebene barsch. »Hat sie immer noch ihr Büro in Manhattan?«

»Ja, Wall Street Nummer 127.«

»Gut, ich kümmere mich sofort darum.« Valerie beendete das Telefonat, und während sich eine Verbindung zu ihrem nächsten Gesprächspartner nach New York aufbaute, trommelten ihre Fingernägel unruhig auf dem Ausklapptischchen.

Die Limousine wurde langsamer und hielt an. Sie waren am höchsten Punkt des Felsens angekommen. Sidney blickte aus dem Fenster. Vor ihnen thronte ein mächtiges Gebäude mit einem Turm, das sich mit vielen beleuchteten Fensterreihen vor dem schwarzen Nachthimmel abhob. Daneben fiel die Steilklippe zum Meer ab. Von hier oben sahen die Schiffe im Hafen wie kleine schwimmende Kerzenlichter aus.

Über dem Eingang des Gebäudes, einem schmiedeeisernen doppelflügeligen Tor, das von zwei Löwenköpfen aus Marmor bewacht wurde, prangte ein Schild.

Biosyde Hills Asylum.

Ein Privatsanatorium, das Valerie De Boes gehörte. Neben dem Tor wehte die britische Fahne und schnalzte mehrmals laut im Wind. Sidney stieg aus und musste ihren Hut festhalten. Hier oben herrschte immer eine steife Brise. Sidney beugte sich ins Wageninnere. »Benötigen Sie meine Hilfe?«

Valerie schüttelte den Kopf. »Danke. Bringt in der Zwischenzeit das Gepäck auf mein Zimmer, ich muss noch etwas klären.«

Auf dem Tablet war mittlerweile das Gesicht eines Mannes aus New York aufgetaucht; die Verbindung stand. Sidney hörte nur seine Stimme, mehr bekam sie nicht mit. Während nun auch Finn ausstieg, blieb Valerie De Boes im Wagen sitzen.

Die Türen knallten zu. Hinter der verspiegelten dunklen Scheibe konnte Sidney weder hören noch sehen, was ihre Chefin gerade organisierte, doch es war bestimmt nichts Erfreuliches für die Besatzung der Kopernikus.

19. KAPITEL

Nachdem Simon den Taxifahrer bezahlt hatte, stiegen wir aus und überquerten den Bürgersteig zum Eingang des Wolkenkratzers. Durch eine riesige Drehtür aus Glas gelangten wir ins Foyer. Nach der Hitze auf der Straße empfing uns die klimatisierte kühle Luft des Bürogebäudes.

Menschenmassen strömten uns entgegen. Anscheinend brach für viele gerade der Feierabend an. Wir kämpften uns zum Empfangstisch des Portiers durch, hinter dem ein großer Erste-Hilfe-Schrank an der Wand hing. Daneben an der Mauer lehnte ein zusammengeklappter Rollstuhl.

Während wir darauf warteten, dass wir an die Reihe kamen, entdeckte ich neben der digitalen Wanduhr, die gerade auf 18:35:00 umsprang, eine große Tafel mit den Namen aller Firmen, die in diesem Gebäude saßen. Es waren bestimmt Hunderte, angefangen von Zahnärzten, Werbebüros, Rechtsanwälten, Immobilienmaklern bis hin zu Banken, Zeitungen und Versicherungen. Ebenso befand sich ein Ärztezentrum für Chiropraktiker im Gebäude – daher vermutlich auch der Rollstuhl am Empfang. Was es allerdings nicht gab, waren Restaurants, wie mir gerade bewusst wurde, als mein Magen zu knurren begann. Bis auf einen Apfel und eine Banane an diesem Morgen hatte ich heute noch nichts gegessen.

Ich hörte Simon bereits mit dem Portier sprechen, als ich auf der Tafel die Rechtsanwaltskanzlei *Medeen, Holaubek, Gennaro & Partner* entdeckte. Sie musste riesig sein, denn sie erstreckte sich über das gesamte zwanzigste Stockwerk. Von Tante Katherines Büro musste man einen tollen Ausblick auf New York haben.

Ich rutschte mit den Ellenbogen auf dem Tresen zu meinem Onkel hinüber.

»Wenn Sie keinen bestätigten Termin haben, muss ich Sie ankündigen.« Der Portier war etwa dreißig Jahre alt, sah sympathisch aus, hatte einen Wuschelkopf mit dunklen Locken und lange Koteletten bis zum Kinn. Am Revers seiner Uniform hing ein Schildchen mit seinem Namen: *Xavier*.

»Einen Moment bitte, Sir«, fügte er hinzu, griff zum Telefonhörer und ließ sich über eine Sekretärin direkt mit Tante Katherine verbinden. Er kündigte unseren Besuch an und lauschte eine Weile, während er mehrmals nickte und ein »Ja, Ma'am« von sich gab. Schließlich beendete er das Gespräch und setzte eine bedauernde Miene auf. »Es tut mir leid, aber Mrs. Gennaro möchte Sie nicht empfangen.«

»Was?«, schnaubte mein Onkel. »Aber ich …«

Xavier wiederholte seine Aussage, doch diesmal in einem strengeren Ton, als wäre er gewillt, den Sicherheitsdienst zu holen.

»Xavier, bitte …« Onkel Simons Stimme klang genervt. »Ich versichere Ihnen, ich habe bereits mit Mrs. Gennaro telefoniert. Sie weiß, dass ich sie in ihrem Büro besuchen möchte.«

»Ja, ich weiß, das haben Sie mir bereits alles erklärt«, sagte Xavier, »aber Ihre Exfrau hat mir soeben ausdrücklich versichert, dass sie keine Lust habe, *Sie* zu sehen.«

»Warum zum Teufel?«

»Sie wolle sich nicht wieder mit Ihnen streiten«, bemerkte der Portier.

»Was reden Sie da, Mann?« Simon atmete tief durch und hob die Arme, vermutlich um sich selbst zu besänftigen. »Wir haben erst vor einer knappen halben Stunde miteinander telefoniert.«

»Ich weiß, und dieses Gespräch hat Mrs. Gennaro sehr aufgewühlt«, sagte Xavier. »Und ich soll Sie warnen, falls Sie ihr gegenüber wieder handgreiflich werden sollten ...«

»Wie bitte? *Wieder*?«, rief Simon.

» ... oder auch nur versuchen sollten, ihr ein Haar zu krümmen, muss ich die Polizei rufen.«

»*Das* hat Katherine gesagt?«

»Wortwörtlich!«

Mein Onkel und ich warfen uns einen langen stummen Blick zu. Ich war genauso ratlos wie er. Vielleicht war es doch keine so gute Idee gewesen herzukommen. Anscheinend war Tante Katherine immer noch davon überzeugt, dass wir durch die Welt trampende Vagabunden seien, mit denen sie nichts zu tun haben wollte.

Auf Simons Stirn erschien eine steile Falte, während er seine Augenbrauen zusammenzog. Ich kannte diesen Blick. *Geh lieber in Deckung, Freundchen!*

Simon beugte sich nach vorne. »Jetzt hören Sie mir einmal gut zu, Sie aufgeblasener Wichtigtuer: Ich habe ihr noch nie auch nur ein Haar gekrümmt. Keine Ahnung, welche Show Sie hier abziehen. Ich werde jetzt den Fahrstuhl nehmen und da hinauffahren. Katherine Gennaro war einverstanden, dass ich komme. Und wenn Ihnen das nicht passt, dann …«

Was mein Onkel in den nächsten zwanzig Sekunden sagte, werde ich nicht wiederholen. Jedenfalls wurde nicht nur ich so rot wie eine Tomate, sondern auch Xavier, der verzweifelt nach Luft schnappte und in seinem Jackett nach einer Spraydose kramte, die er zum Mund führte und kräftig inhalierte. Sogleich entspannten sich seine Gesichtszüge wieder. Anscheinend litt er unter Asthma und war knapp einem Anfall entronnen. Bevor er die Dose wieder in seine Tasche verschwinden ließ, konnte ich das Firmenlogo erkennen. Normalerweise wäre es mir nicht aufgefallen, aber es war das gleiche Emblem, das ich bereits letzte Nacht gesehen hatte. *Die blaue Schlange, die sich um einen Stab wand.* Darunter stand *Biosyde*. Das Wahrheitsserum dieser Firma hatte ich vor wenigen Stunden intravenös verabreicht bekommen. Ich hoffte für Xavier, dass sein Asthmaspray weniger gefährlich war.

»Wie Sie wünschen, Sir, allerdings auf Ihre Verantwortung«, sagte Xavier mit zusammengebissenen Zähnen, drehte das in Leder gebundene Gästebuch herum und schob es zu meinem Onkel. Jede Menge Edding und Kugelschreiber lagen auf dem Tresen, aber Xavier deutete auf einen edlen gelben Füllfederhalter, der in einer Metallröhre steckte. »Wenn Sie sich bitte hier in das Besucherprotokoll eintragen würden. Mit Namen, Datum, Uhrzeit und dem Grund Ihres Besuches.«

»Mein Gott, ihr Amerikaner«, knurrte Simon, blickte zur Wanduhr, nahm den Füller und kritzelte alle Daten in die entsprechende Zeile.

Danach nahmen wir den Fahrstuhl in den zwanzigsten Stock, betraten die Rechtsanwaltskanzlei, wo wir uns noch einmal bei einer Dame am Empfangstisch anmelden und in eine Kamera lächeln mussten, und wurden schließlich in ein Wartezimmer geschickt.

Dort saßen wir dann eine knappe halbe Stunde, weil Mrs. Genarro, wie man uns versicherte, noch einen Geschäftstermin habe.

Mir machte die Warterei nicht so viel aus wie meinem Onkel. Ich stand am Fenster, betrachtete die Stadt von oben und beobachtete, wie die Sonne hinter den Wolkenkratzern verschwand. Für mich war dieser Anblick ungewöhnlich, denn meist sah ich die Welt ja nur von unten, also unter der Wasseroberfläche, oder Sonnenuntergänge am Meer, am Strand, an Flussufern oder auf einer Insel. Dagegen war der Sonnenuntergang in New York schon etwas Besonderes, weil Tausende Fenster orange glitzerten, Hunderte Werbetafeln zu leuchten begannen und Millionen herumfahrende Autos die Lichter einschalteten.

Endlich flog die Tür auf und Tante Katherine betrat den Raum. »Tut mir leid, dass es so lange gedauert hat, aber ich hatte noch eine dringende Telefonkonferenz.«

An Simons Blick merkte ich, dass er immer noch vor Zorn kochte. »Hallo«, sagte er knapp und reichte meiner Tante die Hand.

Nun löste auch ich mich vom Fenster und begrüßte sie.

»Meine Güte, groß bist du geworden, du Sandfloh … und hübsch, eine richtige junge Dame.« Meine Tante fuhr mir durchs Haar und gab mir einen Kuss auf die Wange. Ich roch ihr frisches Parfum.

So freundlich hatte ich sie gar nicht in Erinnerung gehabt. Und auch nicht so hübsch. Sie trug einen eleganten dunkelblauen Hosenanzug und sah mit ihren gewellten braunen Haaren, die bis zur Taille reichten, den langen Wimpern und dunklen Augen wunderschön aus. Kein Wunder, dass mein Onkel damals in sie verknallt gewesen war und sie vermutlich immer noch mochte, auch wenn er das nie zugeben würde.

Nachdem sie mich freundlich angelächelt hatte, betrachtete sie meinen Onkel etwas länger. »Auch du siehst gut aus, du Abenteurer und Herumtreiber«, sagte sie neckisch. »Abgenommen hast du und der graue Stoppelbart steht dir gut. Aber die Hose, tz, tz, tz …« Sie schüttelte den Kopf.

»Wir sind nicht hier, um über Mode zu reden«, unterbrach mein Onkel sie.

»Ja, ich weiß. Gut, kommt mit in mein Büro.« Tante Katherine ging voraus, wir folgten ihr.

Wir marschierten durch einen langen Korridor an ein paar Großraumbüros vorbei, dann betraten wir ihr Arbeitszimmer. Mensch, war das ein Büro! Die Fensterfront war so groß wie das Haifischbecken in SeaWorld. Und von hier sah man, dass alle Wolkenkratzer Manhattans in dunkelorangеs Licht getaucht waren.

Simon blieb unbeeindruckt vor Katherines riesigem Schreibtisch stehen, die Hände in den Hosentaschen.

Meine Tante setzte sich in ihren Sessel. »Wollt ihr eine Limonade?«

»Ja, gern …«, rief ich.

»Nein!«, knurrte Simon.

»Terry, hinter dir ist eine Hausbar. Bediene dich und nimm dir, was du willst.« Sie wandte sich meinem Onkel zu. »Wie geht es Ethan?«

»Wie soll es ihm schon gehen? Gut natürlich! Er ist groß geworden.«

»Fehle ich ihm?«

»Vermutlich nicht.«

»Hm, das verstehe ich«, seufzte sie.

Die Ehrlichkeit, mit der sie sprachen, schockierte mich, allerdings glaubte ich aus Tante Katherines Stimme echtes Bedauern und Schuldgefühle herauszuhören.

Während ich mir eine Dose Pepsi nahm, redete meine Tante weiter: »Also gut, du hast am Telefon gesagt, dass es um Terrys Mutter geht, ihre Forschung und dass jemand Terry in Miami gefangen genommen, verhört und gefoltert hat.« Sie warf mir einen kurzen Blick zu. »Stimmt das?«

Ich nickte.

Simons Gesichtsausdruck war immer noch finster. »Aha, auf einmal interessiert dich das alles wieder? Jetzt, da wir hier sind und es dir nicht gelungen ist, uns abzuwimmeln.«

»Wie bitte? Abwimmeln?« Tante Katherine sah zuerst ihn und dann mich an.

»Tu nicht so! Der Portier, der dich angerufen hat, hat uns alles erzählt.«

»Was? Welcher Anruf? Welcher Portier?«

»Xavier.«

Tante Katherine beugte sich nach vorne. »So, was hat Xavier denn erzählt?«

»Er hat mir ausrichten lassen, dass du mich nicht sehen willst.«

»Und wer bitte schön soll dieser Xavier sein?«

»Was? Der Empfangsportier in eurem Haus!«, antwortete Simon, doch seine Stimme klang nicht mehr so selbstsicher wie noch vor einer Minute.

Irgendetwas stimmte hier nicht. Rasch gab ich meiner Tante eine Beschreibung von Xavier.

Sie runzelte nur die Stirn, hörte sich alles genau an, griff nach ihrer Lesebrille, die auf dem Schreibtisch lag, und kaute nachdenklich am Bügel. »Wann habt ihr das Gebäude betreten?«

»Vor einer guten halben Stunde«, sagte mein Onkel.

»Geht es etwas genauer?«

»18.35 Uhr«, antwortete ich rasch.

Tante Katherine nickte und drückte schließlich eine Taste auf ihrem Telefon. »Al, ich brauche die Aufnahme der Überwachungskamera vom Empfangstisch im Foyer.«

»Ja, Ma'am.«

»Und zwar von heute um 18.35 Uhr. Kannst du sie mir bitte auf meinen Computer schicken?«

»Ja, sofort, Ma'am.«

»Danke.« Sie unterbrach die Verbindung, wartete einige Sekunden, bis ihr Notebook piepte. Dann öffnete sie die Datei.

Simon und ich kamen um ihren Schreibtisch herum, stellten uns hinter sie und starrten auf den Monitor. Aus der Vogelperspektive sahen wir meinen Onkel und mich, wie wir am Tresen standen und mit dem Portier redeten.

»Das ist Xavier«, knurrte mein Onkel und deutete auf den uniformierten Mann mit dem dunklen Wuschelkopf.

Meine Tante rückte näher an den Monitor heran und setzte sich die Lesebrille auf. »Das ist kein Portier aus unserem Haus«, sagte sie verblüfft. »Ich kenne diesen Mann gar nicht.«

»Bist du sicher?«, fragte Simon.

»Und ob ich sicher bin.« Sie lachte auf. »Ich habe ihn noch nie zuvor gesehen und ich kenne all unsere Portiers.«

»Von mir aus«, sagte Simon. »Aber das ist doch jetzt auch gar nicht so wichtig. Wir sollten stattdessen darüber reden, was mit Terry passiert ist.«

»Und ob das wichtig ist«, entgegnete Tante Katherine.

»Oh, fein! Dann interessiert dich offenbar gar nicht, dass Terry stundenlang in einem Keller gefangen gehalten, geohrfeigt, unter Drogen gesetzt und mit einem Elektroschocker gequält worden ist?«

»Natürlich interessiert mich das, aber vorher möchte ich wissen, was es mit diesem Portier auf sich hat.«

»Herrgott! Es ist immer das Gleiche mit dir. Die Polizei sucht uns wegen Einbruch, Diebstahl, Körperverletzung und Waffenbesitz, aber du willst dir dieses dämliche Video ansehen.«

»Waffenbesitz?«, rief Katherine.

»Ach, *das* interessiert dich auf einmal!«

Während die beiden sich stritten, hatte ich weiter das Video betrachtet, auf dem zu sehen war, wie sich mein Onkel mit dem Füllfederhalter in das Besucherbuch eintrug. Danach lösten wir uns vom Tresen und gingen zu den Fahrstühlen. Als Nächstes war auf dem Video zu sehen, wie sich am rechten Monitorrand eine Hand in einer Klarsichthülle ins Bild schob.

Hä?

Ich ging näher ran und starrte auf das Video. Die Hand nahm den gelben Füller und stülpte die Hülle darüber. Dann endete das Video.

»Simon …«, murmelte ich und zog meinen Onkel am Hemd.

»Was denn?«, fuhr er mich an.

»Da …«, sagte ich, wurde jedoch unterbrochen.

Denn im gleichen Moment ging mit schrillem Ton der Feueralarm im Gebäude los.

20. KAPITEL

Tante Katherine fuhr vom Stuhl hoch. »Verdammt! Das ist keine Übung.« Ihr Gesicht wurde bleich.

Mein Onkel sah sie überrascht an. »Woher willst du das wissen?«

»Unsere Anwaltskanzlei wird über jede Feuer- und Sicherheitsübung einen Tag vorher informiert, damit wir die Termine mit unseren wichtigsten Klienten dementsprechend verschieben können.«

»Wenn es in diesem Gebäude wirklich brennt, sollten wir so rasch wie möglich verschwinden«, sagte mein Onkel.

Katherine hob die Hand und dachte nach. »Nicht so hastig. Fahrstühle dürfen nicht verwendet werden. Unmittelbar vor meinem Büro ist eine Feuertür, die ins Treppenhaus führt. Aber da entsteht im Moment sicher gerade ein mordsmäßiges Gedränge. Wir haben also noch Zeit.«

»Willst du hier etwa warten, bis die Decke über unserem Kopf einstürzt oder wir an einer Rauchgasvergiftung ersticken?«, rief Simon.

»So schnell geht das nicht«, versicherte sie ihm. »Wenn

ihr wollt, könnt ihr ja schon mal vorausgehen, aber bevor ich gehe, muss ich noch ein paar wichtige Unterlagen in Sicherheit bringen.«

»Wir helfen dir«, rief ich spontan.

Mein Onkel sah mich entgeistert an, als hätte ich soeben vorgeschlagen, das Büro gründlich zu renovieren.

»Gemeinsam sind wir schneller«, verteidigte ich mich. »Und außerdem kennt Katherine den Weg raus besser als wir.«

»Also gut«, sagte mein Onkel, »was sollen wir tun?«

»Danke.« Tante Katherine sah sich gehetzt um. »Im Nebenraum ist der Besprechungstisch. Darauf liegen jede Menge Verträge, Gutachten und Verhandlungspapiere. Nehmt alles und packt es in Mappen. Ich räume inzwischen hier das Wichtigste zusammen, danach schließen wir alle Unterlagen in den feuerfesten Tresor.«

Kaum hatte sie zu Ende gesprochen, waren Simon und ich schon unterwegs. Wir stürzten durch die Verbindungstür in das Besprechungszimmer, in dessen Mitte ein langer ovaler Tisch thronte. Benutzte Gläser und Schalen mit Pistazienkernen standen noch herum. Dazwischen lagen Notizblöcke, Kugelschreiber und Stapel von Papieren. Wir rafften alle Blätter so rasch wie möglich zusammen und fanden schließlich leere Pappschachteln, in die wir alles hineinstopften.

Während wir um den Tisch liefen, tönte die Sirene immer noch. Der schrille Ton bohrte sich mir in den Kopf, dass ich mir am liebsten die Ohren zugehalten hätte.

Nachdem wir fertig waren, wollte ich bereits wieder in Tante Katherines Büro laufen, doch mein Onkel hielt mich auf. »Warte!« Er zog einen dünnen weißen Seidenschal von einer Stuhllehne, der vermutlich meiner Tante gehörte und den sie hier anscheinend wegen der Klimaanlage trug. Dann nahm er eine Flasche Mineralwasser, kippte den Inhalt darüber und warf mir den nassen Schal zu. »Binde dir den sicherheitshalber um Mund und Nase, falls das Treppenhaus voller Rauch ist.«

Ich legte mir das nasse Kleidungsstück über die Schulter, dann klemmten wir uns die Schachteln unter die Arme und liefen zurück ins Büro.

Ich hatte erwartet, dass Tante Katherine in der Zwischenzeit hektisch ihre Unterlagen in den Safe geräumt hatte, doch sie saß nur in ihrem Schreibtischsessel, kehrte uns den Rücken zu und blickte seelenruhig aus dem Fenster. Ein Arm hing schlaff herunter.

»Tante Katherine!«, rief ich. »Was …?«

»Stopp! Hier stimmt was nicht.« Mein Onkel stellte seine Schachteln auf den Tisch und stürzte zu dem Stuhl. Als er ihn herumdrehte, prallte er bei dem Anblick zurück. »Scheiße! Nein!«, entfuhr es ihm.

»Was ist?«, schrie ich panisch.

»Sieh nicht hin!«, rief er und bedeutete mir mit der Hand, nicht näher zu kommen.

Aber ich hatte es bereits gesehen. Aus ihrer Brust ragte ein kleiner länglicher Gegenstand. Meine Tante lag leblos im Stuhl.

»Schau weg!«, rief Simon erneut.

Ich zwang mich, zum Fenster zu blicken, und sah mich selbst in der Spiegelung der Scheibe mitten im Raum stehen, mit den Schachteln unter den Armen. Vor mir lagen die Wolkenkratzer New Yorks in dunkelblaue Dämmerung getaucht.

»Alles wird gut, alles wird gut«, murmelte ich.

Der Feueralarm schrillte immer noch wie verrückt, und

ich sah zur Straße hinunter, wo mehrere Feuerwehrautos mit Blaulicht auf das Gebäude zurasten.

Dann schielte ich wieder zu meinem Onkel. Er beugte sich über meine Tante und fühlte mit den Fingern den Puls an ihrer Halsschlagader.

»Ist sie …?«, presste ich hervor. Mein Herz raste so schnell, dass ich den Satz gar nicht zu Ende sprechen konnte.

»Ja.« Er schloss meiner Tante die Augen. Dann wollte er den Gegenstand anfassen, der aus ihrer Brust ragte, zuckte aber noch rechtzeitig zurück, ohne ihn zu berühren. Das Ding sah genauso aus wie der gelbe Füllfederhalter, mit dem mein Onkel erst kurz zuvor im Foyer das Besucherprotokoll unterzeichnet hatte.

Wieder fiel mir die Szene aus dem Überwachungsvideo ein, in der zu sehen gewesen war, wie jemand den Füller mit einer Klarsichtfolie weggenommen hatte. »Das ist der Füller von vorhin. Deine Fingerabdrücke sind drauf!«, rief ich geistesgegenwärtig.

»Das befürchte ich auch.«

In diesem Moment wurde die Tür zum Büro aufgerissen, und ich erschrak so, dass mir die Schachteln aus den Händen fielen.

Eine junge Frau, der die Bluse aus dem Rock hing, stürzte aufgeregt ins Zimmer. »Frau Dr. Gennaro, wir müssen …« Sie blieb stehen, verstummte, starrte auf meinen Onkel, der sich immer noch über den Stuhl beugte, dann sah sie meine Tante und schrie plötzlich los. Ihre durchdringende Stimme übertönte sogar die Feuersirene.

»Warten Sie!«, rief mein Onkel. »Es ist nicht das, wonach es aussieht …«

Doch die Frau hörte nicht zu, was mein Onkel ihr zu erklären versuchte, sondern schrie sich weiter die Seele aus dem Leib, während sie sich umdrehte und aus dem Büro rannte. Bevor die Tür zufiel, sah ich, wie die Menschen aus ihren Büros in den Gang liefen und sich durch die Feuertür ins Treppenhaus drängten.

»Was machen wir?«, rief ich ängstlich.

Eigentlich hatte ich befürchtet, dass Simon den Kopf verlieren würde, doch er blieb gefasst, und ich sah förmlich, wie er völlig ruhig wurde und nachdachte. Er hatte schon oft in ausweglosen Situationen bewiesen, dass er die Nerven behielt – und das beruhigte auch mich ein wenig, obwohl ich kurz davor stand, mit rasendem Herzen ohnmächtig umzukippen.

Dann sah er mich an. »Terry, lass die Schachteln liegen. Wegen des Feuers musst du dir keine Sorgen machen. Ich bin sicher, der Alarm wurde nur inszeniert, um deine Tante in dem Trubel unbemerkt umzubringen.«

»Aber warum?«, rief ich.

»Das weiß ich noch nicht.« Er blickte zur Tür, hinter der sich vermutlich gerade die letzten Leute aus diesem Stockwerk ins Treppenhaus drängten.

»Der Mörder ist vielleicht noch in der Nähe. Wir müssen so rasch wie möglich von hier verschwinden. Komm!«

»Abhauen?«, fragte ich völlig entgeistert.

»Uns bleibt nichts anderes übrig. Abgesehen von der Frau gerade eben, hat ein gutes Dutzend Menschen gesehen, wie wir Katherine in ihr Büro gefolgt sind. Und jetzt ist sie tot. Die Polizei wird mich für den Mörder halten.«

»Aber …«, stammelte ich, und dann erzählte ich ihm, was ich auf dem Video gesehen hatte. »Das beweist, dass jemand anderer den gelben Füller genommen hat und du Tante Katherine nicht damit getötet haben kannst.«

»Die Leute, die dahinterstecken, haben einen Mann am Empfang ausgetauscht, einen Feueralarm inszeniert und den Mord begangen. Glaube mir, die haben auch die Mittel, diese Stelle des Videos von den Überwachungsbändern zu löschen.«

»Sollen Sie doch!«, rief ich. »Wir haben das Originalvideo hier auf dem Notebook.«

Mein Onkel starrte auf Katherines Computer. Seine Augen hellten sich auf. »Du hast recht!« Er klappte den Deckel zu, trennte das Notebook von den Kabeln und klemmte es sich unter den Arm. »Das nehmen wir mit.« Im Moment war das der einzige Beweis für seine Unschuld. Er nickte mir zu. »Los!«

Nur mit dem Notebook und ohne die Schachteln liefen wir durchs Büro und stießen die Tür auf.

Der Korridor war mittlerweile menschenleer. Papiere und leere Kaffeebecher lagen auf dem Flurteppich verstreut. Die Sirene heulte immer noch, im Gang sogar noch lauter als im Büro. Und dann hetzten wir zur Feuertreppe, in der Hoffnung, dass uns im Treppenhaus keine Rauchwolke entgegenschlagen und uns kein Mörder erwarten würde.

21. KAPITEL

Kaum hatten wir die schwere Metalltür aufgedrückt, hörten wir auch schon das Gemurmel, Gekreische und Geschrei der Leute. Wie ich aus verschiedenen Wortfetzen heraushörte, gab es die wildesten Gerüchte, warum es zu dem Feueralarm gekommen war. Die Theorien reichten von einem Bombenanschlag über einen Kabelbrand, eine Feuerwehrübung bis hin zu einem Fehlalarm, weil wahrscheinlich schon wieder irgendein Idiot eine Zigarette unter dem Feuermelder angezündet und heimlich geraucht hatte. Diese letzte Vermutung stammte von einer dicken Dame im cremefarbenen Hosenanzug, die an mir vorbei die Stufen hinunterhastete.

Zum Glück war nirgendwo von Mord die Rede.

Simon und ich mischten uns unter die Menge, die von den oberen Stockwerken hinunterströmten. Mit einem Blick gab er mir zu verstehen, dass ich kein Wort sagen, mich so unauffällig wie möglich verhalten und dicht in seiner Nähe bleiben sollte. Aber das wusste ich auch so.

Stockwerk für Stockwerk ließen wir uns mit den Menschenmassen nach unten treiben. Je weiter wir kamen, umso dichter wurde das Gedränge. Anscheinend waren die Ausgangstüren nicht dafür gedacht, einen solchen Andrang zu bewältigen. Mit jedem Stockwerk wurde es auch wärmer, was aber an keinem Feuer, sondern an den eng beieinanderstehenden Menschen lag. Und immer wieder prallten Leute von hinten auf uns drauf und versuchten, uns vorwärtszuschieben.

Als der Menschenstrom auf einem Treppenabsatz ins Stocken geriet, beugte sich Simon zu mir und flüsterte mir gerade so laut ins Ohr, dass ich ihn trotz der Sirene verstehen konnte. »Vermutlich ist der Mörder auch über die Feuertreppe abgehauen.«

Natürlich. Schlagartig wurde mir noch heißer.

»Solltest du diesen Xavier irgendwo sehen«, fuhr er fort, »sag mir Bescheid! Den Kerl schnappe ich mir.«

Ich nickte. Dann ging es auch schon wieder weiter. Nach einigen Minuten erreichten wir den ersten Stock, danach das Erdgeschoss. Die Tür zum Foyer stand sperrangelweit offen. Wir wurden in die Halle gedrängt. Endlich konnte ich halbwegs befreit aufatmen. Nun sah ich, dass auch aus anderen Teilen des Gebäudes Menschenmassen durch offene Türen von anderen Treppenhäusern ins Erdgeschoss drängten, wo sie sich zu einem gewaltigen Strom vereinten, der sich auf die Ausgänge zubewegte.

Die Glasdrehtüren waren ausgehängt worden, damit die Leute rascher auf die Straße gelangen konnten. Aber das war gar nicht der Engpass, wie ich zuvor vermutet hatte. Der Grund, warum es so langsam voranging, war einfach, dass trotz des Feueralarms uniformierte Polizisten mit Funkgeräten neben den Ausgängen standen und versuchten, jeden genau unter die Lupe zu nehmen, der hinauswollte. Warum nur?

Dann sah ich es. Die Erkenntnis traf mich wie ein Schlag, als hätte mir jemand einen Eimer Eiswasser über den Kopf ins Genick geleert. Instinktiv packte ich Simons Hand und deutete mit dem Kinn zu den Monitoren, die über den Ausgängen an der Wand hingen. Dort war ein Foto von meinem Onkel und mir zu sehen, wie wir am Tresen lehnten und mein Onkel gerade genervt ins Objektiv der Überwachungskamera blickte. Darunter stand in großer Schrift: *Wer kennt diesen Mann?*

Ich kam mir vor wie in einem Albtraum, in dem ich wegwollte, mich aber wie gelähmt nicht vom Fleck bewegen konnte. Panikerfüllt blickte ich von einem Monitor zum anderen. Überall das gleiche Bild.

Wie kann das sein?

Simon las die Frage garantiert in meinem verzweifelten Gesichtsausdruck. Er umklammerte das Notebook fester und beugte sich zu mir. »Der Mörder muss dafür gesorgt haben, dass der Polizei sofort das Video zugespielt worden ist.«

Das war die einzig logische Erklärung. Aber in so kurzer Zeit? Seit Tante Katherines Tod war keine halbe Stunde vergangen. Normalerweise hatte die Polizei nie so rasch ein Foto des vermeintlichen Täters. Es konnte nur dieser Xavier dahinterstecken.

Nun wurde mir auch klar, warum er meinen Onkel am Empfang so lange in ein Gespräch verwickelt hatte. *Na klar!* Und warum er behauptet hatte, Tante Katherine wolle Simon nicht sehen, weil sie Angst vor seiner Gewalttätigkeit habe. Wenn es nach diesem Video ging, hatte mein Onkel bereits den Vorsatz gehabt, seine Exfrau zu töten.

Was für ein Wahnsinn!

»Simon!«, zischte ich ihm zu. »Das war alles von Anfang an ein abgekartetes Spiel.«

»Das ist mir auch gerade klar geworden.«

An seinem Gesichtsausdruck sah ich, dass er fieberhaft nachdachte. Man konnte förmlich die vielen kleinen klickenden Rädchen in seinem Gehirn sehen.

»Wir müssen hier raus«, murmelte er kaum hörbar. »Binde dir aus dem Schal ein Kopftuch, lass deine Haare darunter verschwinden und stell dich auf die Zehenspitzen.«

Ich machte mich sogleich größer, band meine Haare zu einem Zopf und wickelte mir den nassen Schal wie einen Turban um den Kopf. »Und was machst du?«, fragte ich ihn besorgt.

Mittlerweile hatten sich vor dem Gebäude nicht nur Polizei- und Feuerwehrwagen, sondern auch Rettungsfahrzeuge versammelt. Völlig ruhig und konzentriert sah sich Simon in dem Gedränge um. Vermutlich hatte er trotz unserer Lage den Ruhepuls eines Igels im Winterschlaf. Plötzlich erhellte sich sein Blick. »Wir müssen zurück zum Empfangstisch!«

»Was?«

Er packte mich am Arm und zog mich, gegen den Menschenstrom, der Richtung Ausgang drängte, zurück zum Empfangstisch. Dort hatte er unseren Besuch vor über einer Stunde in ein Buch eingetragen.

»Willst du deine Eintragung rausreißen?«, rief ich.

»Nein, das würde nichts bringen.« Unbeirrt schob er sich zwischen den Menschen durch, auf den Empfangstresen zu.

Endlich erreichten wir den Empfang und zwängten uns durch eine hüfthohe Schwingtür hinter den Tresen. Sogleich schlüpfte Simon aus seinem weißen Hemd, knüllte es zusammen und ließ es im Mülleimer unter dem Tresen verschwinden. Darunter trug er noch das schwarze T-Shirt.

Mann, wie einfallsreich! Das hätte er auch im Trubel der Leute machen können, ohne mich durch die halbe Halle hinter sich herzuschleifen. Doch als Nächstes riss er den Erste-Hilfe-Schrank an der Wand auf, zerrte eine Mullbinde heraus und begann sogleich, sie sich um den Kopf zu wickeln.

Natürlich! Der Plan war irrwitzig, aber genial. Während Simon noch damit beschäftigt war, sich den Verband anzulegen, klappte ich den Rollstuhl an der Wand auseinander und ließ die Fußpedale einrasten. »Wollen wir wirklich versuchen, so aus dem Gebäude zu kommen?« Der Gedanke an diese improvisierte Flucht bescherte mir doch ein mulmiges Gefühl im Magen.

»Hast du eine bessere Idee?«

»Wir könnten uns der Polizei freiwillig stellen und versuchen, alles zu erklären.«

Simon packte mich an den Schultern und sah mich eindringlich an. »Terry, hör mir jetzt gut zu! Das alles ist eine geplante Intrige, wie du selbst richtig erkannt hast. Ich will nicht abwarten, was uns die Polizei noch alles vorwirft, wenn wir erst mal in einer Gefängniszelle hocken.«

»Wir?«

»Du wegen Einbruch und Körperverletzung in Miami und ich wegen Mord in New York. Sitzen wir erst mal im Knast, haben wir keine Chance mehr herauszufinden, wer dahintersteckt. Und vor allem warum!«

Okay. Hab's kapiert.

»Terry, ich glaube nicht, dass jemand deine Tante beseitigen wollte und wir bloß zur falschen Zeit am falschen Ort waren.« Er schüttelte den Kopf. »Jemand möchte *uns* etwas in die Schuhe schieben und *deshalb* musste sie sterben.«

Das war zwar schwer zu glauben, aber er hatte recht. Jemand wollte Simon und mir an den Kragen. Meine Tante war nichts weiter als der Köder dazu gewesen. Plötzlich stiegen mir Tränen in die Augen. Ich hatte sie zwar nicht besonders oft gesehen, aber die wenigen Male war sie trotzdem immer nett zu mir gewesen. Jetzt sah ich sie wieder vor mir, leblos in ihrem Stuhl, und bekam dieses Bild nicht mehr aus dem Kopf. Plötzlich musste ich an Ethan denken, der von alledem noch gar nichts wusste.

»Alles okay?«

Ich nickte.

»Sei tapfer. Gleich haben wir es geschafft.« Simon ließ mich los.

Nachdem er mit der Bandage fertig war, setzte er sich in den Rollstuhl und legte sich Tante Katherines Notebook auf den Schoß. In dem ganzen Trubel um uns herum hatte niemand unsere Verwandlung hinter dem Empfangstisch bemerkt. Doch eine Sache fehlte noch, um die Illusion eines Schwerverletzten perfekt zu machen.

»Halt still.« Ich nahm einen roten Edding vom Tresen und ließ damit einige rote Tintenflecken auf den Verband sickern. Nun sah es wie eine schwere Kopfverletzung aus.

Mittlerweile war der Menschenstrom im Foyer einigermaßen versiegt. Das Gedränge hatte nachgelassen.

Ich schob meinen Onkel im Rollstuhl durch die Schwingtür, mischte mich unter die Leute und ging mit erhobenem Haupt und durchgedrücktem Kreuz zum Ausgang. Wie eine Krankenschwester, die ihren Patienten aus dem Gebäude schaffen wollte. Simon machte sich indessen klein und sank im Stuhl zusammen.

Einige Leute riefen »Macht Platz!«, als sie uns sahen, und sogleich bildete sich ein Spalier. Ich schob den Rollstuhl ungehindert in Richtung Ausgang, wo die Polizisten standen. Jetzt wurde es ernst.

Plötzlich hatte ich einen Geistesblitz. »Würden Sie mir bitte helfen?«, fragte ich eine ältere Dame, die neben mir ging und sehr vertrauensvoll aussah.

»Aber natürlich, meine Liebe. Ich bin Agnes.«

»Ich bin Mary«, log ich. »Und das ist Professor Stevens.« Ich merkte, wie mein Onkel zusammenzuckte und das Notebook fest umklammerte.

Agnes packte den Griff an der anderen Seite des Rollstuhls und half mir, den Verletzten schneller zum Ausgang zu schieben.

»Macht Platz für Professor Stevens!«, rief sie.

Simon drehte den Kopf zu mir und sah mich mit einem erstaunten Blick an. Was hatte er gedacht? Dass ich nicht in diese Rolle hineinkippen konnte? *Kinderspiel!*, versuchte ich mich selbst davon zu überzeugen.

Zum Glück stand ein Rettungswagen vor dem Eingang. Für Außenstehende musste es so wirken, als erwartete uns das Fahrzeug.

Wir näherten uns den Polizisten, doch die nahmen keine Notiz von uns. Konzentriert musterten sie die anderen Personen, die ebenfalls hinausdrängten. Offenbar hielten sie nach einem großen Mann im weißen Hemd und seiner jungen Begleiterin mit langen brünetten Haaren Ausschau und nicht nach einem Trio mit einem alten Mann im Rollstuhl.

Mein Herz wummerte gegen meine Rippen, als wir uns gemeinsam nach draußen quetschten. Jeden Moment befürchtete ich, dass sich eine schwere Hand auf meine Schulter legen und jemand sagen würde: »Einen Moment, Miss.

Würden Sie bitte das Kopftuch abnehmen und mir Ihren Ausweis zeigen!«

Aber nichts dergleichen passierte. Trotzdem rauschte mir das Blut wie ein Wasserfall in den Ohren.

Im nächsten Moment standen wir auf dem Bürgersteig. Die kühle Luft strich über mein vor Aufregung glühendes Gesicht und hier draußen ließ endlich auch der Lärm des Feueralarms nach. In meinen Ohren klingelte es.

Aus dem Augenwinkel sah ich, wie Feuerwehrleute durch den Eingang an den herausströmenden Menschen vorbei ins Gebäude stürmten.

Kaum hatten wir uns mit dem Rollstuhl einige Meter von dem Trubel entfernt, stürzten auch schon zwei Sanitäter aus dem Rettungswagen auf uns zu. »Können wir Ihnen helfen?«

»Nein, danke«, wehrte mein Onkel sofort ab.

Da sah ich, wie zwei Polizisten die Straße entlangpatrouillierten. Bevor sie auf uns aufmerksam wurden, entgegnete ich rasch: »Aber natürlich können Sie das.«

Simon sah mich mit zusammengekniffenen Augenbrauen an.

»Können Sie uns zum Hafen an den Pier 26 bringen?«, bat ich. »Dort wartet der Rettungshubschrauber auf Professor Stevens, um ihn ins Montreal General Hospital zu fliegen.«

Im gleichen Moment biss ich mir auf die Lippen. Was, wenn die Sanitäter das per Funk nachprüfen wollten?

Einer der Männer verzog unglücklich das Gesicht. »Warum ist der Helikopter nicht hergekommen?« Er deutete nach oben. »Auf dem Dach des Hauses ist doch ein Landeplatz.«

»Die Polizei hat das ganze Areal weiträumig abgesperrt«,

log ich rasch. »Soviel wir erfahren haben, ist ein Polizeihubschrauber in der Luft, und es gilt Flugverbot wegen eines eventuellen Terroranschlags.«

»Ich habe auch etwas von einem möglichen Terroranschlag gehört«, pflichtete Agnes mir bei.

Der Sanitäter rief nach vorne zum Fahrer. »Pier 26 – ist das okay, Mike?«

Im Seitenspiegel sah ich, wie der Fahrer auf seine Armbanduhr sah. »Klar, sind ja nur zehn Minuten bis zum Hafen. Los, fahren wir!«

22. KAPITEL

Montreal lag in Kanada, meinem Geburtsland, und ich wusste, dass es dieses Krankenhaus dort tatsächlich gab. Die Stadt war nicht einmal 370 Meilen entfernt, für einen Helikopter also ein Klacks. Und da wir Kanadier waren, erschien meine Lüge sogar plausibel, falls die beiden Sanitäter unsere Reisepässe sehen wollten.

Aber das wollten sie gar nicht. Sie hoben meinen Onkel im Rollstuhl in den Fond des Krankenwagens und machten danach Platz für mich. Während ich hineinkletterte, gingen die beiden Polizisten am Krankenwagen vorbei.

»Vielen Dank, Agnes«, rief ich der älteren Dame zu, die noch immer am Straßenrand stand.

»Gern geschehen, Mary«, antwortete sie. »Und alles Gute, Professor Stevens.«

Mein Onkel nickte nur stumm. Dann schlugen die Türen zu und wir fuhren los.

»Beeilung!«, rief der Sanitäter dem Fahrer durch die aufgeschobene Glasscheibe zu. Danach drehte er sich besorgt zu meinem Onkel. »Soll ich mir Ihre Kopfverletzung ansehen? Ist nicht gerade professionell verbunden.«

»Nein, danke, ist schon in Ordnung. Nur ein Schlag gegen den Feuerlöscher.«

»Ja, war ein ziemlicher Trubel in dem Gebäude. Soll ich mir die Wunde nicht doch besser ansehen? Scheint stark geblutet zu haben.«

»Nein, danke. Meine Beine und die Wirbelsäule machen mir mehr zu schaffen. Darum auch der Flug ins Krankenhaus.« Wie zur Bestätigung klopfte mein Onkel auf seine scheinbar leblosen Beine.

»Ich sollte vielleicht Ihre Wirbelsäule untersuchen.«

»Das ist nett, danke«, rief Simon rasch, »aber ich bin auf dem Weg zu einem Spezialisten, weil mir hier kein Arzt weiterhelfen konnte.«

Den Rest der Fahrt schwiegen wir. Bloß einmal zog Simon sein Handy aus der Hosentasche und tippte eine Nachricht. Bestimmt gab er Johann die Anweisung, uns bei der Zollbehörde auszuklarieren und die Kopernikus für ein rasches Auslaufen bereit zu machen.

Mit Blaulicht und Sirene waren wir trotz des Gedränges der abendlichen Stoßzeit in nicht einmal zehn Minuten am Hafen. Dort lotste ich den Fahrer zum Pier 26, wo der rote Helikopter, den ich bei unserer Ankunft gesehen hatte, zum Glück immer noch stand.

»Danke, hier können Sie uns rauslassen«, sagte Simon.

Der Rettungswagen hielt in der Nähe des Hubschrauberlandeplatzes und die Sanitäter hoben den Rollstuhl aus dem Wagen. »Sollen wir Sie noch zum Helikopter begleiten?«

»Äh, nein … ist wirklich nicht nötig, danke«, beeilte ich mich zu sagen, stopfte mir die Haarsträhnen unter den Turban und verknotete den Schal neu. Bestimmt hatten die Männer eine solche Kopfbedeckung noch nicht oft gesehen, aber Gott sei Dank gaben sie keinen Kommentar dazu ab.

»Ist ja kein Problem«, sagte einer der Sanitäter und wollte bereits den Rollstuhl anschieben, als zum Glück das Funkgerät des Fahrers knackte. Soeben kam eine neue Meldung herein.

»Beeilt euch, Leute! Wir müssen zurück zum Business-Tower«, rief der Fahrer.

Rasch übernahm ich die Griffe des Rollstuhls, bedankte mich bei den Sanitätern und bewegte mich in Richtung Hubschrauber.

»Langsamer!«, zischte Simon.

Ich verlangsamte meine Schritte und schielte aus dem Augenwinkel zum Rettungswagen. Die Sanitäter stiegen ein, die Türen schlugen zu, aber das Fahrzeug blieb immer noch stehen. Der Fahrer sprach noch über Funk.

Was dauert da so lange?

Der Beifahrer sah zu uns herüber.

Inzwischen näherten wir uns dem Hubschrauber und kamen den Bodenmarkierungen bereits bedenklich nahe. Bald würde ein Arbeiter am Pier auf uns aufmerksam werden und zu uns eilen, um uns zu erklären, dass wir in der Nähe des Hubschraubers nichts zu suchen hatten. Und schon gar nicht mit einem Rollstuhl. Ein Mann in einer reflektierenden gelben Warnweste mit zwei roten Kegeln in der Hand linste schon interessiert zu uns herüber.

Endlich setzte sich der Rettungswagen in Bewegung und verschwand aus meinem Sichtfeld. Augenblicklich änderte ich unsere Fahrtrichtung und schob meinen Onkel nun zu den Anlegestellen des Piers.

Hier leuchteten mehrere Hafenlaternen. Im Schatten eines Containers zischte mein Onkel: »Jetzt!«

Er sprang aus dem Stuhl und ging aufrecht weiter, als wäre nichts geschehen. Ich ließ den Rollstuhl bei dem Container stehen und marschierte weiter, als ginge mich das Gefährt nichts mehr an. Gleichzeitig zog Simon sich den Verband vom Kopf und ich streifte den weißen Schal ab. Beides stopften wir im Vorbeigehen in eine Mülltonne.

Da trat ein Hafenarbeiter hinter einer Palette mit Fässern hervor, kam uns entgegen, blickte zuerst auf den leeren Rollstuhl und dann zu meinem Onkel und mir. »Darf ich fragen, was Sie hier wollen und was das mit dem Rollstuhl sollte?«

Verdammt! Schlagartig war meine Mundhöhle wie ausgetrocknet.

Doch mein Onkel blieb die Ruhe in Person. Er deutete auf mich. »Meine Assistentin und ich sind hier, um zu prüfen, ob die Hafenanlage barrierefrei für Menschen mit körperlichen Einschränkungen ist. Wir haben leider einige gravierende Mängel festgestellt, die wir noch protokollieren müssen.«

Schön gesagt. Ich wollte schon erleichtert aufatmen, doch der Arbeiter betrachtete zweifelnd Simons Shorts, sein schwarzes T-Shirt und die ausgelatschten Sandalen.

»*Sie* sind von der Behörde?«, fragte er skeptisch.

»Natürlich.« Wie zur Bestätigung klopfte mein Onkel auf das Notebook in seinem Arm. »Ah, da ist ja unser Chef.«

In diesem Moment kam Johann, wie immer in dunkler Kleidung, aus dem Zollbüro. Er trug einen Packen Papiere unter dem Arm. Das war aber rasch gegangen! Mit der Glatze und seiner großen Statur sah er grimmig aus. Als er uns bemerkte, setzte er sich in Trab.

»Oh je«, stöhnte Simon auf. »Unser Boss hat schlechte Laune. Besser Sie verschwinden von hier, sonst kriegen Sie auch Ihr Fett ab.«

»Ja, schon gut.« Der Arbeiter blickte kurz zu Johann, dann verschwand er.

Ich hörte, wie Simon schluckte und befreit aufatmete.

Da erreichte Johann uns. »Warum diese plötzliche Eile?«, flüsterte er.

»Keine Fragen, Erklärungen folgen später!«, sagte mein Onkel knapp und setzte sich wieder in Bewegung.

»Sind wir etwa wieder auf der Flucht?«, flüsterte Johann und sah sich um.

Simon antwortete nicht. »Ist alles zum Auslaufen bereit?«, fragte er stattdessen.

Johann nickte und stopfte die zusammengerollten Papiere unter den Arm. »In der Zwischenzeit hat Ethan die Maschinen warm laufen lassen.«

»Gut.« Simon ließ erleichtert die Schultern sinken.

»Was ist das für ein Notebook, wenn ich mir die Frage erlauben darf?«

»Später«, wimmelte mein Onkel ihn ab.

Plötzlich lief es mir siedend heiß durch den Körper. Wegen des ganzen hastigen Aufbruchs mit meinem Onkel im Taxi hatte ich zuvor völlig vergessen, Charlie mitzunehmen. *Zum Glück!* In dem Gedränge im Treppenhaus und beim Schrillen der Sirene wäre er ohnehin abgehauen und dann hätte ich ihn suchen müssen.

Doch wo steckte er jetzt?

»Ist Charlie an Bord?«, fragte ich Johann.

»Er war im Hafen unterwegs, hat uns zwei tote Mäuse auf die Kommandobrücke gebracht und auf die Anzeige des Sonars gelegt«, erklärte Johann. »Daraufhin habe ich die Luke geschlossen und ihm Bordarrest verpasst. Ich hoffe, das war in Ordnung so, Terry.«

»Auf jeden Fall.« Ich grinste erleichtert. Jeder leistete seinen Beitrag zur Bordverpflegung, so gut er eben konnte.

Im nächsten Moment erreichten wir die Kopernikus. Wir

sprangen an Deck, und kaum hatte Johann die Luke am Turm geöffnet, zischte ein rotbraunes Fellbündel heraus und hüpfte mir in die Arme.

»Charlie!«, rief ich erfreut. Das Frettchen rieb seinen Kopf an meinem Arm.

Als Nächstes steckte Ethan den Kopf ins Freie.

»Ethan!« Ich freute mich tatsächlich, ihn zu sehen. Die Panik und die Anspannung der letzten Stunde fielen von mir ab.

Misstrauisch blickte er mich an. »Du bist doch sonst nicht so entzückt, mich zu sehen. Haben sie dir in der Stadt eine Gehirnwäsche verpasst?«

Nicht nur das! Das Abenteuer im Wolkenkratzer und Tante Katherines brutaler Tod hatten mich an den Rand des Nervenzusammenbruchs gebracht. Ich konnte immer noch nicht glauben, was passiert war, obwohl ich alles selbst hautnah miterlebt hatte. Für einen Augenblick hatte ich tatsächlich befürchtet, meinen Onkel zu verlieren und Ethan, Charlie, Johann und die Kopernikus nie wiederzusehen.

Nun war ich froh, endlich wieder an Bord sein zu dürfen. Aber noch war unsere Flucht nicht zu Ende.

Soeben fuhren zwei Polizeiwagen auf das Hafengelände. *Wieder einmal! Wie in Miami.* Entweder waren die nur zufällig hier, oder sie hatten einen Tipp bekommen, wo wir ablegen würden.

Jedenfalls wollte das keiner von uns herausfinden.

»Alle Mann unter Deck!«, rief Simon.

Auch dieses Mal ließ ich ihm das *alle Mann* durchgehen, ohne aufzubegehren. Wie es schien, wurde das zur Gewohnheit.

»Jeder auf seinen Posten und raus aus dem Hafen!«,

befahl er. »Sobald wir abgelegt haben, tauchen wir. Jeder kennt seinen Auftrag.«

Nachdem wir alle an Bord waren, schlug Johann die Luke zu und verriegelte das Schott.

»Volle Kraft voraus! Kurs Niagarafälle«, befahl mein Onkel.

Wir alle sahen ihn überrascht an.

»Ja, ihr habt richtig gehört.«

Die Niagarafälle! Unser geheimes Domizil, von dem niemand außer uns etwas wusste. Das bedeutete nichts Gutes.

»Aber der Forschungsauftrag?«, fragte Johann. »Wollten wir nicht in die Labradorsee nach Grön…?«

»Johann, unsere Prioritäten haben sich kürzlich geändert.«

Im nächsten Moment röhrten bereits die Maschinen los, die Zwillingsschrauben wirbelten das Wasser auf, und wir legten ab.

23. KAPITEL

Zur dieser Zeit war es am Felsen von Gibraltar zwei Uhr nachts. Der Wind heulte ohne Unterlass um das Turmzimmer des *Biosyde Hills Asylum*. Die Balkontür war offen, Licht brannte in den Räumen.

Valerie De Boes hatte sich gleich nach ihrer Ankunft von Sidney eine Tasse heißen Ayurveda-Entspannungs-Tee in ihr zweistöckiges Turmapartment bringen lassen, anschließend den Inhalt ihres Koffers in den Schrank geräumt, ein paar E-Mails beantwortet und danach geduscht, Zähne geputzt und ihre Hautcremes aufgetragen. Morgen stand ihr ein anstrengender Tag bevor.

Nun lehnte sie im Negligé neben der Balkontür und blickte in die Nacht hinaus. Von hier oben konnte man weit über das Meer sehen. Die klare Nacht und die hell strahlende Mondsichel brachten die Wellen zum Glitzern, so weit das Auge reichte. Hin und wieder tuckerte ein Kahn über die See, oder ein Flugzeug zog über den Himmel, wo es einen silbernen Kondensstreifen hinterließ. Ansonsten war es ruhig.

Mittlerweile schliefen alle im Sanatorium. In den Seitentrakten, die Valerie von hier oben aus sehen konnte, brannten keine Lichter mehr. Auch Sidney Stone hatte sich schon in ihr Zimmer zurückgezogen, nur Finn inspizierte sicher noch das Gelände. Er war ein Kontrollfreak und überließ nichts dem Zufall – deshalb mochte sie den Jungen so sehr.

Valerie zog den Vorhang zu und schlüpfte in ihr bequemes breites Himmelbett mit der weichen Matratze und den vielen Kopfkissen. Auf dem Nachtkästchen lagen ihre Tabletten, daneben stand ein Glas Wasser. Sie nahm ihre Pillen und wollte gerade das Licht ausschalten, als ihr Tablet piepte.

Ein Anruf aus New York.

Rasch ging sie ran.

Xavier erschien auf dem Bildschirm; er hatte die Uniform des Portiers abgelegt. »Störe ich?«

»Komm zur Sache, ich bin müde.«

»Ja, Madam. Es hat alles wie am Schnürchen geklappt.«

»Ist Katherine Gennaro tot?«

»Ja, Madam.«

»Konnten sie entkommen?«

»Ja, und ab jetzt werden sie landesweit von der Polizei gesucht.«

»Exzellent.« Valerie De Boes lächelte zufrieden. Nun hatten sie keine Rückendeckung mehr, keinen Platz, wo sie sich verstecken konnten, es gab niemanden, dem sie vertrauen konnten, und keinen, der ihnen helfen würde. Sie waren gezwungen, auf eigene Faust zu handeln. Und damit würden sie ihr und Biosyde genau in die Hände spielen.

»Danke, Xavier, gute Nacht.« Valerie unterbrach die Verbindung.

Morgen früh würde sie gleich als Erstes mit ihren Technikern in Miami telefonieren, die seit Stunden fieberhaft daran arbeiteten, die Daten auf dem kaputten USB-Stick zu rekonstruieren. Danach würde sie nachsehen, von wo das Funksignal von Terrys Medaillon sendete. Valerie war schon gespannt, wohin Simon West als Nächstes fahren würde und was er vorhatte – denn nach allem, was passiert war, würde er seinen nächsten Forschungsauftrag in Grönland wohl kaum ausführen.

3. TEIL

NIAGARAFÄLLE

24. KAPITEL

Wir waren bereits seit zwei Stunden auf hoher See, als Simon den Kurs in den Autopiloten eingab, der die Kopernikus sicher durch die Gewässer lotste, damit er uns zu einer Einsatzbesprechung zusammentrommeln konnte.

Unser Treffen fand jedoch nicht auf der Kommandobrücke statt, wo er uns zuletzt eine Standpauke gehalten hatte, sondern in der Kombüse. Dieser Ort war freundlicher und es war auch der größte Raum an Bord. Hier kochten, aßen, lachten und unterhielten wir uns nicht nur, sondern hier wurde auch unterrichtet und gelernt. Normalerweise büffelte ich hier unter anderem Integralrechnung, Latein, Physik, Kostenrechnung und Geografie. Hier spielten wir aber auch gemeinsam Spiele, sahen Videos oder manchmal sogar TV, wenn wir Empfang hatten. Hier, am hinteren Ende der Kopernikus, wo man durch die beiden großen Heck-Bullaugen zwischen den Schiffsschrauben nach hinten hinaussehen und das weiß aufgewühlte Kielwasser der Kopernikus am Meer betrachten konnte, das sich bis zum Horizont erstreckte, spielte sich unser gesellschaftliches Leben ab.

An all das konnte ich jedoch gerade jetzt nicht denken.

Ich kannte den Anlass für unser Treffen und seit Stunden war mir speiübel. Am liebsten hätte ich mich in meiner Kabine verkrochen und mir die Decke über den Kopf gezogen. Ethan hatte immer noch keine Ahnung vom Tod seiner Mutter, und ich war ihm bisher aus dem Weg gegangen, weil ich nicht wusste, wie ich es ihm hätte beibringen können. Aber nun kam wohl der Moment.

Ethan und ich kauerten auf der Bank beim Esstisch, Johann saß auf einem Stuhl, mein Onkel stand mit bitterer Miene an die Küchenzeile gelehnt da, und Charlie hockte in einer Ecke und fraß Trockenfutter aus seiner Schüssel, die ich ihm hingestellt hatte.

»Mein Treffen mit Katherine ist nicht so verlaufen, wie ich es mir erhofft hatte«, begann Simon.

»Hat Mutter dich wieder einen herumstreunenden heimatlosen Vagabunden genannt?«, witzelte Ethan, doch niemand lachte. »Hat sie dich in deinen Sandalen überhaupt in ihrem noblen Büro empfangen?«, setzte er nach.

Wiederum herrschte Schweigen. Ethan schaute verunsichert in die Runde.

Schließlich erzählte Simon von unserem Besuch im Wolkenkratzer, der Diskussion mit Xavier am Empfang, dem Gespräch mit Tante Katherine, dem Feueralarm und schließlich von Katherines Tod.

»Tot?«, fragte Ethan. »Ermordet?« Sein Gesicht wurde blass. »Aber …« Fassungslos starrte er uns an.

»Ja, es tut mir so leid«, sagte mein Onkel.

Ethan wandte sich ab und starrte durchs Bullauge auf die aufgewühlte See, durch die das U-Boot seine Spur zog.

Was wir erlebt hatten, wirkte so fern und unecht wie in einem Albtraum. Nur mit dem Unterschied, dass man daraus nicht erwachen konnte, weil es real war.

Während Johann alles mit stoischer Miene aufnahm, hatte Ethan so viele Fragen, die Simon der Reihe nach so gut wie möglich beantwortete.

Schließlich stiegen Ethan Tränen in die Augen, und er wischte sich übers Gesicht. Simon ging zu ihm und drückte ihn an sich. Eine unerträgliche Stille setzte ein. Sogar Charlie hatte aufgehört zu knabbern und sah uns erwartungsvoll an. So traurig und niedergeschlagen hatte er uns schon lange nicht mehr gesehen. Eigentlich noch nie. Wir hatten immer ein recht glückliches, abenteuerliches, frohes und buntes Leben an Bord geführt. Bis jetzt.

Ethan löste sich aus der Umarmung, und ich sah, wie ihm erneut Tränen in die Augen stiegen. Obwohl er einen Kopf größer war als ich, versuchte nun auch ich, ihn in die Arme zu nehmen. Am liebsten hätte ich selbst losgeheult und mich von jemandem trösten lassen, doch Ethan ging es viel schlimmer als mir. Es war *seine* Mutter gewesen, nicht meine. Ich musste stark sein. Im Moment brauchte er mich. Sein Kopf sank auf meine Schulter, und an seinem bebenden Körper spürte ich, dass er weinte. Ich legte ihm den Arm auf die Schulter und drückte ihn an mich.

Ethan, der für mich wie ein großer Bruder war, der mich neckte, aufzog und verarschte, wann immer er Gelegenheit dazu fand, mir aber trotzdem immer wieder half und mich nie im Stich lassen würde, wirkte auf einmal so verletzlich. Und ich fand es großartig, dass er in diesem Moment nicht den coolen Typen spielte, sondern seinen Kummer und Schmerz rausließ.

»Es tut mir so leid«, flüsterte ich.

»Danke«, seufzte er. Er löste sich aus meiner Umarmung und wischte sich die Tränen aus dem Gesicht. Dann atmete er tief durch und versuchte zu lächeln. »War es Zufall, dass die – wer immer die sind – vor euch da waren?« Fragend blickte er in die Runde.

»Die haben ihre Spione womöglich überall sitzen«, sagte Simon. »Und dass wir uns nach den Vorfällen in Miami an Katherine wenden würden, war nicht schwierig zu erraten. Aber ich konnte nicht ahnen, dass sie Katherine gleich …« Er sprach den Satz nicht zu Ende. »So, nun kennt ihr den Grund, weshalb ich meinen nächsten Auftrag beim ozeanografischen Forschungsinstitut in Grönland abgesagt habe.«

»Hast du denen gesagt, wohin wir fahren?«, fragte ich.

»Natürlich nicht, ich bin ja nicht lebensmüde«, antwortete mein Onkel. »Wir fahren zu unserer geheimen Basis bei den Niagarafällen. Dort sind wir in Sicherheit und können vorerst einmal untertauchen.«

Untertauchen im wahrsten Sinn des Wortes, dachte ich.

An Johanns wissendem Gesichtsausdruck merkte ich, dass Simon bereits zuvor mit ihm über die Lage gesprochen haben musste. Vermutlich hatte er es sogar Johann übertragen, den Forschungsauftrag mit allen dazugehörigen Terminen abzusagen, während er sich um andere Dinge gekümmert hatte. Aber das war nebensächlich. Wichtig war, dass wir jetzt alle über denselben Wissensstand verfügten.

»Fakt ist«, fasste Simon unsere Lage zusammen, »nach Johann und Terry wird in Miami wegen Einbruch, Diebstahl, Sachbeschädigung, Körperverletzung und illegalem Waffenbesitz gefahndet. Und mir versuchen sie, einen Mord in New York in die Schuhe zu schieben. Mit Ausnahme von Ethan sucht die Polizei also nach uns allen und demnach auch nach der Kopernikus.«

»Tut mir leid«, presste ich hervor. Ich mit meinem nächtlichen Ausflug war schuld an allem.

Simon betrachtete mich nachsichtig. »Terry und Ethan, es tut *mir* leid, dass ich euch heute Morgen so niedergemacht habe.« Seine Stimme klang gar nicht mehr vorwurfsvoll. »Es war kein Dummejungenstreich, wie ich ursprünglich angenommen hatte. Hinter dieser Sache, die ihr ins Rollen gebracht habt, steckt viel mehr. Und das war erst der Anfang.«

Der Anfang? Obwohl es schrecklich klang, seufzte ich erleichtert auf. Denn Zwist in der Familie war das Letzte, was wir in einer Situation wie dieser brauchen konnten.

Simon blickte zur Borduhr über dem Eingang. Es war 22 Uhr. Er ging zum TV-Gerät und schaltete es ein. Solange wir uns noch in Reichweite der Küste der USA befanden, hatten wir – wenn auch etwas verpixelt – einen halbwegs guten Empfang.

Gespannt verfolgten wir, wie mein Onkel durch die Kanäle zappte, bis er den Nachrichtensender NBC fand.

Wir warteten eine Weile, sahen Berichte über den Klimawandel, irgendwelche langweiligen politischen Verhandlungen und eine Meldung, dass weltweit einige Nobelpreisträger der Medizin auf rätselhafte Weise verschwunden waren. Dann kam die nächste Nachricht, und plötzlich sahen wir eine Filmeinspielung aus dem Foyer des Wolkenkratzers, den wir zuvor betreten hatten.

Als Simons Gesicht auf dem Monitor erschien, hielten wir alle den Atem an. Deutlich war Xaviers Stimme aus dem Hintergrund zu hören.

» … soll Sie warnen, falls Sie ihr gegenüber wieder handgreiflich werden sollten … oder auch nur versuchen sollten, ihr ein Haar zu krümmen, muss ich die Polizei rufen.«

Danach wurde die Nachrichtensprecherin eingeblendet.

»Dieser Mitschnitt stammt von einer Überwachungskamera des Business-Towers in der Wall Street. Wurde die New Yorker Anwältin Dr. Katherine Gennaro von ihrem Exmann im Streit ermordet? Vieles deutet darauf hin. Die Polizei hat bereits einige Indizien gefunden, hüllt sich jedoch in Schweigen. Schalten wir zu unserem Korrespondenten direkt nach New York. Frank, was haben die Ermittlungen bisher ergeben?«

Ein Mann mit einem Mikrofon wurde eingeblendet, der nachts im Trubel vorbeiströmender Menschen vor dem Wolkenkratzer stand. »Im Zuge eines vorgetäuschten Feueralarms wurde die vierzigjährige Star-Anwältin in ihrem Büro brutal ermordet. Zeugenaussagen zufolge wurde sie von ihrem Exmann getötet, was auch das Ergebnis der Spurensicherung bisher bestätigen konnte. Für den Mann gilt die Unschuldsvermutung. Doch brisante Hinweise haben ergeben, dass seine Nichte, für die er das Sorgerecht hat, wenige Stunden zuvor einen bewaffneten Raubüberfall in Miami begangen hat. Und ihr Begleiter, ein älterer Mann mit Glatze, hat mit einer Waffe auf einen Wagen geschossen. Die Polizei vermutet einen Zusammenhang zwischen den drei Taten.«

»Danke, Frank. Kommen wir nun zur Meldungsübersicht. In Paris wurden die Nobelpreisträger …«

Simon schaltete das Fernsehgerät aus.

Wir sahen uns schweigend an. Schließlich sagte Johann als Erster etwas. »Es ist schlimmer, als ich befürchtet habe.«

»Allerdings.« Simon nickte.

»Was bedeutet *Unschuldsvermutung*?«, fragte ich.

Ethan warf mir einen Blick zu. »Dass die Möglichkeit besteht, dass mein Vater unschuldig ist. Aber das ist bloß eine Floskel, die sie in solchen Situationen sagen müssen.«

»Aber man ist doch sowieso so lange unschuldig, bis die Schuld bewiesen ist«, widersprach ich.

Johann, Ethan und Simon sahen mich an und schüttelten nur stumm die Köpfe.

»Was?«, rief ich.

»Die haben ihren Schuldigen bereits gefunden«, sagte Simon. »Einen Videobeweis, ein Motiv, Zeugenaussagen und Fingerabdrücke auf der Tatwaffe – mehr brauchen die nicht.«

War ich wirklich so naiv und dumm, wie ich mir gerade vorkam – oder glaubte ich einfach immer an das Gute im Menschen und nahm nicht gleich das Schlimmste an?

»Außerdem sind wir aus dem Gebäude geflüchtet, was einem Schuldeingeständnis gleichkommt«, fügte Simon hinzu. »Aber das war trotzdem die einzige Chance, die wir hatten. Denn nur solange wir frei sind, haben wir die Möglichkeit herauszufinden, wer hinter dieser Inszenierung steckt. Und vor allem was der Grund für das alles ist, was uns gerade passiert.«

»Wem können wir vertrauen?«, fragte Johann.

»Nachdem sie dafür gesorgt haben, dass uns Ethans Mutter nicht mehr helfen kann … niemandem«, lautete die Antwort meines Onkels. »Wenn die nicht einmal davor zurückschrecken, eine der besten Anwältinnen New Yorks in einem Hochhaus voller Menschen zu töten, dann sollten wir uns vorerst keinem anvertrauen. Meines Erachtens gibt es nur eine Möglichkeit, wie wir aus diesem Schlamassel rauskommen: Wir müssen herausfinden, worum es dabei wirklich geht.« Er trat in die Mitte der Kombüse. »Aber ich zwinge euch zu nichts. Diese Entscheidung ist so wichtig, dass wir sie gemeinsam treffen sollten. Jeder hat eine gleichberechtigte Stimme.«

Wir sahen ihn erwartungsvoll an.

Er hob die Arme. »Fahren wir zu unserer Basis, nehmen alles an Bord, was wir für die nächsten Monate brauchen könnten, und versuchen, Katherines Mörder zu finden? Oder laufen wir in den nächsten Hafen ein und stellen uns der Polizei? Was meint ihr?« Er sah uns fragend an.

»Wir stellen uns nicht und finden diese Arschlöcher«, knurrte Ethan.

Ich nickte zustimmend, während Bilder von den Goians, dem nächtlichen Verhör und von den Daten auf dem Stick vor meinem inneren Auge auftauchten. »Wir haben genug Hinweise. Wir setzen sie zusammen und finden die Kerle, die Tante Katherine das angetan haben.«

»Aye, Käpt'n. Meine Meinung kennst du«, sagte Johann. »Keiner sollte sich mit der Familie West anlegen.«

Sogar Charlie hob den Kopf und gickerte zustimmend, obwohl er garantiert keine Ahnung hatte, worum es ging. Allerdings schien er zu spüren, dass wir alle uneingeschränkt einer Meinung waren und eine seltsame Energie an Bord herrschte, die vor Kraft, Abenteuer, Unternehmensgeist und Tatendrang nur so strotzte.

»Gut, dann ist das geklärt.« Simon lächelte. »Ich habe ehrlich gesagt nichts anderes von euch erwartet.«

25. KAPITEL

Mit Onkel Simons Kavitationsantrieb dauerte die Fahrt knapp zweiundzwanzig Stunden. Wir fuhren entlang der Küste der USA nach Norden, bis wir in kanadische Hoheitsgewässer eintauchten. Dann fuhren wir um die Halbinsel Nova Scotia herum und traten unter Wasser in die sogenannte Sankt-Lorenz-Passage ein, jene gigantische Flussmündung des Sankt-Lorenz-Stroms, der ins Landesinnere Kanadas führt.

Am nächsten Tag tauchten wir auf Sehrohrtiefe an den Städten Quebec und Montreal vorbei, die ich durch das Periskop betrachtete, und erreichten den Ontariosee ein paar Stunden, bevor die Sonne unterging. Er war unendlich groß und glich einem riesigen Meer. So weit das Auge reichte, war nirgends ein Ufer zu erkennen.

Ich selbst hätte den Weg durch den See trotz des Kartenmaterials an Bord nur schwer gefunden, aber mein Onkel lotste die Kopernikus mit Sonar und Echolot zielsicher durch das Gewässer. Als er sich für eine Stunde aufs Ohr legte, löste Johann ihn auf der Brücke ab. Danach übernahm Simon wieder das Kommando.

Als die Sonne den Horizont blutrot zu färben begann, tauchten wir in die Mündung des Niagaraflusses, den wir nun hinauffuhren. Jetzt war es nicht mehr weit.

Mittlerweile waren wir tief im Landesinneren Kanadas, wo uns niemand vermutete und hoffentlich auch niemand suchen würde. Genau an der Grenze zwischen Kanada und den USA stürzten die Niagarafälle an drei verschiedenen Stellen von oben auf uns herab. Hier wurden die Wasser bereits seit Tausenden von Jahren mächtig aufgewühlt und genau an dieser Stelle würden wir auftauchen.

Ich rannte durchs Boot, um in der Kombüse durch die Bullaugen zu schauen, und lief Simon auf der Kommandobrücke direkt in die Arme.

»Kannst es wohl kaum erwarten, Heimatluft zu schnuppern?« Er trug Tante Katherines Notebook unter dem Arm und war unterwegs zum Bug des Bootes, wo sich sein Labor und sein Büro befanden.

»Ja, eigentlich schon«, murmelte ich, und ich wäre auch besser gelaunt gewesen, wenn das mit Tante Katherine nicht passiert wäre.

Er bemühte sich, ein freundliches Gesicht zu machen, aber ich merkte, wie schwer ihm das fiel. »Kopf hoch, Terry«, versuchte er mich aufzumuntern. Er klopfte auf den Computer, auf dem sich im Moment der einzige Beweis für seine Unschuld befand – das Video der Überwachungskamera, auf dem man sehen konnte, wie jemand den Kugelschreiber wegnahm. »Ich werde den Film auf unserem Server sichern.«

Ich nickte und wollte bereits weiterlaufen, als er mich bremste.

»Noch etwas, Terry!«, sagte er. »Für die nächsten Wochen kein Kontakt zu deinen Brieffreunden.«

Ich sah ihn überrascht an, dann begriff ich. Ich stand mit etwa einem Dutzend Jungs und Mädchen auf der ganzen Welt in Kontakt. Freundschaften, die im Lauf der Jahre während unserer Reisen entstanden waren und sich von der Arktis über Rio de Janeiro und Kairo bis nach Sri Lanka, Hongkong und Melbourne erstreckten. Wir schickten uns E-Mails, skypten, oder ich gab hin und wieder Ansichtskarten mit exotischen bunten Motiven am Postamt eines Hafens auf, da ich wusste, dass manche Freundinnen diese Karten und Briefmarken sammelten.

»Auch Shinichi und Akiko in Japan …?«, fragte ich. Da ihre Eltern arm waren, kamen sie nicht viel in der Welt herum.

»Ich sagte: *zu keinem!*« Simons Blick war streng. »Das dient auch zum Schutz deiner Freunde.«

Einmal mehr wurde mir bewusst, in welcher gefährlichen Lage wir steckten. Schließlich nickte ich.

Keine zehn Minuten später war es so weit. Inmitten des aufschäumenden und tosenden Wassers der Niagarafälle tauchten wir auf. Die hoch aufspritzende Gischt legte einen meterhohen Dunst aus Wassertropfen und Sprühregen über die Bucht, hinter dem uns hier kein Mensch entdecken würde. Wegen der tief stehenden untergehenden Sonne spannte sich auch ein gigantischer Regenbogen über den Horizont. Rasch fuhren wir den Küstenstreifen entlang.

In wasserdichter Öljacke und mit Schirmkappe stand ich Minuten später auf der Metallleiter im Turm und spähte in alle Richtungen. Ziemlich weit entfernt sah ich ein Touristenboot, auf dem die Besucher dicht gedrängt in blauen Regenüberzügen an Deck standen, die Köpfe reckten und vermutlich die Wasserfälle fotografierten. In unsere Richtung blickte kein Mensch.

»Die Luft ist rein – nur ein Boot, aber das ist weit genug entfernt!«, rief ich nach unten zur Kommandobrücke.

»Ich sehe es«, rief Simon zurück.

Neben mir ragte das Sehrohr einen Meter hinauf. Das Periskop drehte sich.

Dann hörte ich Schritte auf der Leiter. Ethan stieg zu mir herauf.

»Schau, wen ich mitgebracht habe.«

Charlie sprang von seiner Schulter auf meinen Arm.

»Oha«, rief ich erstaunt. »Ist er freiwillig auf dir gesessen?«

»Nein, ich habe ihn dazu gezwungen, du Amöbe.« Ethan verdrehte die Augen, dann wurde er wieder ernst. »Hat er in Miami zum ersten Mal gemacht, als wir nachts nach dir gesucht haben.«

Ich lachte. »Ihr werdet ja noch richtig dicke Freunde.«

Der Sprühregen benetzte Charlies Gesicht, und er musste ein paarmal niesen, sodass seine Barthaare wie unter Strom zuckten. Eigentlich war er ja wasserscheu, aber manchmal siegte seine Neugierde. Offenbar wollte er es sich nicht nehmen lassen, das Anlegemanöver zu beobachten.

Simon drosselte die Geschwindigkeit und steuerte uns aus der Gischt heraus zu einem bewaldeten Uferstreifen. *Goat Island* hieß die Insel inmitten der Wasserfälle. Und an einer felsigen Steilklippe, die *Terrapin Point* hieß, legten wir an. Ein Holzsteg ragte einige Meter vom Ufer ins Wasser. An dieser Stelle war der Niagarafluss so tief, dass die Kopernikus bequem anlegen konnte, sodass nur die Spitze des Turms aus dem Wasser ragte.

Ich hörte, wie die Stabilisatoren links und rechts aus dem

Bootsrumpf fuhren und kurz darauf das Rasseln der Ankerkette, die zum Grund sank. Mein Onkel hatte die Kopernikus so neben der unterseeischen Felswand direkt unter den Holzsteg geparkt, dass sich zwischen Turm und Steg nur ein alter, von Sonne und Wasser brüchig gewordener Autoreifen befand.

Ethan, Charlie und ich stiegen aus dem Turm, kletterten die Leiter hinunter und sprangen auf den Steg. Die Holzbohlen waren glitschig und von einer grünen Moosschicht überzogen. Wir mussten aufpassen, nicht ins Wasser zu fallen. Da diese Stelle im Schatten der Felswand lag, hatte das unergründlich dunkle Wasser bestimmt nicht mehr als fünfzehn Grad. Trotz des Ölzeugs fröstelte mich ein wenig, was auch an der Gischt lag, die von den Wasserfällen als feiner Sprühregen zu uns herüberwehte.

Am Ende des Holzstegs lag unter einem Felsvorsprung eine Blockhütte verborgen, die man von oben nicht sehen konnte. Die Fensterläden waren geschlossen, und aus dem morschen Schindeldach ragte ein gemauerter Kamin, auf dem sich ein Fischadler einen Horst gebaut hatte. Von der Hütte führte eine moosbewachsene Treppe aus Naturstein über die Steilklippe nach oben in den Nadelwald.

Dieses Fleckchen Erde diente meinem Onkel als Rückzugspunkt und Warenlager. Zweimal im Jahr legten wir hier an – und bei unserem letzten Besuch war der Adlerhorst noch nicht hier gewesen. Die an Fischen reichhaltige Bucht musste ein Paradies für das Tier sein. Aber nicht nur für den Vogel, sondern auch für uns und insbesondere Charlie.

Dieser Teil der Insel hatte einst meinem Großvater Nathan gehört, also dem Dad meiner Mutter und meines Onkels. Kurz vor seinem Tod hatte er dieses Land der kanadischen Regierung geschenkt, allerdings unter der Voraussetzung, dass es zum Naturschutzgebiet erklärt und nicht für Touristen zugänglich gemacht wurde. Somit wussten nur wenige Leute von diesem bewaldeten und felsigen Uferstreifen mit der Hütte und dem Steg, der für uns das perfekte Versteck war, um in aller Ruhe einen Plan auszuhecken.

Wir erreichten die Hütte und Ethan zog einen langen Metallschlüssel mit gezacktem Bart aus der Hosentasche. Damit sperrte er das Blockhaus auf. Während Charlie von meiner Schulter sprang, um einen Haufen Gräten, Schuppen und Fischknorpel am Ufer zu beschnuppern, betraten wir das Häuschen. Es bestand aus zwei Räumen – einer großen, bis zur Decke gefüllten Vorratskammer und einem kleineren Wohnbereich mit Küche, Tisch, Couch und offenem Kamin.

Es roch muffig. Ethan riss die Fenster auf und öffnete die Holzläden, sodass das letzte Licht der Abendsonne hereinfiel und frische Luft hineinwehte. Wie ich anhand der weißen Flecken auf den verkohlten Holzscheiten im Kamin erkennen konnte, hatte der Fischadler beim Bau seines Horsts nicht bloß einmal in den Kamin gekackt.

26. KAPITEL

Ich hatte keine Ahnung, womit Ethan und Simon die Abendstunden verbrachten – jedenfalls hatte ich Johann meine Hilfe beim Einladen der Vorräte angeboten.

Zunächst schafften wir sämtliche vollen Kanister mit Diesel von der Hütte an Bord der Kopernikus. Johann reichte sie mir in den Turm, woraufhin ich sie im Maschinenraum verstaute, wo sich die internen Abfüllstutzen befanden.

In Miami hatten wir die Tanks zwar aufgefüllt, doch diese Kanister sollten als Reserve dienen. Wir hatten zwar irgendeinen Reaktor an Bord, der mich nicht sonderlich interessierte, aber falls der mal ausfiel, saßen wir kräftig in der Tinte und brauchten den Diesel für das Notstromaggregat.

Das Schleppen der Kanister war eine schmutzige und schmierige Angelegenheit, aber nach einer halben Stunde waren wir fertig.

»Haben wir es jetzt?«, fragte ich außer Puste.

Johann wischte sich den Schweiß von der Stirn und lachte. »Nein, Terry, wir haben gerade erst begonnen. Als Nächstes kommen die Vorräte dran.«

Wir brachten jede Menge Dosenfleisch und Büchsen mit Obst und Gemüse an Bord, die sich mindestens ein Jahr lang halten würden, sowie Behälter mit Chlor- und Jodtabletten, mit denen wir Trinkwasser aufbereiten konnten.

Auch nahmen wir Onkel Simons Ausrüstung an Bord: Taucherflaschen, Flossen, Neoprenanzüge, einen großen Erste-Hilfe-Schrank, Angelzeug, Fischernetze, Harpunen, stabile Nylonseile, eine Kiste mit Nägeln sowie allerhand Werkzeug wie Schraubenschlüssel, Ersatzdichtungen, Keilriemen, Kurbelwellen, Batterien und ein Reserve-Notstromaggregat. Vieles davon kannte ich gar nicht oder hatte nicht gewusst, dass wir es überhaupt besaßen.

»Wohin soll ich das alles bringen?«, rief ich schließlich von der Kommandobrücke nach oben. »Hier unten ist kein Platz mehr.«

»Stell es in den Gang oder trag es nach vorne zum Bug«, antwortete Johann und reichte mir ein zu einem riesigen länglichen Paket zusammengelegtes Schlauchboot hinunter.

»Was sollen wir damit?«, rief ich. »Mit den Händen paddeln?«

»Paddel und Außenbordmotor kommen gleich.«

»O Gott«, stöhnte ich auf.

Bald hatten wir alles an Bord, was sich in der Hütte befunden hatte. Offenbar bereitete sich mein Onkel auf eine ziemlich lange Reise vor. Fast hatte es den Anschein, als rechnete er nicht damit, jemals wieder hierherzukommen. Möglicherweise war das wirklich unser letzter Besuch auf Goat Island.

Als ich wieder an Deck stand, war bereits die Nacht hereingebrochen. Mittlerweile war es kühl, aber durch die Arbeit war mir so warm geworden, dass ich das Ölzeug ausgezogen hatte. Im Blockhaus brannte eine Petroleumlampe, und ich sah, wie mein Onkel vor der Hütte ein offenes Feuer entfachte, über das er ein Gestell mit Grillrost montierte. Daneben stand ein Sack mit Grillkohle. Bei dem Gedanken an Abendessen begann mein Magen sogleich zu knurren. Von Ethan war nach wie vor weit und breit nichts zu sehen.

»Fertig?«, fragte ich Johann.

»Eine Sache noch, bei der du mir behilflich sein kannst.«

»In Ordnung.« Ich wischte mir den Schweiß von der Stirn. »Bringen wir noch einen Jeep und eine Taucherglocke an Bord?«, witzelte ich.

Statt einer Antwort drückte Johann mir einen Spaten und eine Petroleumlampe in die Hand. »Komm!«

Wir gingen neben der Hütte die Felstreppe hinauf. Oben an der Klippe angelangt, standen wir am Rand des Waldes. Es roch nach Tannen- und Fichtennadeln. Manche Bäume klammerten sich mit ihren Wurzeln, die im Freien lagen, an das Gestein und hingen über den Felsvorsprung. Von hier oben war die Hütte nicht zu sehen, bloß der Schein des Feuers, das Simon entfacht hatte.

Der Turm der Kopernikus sowie das Ende des Holzstegs verschwanden gänzlich in der Dunkelheit. Doch etwas konnte ich in der hereinbrechenden Nacht ausmachen. Unter den Wellen, die schwarz wie Teer ans Ufer schlugen, leuchtete tief unter Wasser ein Bullauge. Bestimmt drang das Licht aus Ethans Kajüte. Während Johann und ich schufteten, hatte er sich in seine Kabine zurückgezogen. *Okay, soll er doch.* Ich schluckte meinen Ärger hinunter. Bestimmt brauchte er Zeit, um über alles nachzudenken. Die Ereignisse der letzten vierundzwanzig Stunden waren sicher nicht leicht für ihn gewesen.

»Terry?«, rief Johann. Er war bereits vorausgegangen.

»Komme.« Ich folgte ihm mit der Lampe auf dem Weg in den Wald. Irgendwo schrie ein Käuzchen.

Während wir den Pfad entlangmarschierten, musste ich an meine Mutter denken. Zweifellos ging es bei all den Dingen, in die wir hineingeschlittert waren, um ihre Forschung und diese ominöse Formel. Je mehr ich darüber nachdachte, umso mehr musste ich feststellen, dass ich nur sehr wenig über meine Mutter wusste. Klar, ich war erst viereinhalb gewesen, als sie gestorben war. Wie viele Erinnerungen hatte man da schon? Ich konnte mich auch nicht mehr daran erinnern, warum dieser Unfall, bei dem sie ertrunken war, überhaupt passiert war.

»Johann?«, fragte ich.

»Hm«, brummte er.

»Wie war meine Mutter so?«

»Seit Jahren warte ich darauf, dass du mir diese Frage stellst.« Es klang, als hieß er die Gelegenheit willkommen, endlich mit mir darüber reden zu können. Und bestimmt lag es nur an seiner Zurückhaltung, dass er dieses Thema bisher nie von sich aus angesprochen hatte.

»Sie war eine großartige Frau«, sagte er schließlich.

Eine Gänsehaut lief mir über den Körper. Während wir nebeneinander durch den Wald gingen und ich den Pfad vor uns ausleuchtete, erzählte Johann weiter.

»Simon und Amanda waren elternlos in einem Waisenhaus in Montreal aufgewachsen.«

»Elternlos?«, wiederholte ich. »Du musst dich irren, denn Großvater Nathan …«

»Terry«, unterbrach er mich. »Ich irre mich nie. Du kennst meine unrühmliche Vergangenheit als Einbrecher und Dieb. Nach dieser wilden und rebellischen Zeit stand ich als junger Mann in Diensten von Admiral Nathan West.

Er hat nie geheiratet, hatte keine Frau, keine Kinder, keine Familie.«

»Aber ich dachte …«

»Terry«, unterbrach er mich wieder sanft. »Ich will es dir gerade erklären.«

»Entschuldige, Johann.«

»Wie gesagt, deine Mutter und dein Onkel wuchsen in einem Waisenhaus auf, und als sich Admiral West, der ein Leben lang der kanadischen Marine gedient hatte, zur Ruhe setzte, adoptierte er die beiden, als sie drei Jahre alt waren.«

»Weiß Onkel Simon davon?«

»Natürlich. Admiral West hat es ihm kurz vor seinem Tod gesagt.«

Mein Onkel hatte nie darüber gesprochen. »Aber warum hat mein Großvater sie adoptiert?«

»Er wollte in seinem Ruhestand etwas Gutes tun, darum schickte er die beiden auf die besten Schulen in Europa, USA und Kanada und ermöglichte ihnen je zwei Universitätsabschlüsse.«

»Zwei?«, fragte ich nach. Auch davon hatte ich bisher nichts gewusst.

Johann nickte. »Dein Onkel studierte Physik und Biologie und deine Mutter Genetik und Biologie. Durch ihren Adoptivvater lernten die beiden schon als Kinder das Meer lieben. Beide wurden Meeresbiologen. Deine geschätzte Mutter wurde in ihrem Haus in Miami Tierärztin und Genetikerin – und dein Onkel lebte ohne festen Wohnsitz auf dem U-Boot, da er mit seinen Erfindungen die Pflanzenwelt der Meere erforschen wollte.« Johann blieb stehen und sah sich um.

Wir hatten eine kleine Lichtung erreicht, die von vier hohen Tannen gesäumt war.

»Hier muss es sein«, murmelte er, nahm mir den Spaten aus der Hand und begann mit dem Metallblatt auf den Erdboden zu schlagen.

»Johann, was tun wir hier eigentlich?« Dann hörte ich einen hohlen Ton im Boden.

»Grab hier, Terry.«

Ich schaufelte den Moosboden beiseite und stieß schließlich auf eine Falltür aus Holz, die ich nun freilegte. »Woher hat Onkel Simon eigentlich die Kopernikus?«, keuchte ich.

»Das U-Boot stammt ursprünglich von der kanadischen Marine«, erklärte Johann. »Warte, Terry. Leuchte mir bitte.« Er nahm mir den Spaten aus der Hand und grub selber weiter. »Das Boot wurde einst von Admiral Nathan West kommandiert. Es ist zwar schon fünfzig Jahre alt, aber immer noch top in Schuss.«

»Sieht man ihm gar nicht an.«

Johann lachte. »Ja, die alte Dame hält sich ganz gut. Dein Onkel hat das Boot vor fünfzehn Jahren der Marine abgekauft. Es war der erste Prototyp mit einem Reaktor für die kalte Fusion, der die Energie für den Kavitationsantrieb aufbringen sollte. Aber die Forschung steckte damals noch in den Kinderschuhen und diese Technik hat nie funktioniert. Die Kopernikus hätte eigentlich ausrangiert und als Alteisen auf einen Schiffsfriedhof geschippert werden sollen, aber dein Onkel wollte das Boot unbedingt haben. Und weil er der Einzige war, bekam er es auch so günstig. Als Forschungs-U-Boot taugt die alte Dame nämlich allemal.«

Das war eine glatte Untertreibung. »Und Simon hat Antrieb und Reaktor zum Laufen gebracht?«

»Schließlich hat er am MIT studiert, dem Massachusetts Institute of Technology, und war einer der Besten seines Jahrgangs.«

Johann stieß den Spaten neben der Falltür in die Erde und nun zogen wir gemeinsam an einem Eisenring den Holzdeckel auf. Die Scharniere quietschten und für einen Moment verstummte das Käuzchen. Es war mucksmäuschenstill im Wald.

»Mit den ersten Einnahmen seiner Forschungsaufträge renovierte dein Onkel die Kopernikus«, keuchte Johann vor Anstrengung. »Er steckte fast jeden Cent in sein Boot. Und deshalb ist es heute das, was es ist: eines der modernsten U-Boote, technisch auf dem neuesten Stand, mit einem einzigartigen Antrieb, um den ihn jede Militärmacht dieser Welt beneiden würde, wenn sie davon wüsste.«

Ich leuchtete mit der Petroleumlampe in die Kammer unter der Erde. Im Hohlraum lag eine Metallkiste. »Deswegen sind wir hergekommen?«, fragte ich.

Johann hob die Kiste aus der Vertiefung, stellte sie auf den Erdboden und zog einen Schlüssel aus seiner Hosentasche, mit dem er das Schloss öffnete.

Ich leuchtete in die Kiste. »Das ist doch …« Mir verschlug es den Atem. In der Metallbox befand sich Bargeld. Jede Menge Geldscheine zu dicken Bündeln in Folie verpackt. Da wir schon viel um die Welt gereist waren, erkannte ich neben amerikanischen Dollars auch englische Pfund, japanische Yen, bulgarische Lewa und Euronoten.

»Woher stammt das alles?«, fragte ich. »Du sagtest doch, dass Onkel Simon alles in die Kopernikus investiert hat.«

»Ich sagte *fast alles*«, korrigierte Johann mich. »Und der Rest stammt von Admiral Nathan West.«

»Hat Großvater so gut verdient? Oder ist er so sparsam gewesen?«

»Nun …«, murmelte Johann. » … er war an einigen geheimen Regierungsprojekten der Marine beteiligt, wusste über sehr viele Dinge Bescheid und hat monatlich ein dementsprechend hohes Honorar erhalten.«

»Schweigegeld?«, entfuhr es mir.

»Darüber darf ich nicht sprechen.«

»Wow! Das müssen Tausende ...«, japste ich.

»Zwei Millionen Dollar«, sagte Johann mit einer Ruhe, die mir den Atem raubte. »Hilf mir die Falltür zu schließen und die Truhe an Bord zu bringen.«

Anscheinend hatte Simon wirklich vor, für die nächsten Monate gänzlich von der Bildfläche zu verschwinden.

27. KAPITEL

Nachdem wir die Geldkiste an Bord verstaut hatten, schlenderte ich mit Strickweste und dickem Schal über den Holzsteg. Mittlerweile war es finstere Nacht geworden und am Ende des Stegs brannte die Petroleumlampe.

Neben den feuchten Holzbrettern drang einige Meter unter Wasser ein Lichtschein aus dem Bullauge von Ethans Kajüte. Im trüben Licht war ein Schwarm Fische zu sehen.

Ein Surren ließ mich aufblicken. Über meinem Kopf flog eine Drohne, wie ich an dem blinkenden Licht erkennen konnte. Sie ging in den Sinkflug über und steuerte über das Wasser zum Festland. Es war unsere Drohne. Sie hieß Darwin und war vor vielen Jahren der Prototyp einer neuen Generation von Drohnen gewesen. Simon hatte sie erfunden und anschließend die Patentrechte daran verkauft. Heutzutage verwendeten fast alle Meeresbiologen unsere Drohnen. Die Dinger flogen übers Meer, nahmen selbstständig Wasserproben auf, die in ihrem kleinen mobilen Labor sogleich analysiert wurden, und übermittelten die Ergebnisse an die Forschungsbasis, die überall, auch in der

Antarktis, im pazifischen Ozean, an einem Fluss oder Gebirgssee, liegen konnte.

Inzwischen waren die Drohnen kleiner, flinker und wendiger geworden, aber Darwin stammte noch aus der ersten Generation, der sogenannten Null-Serie meines Onkels. Dementsprechend war er mit fünf Propellern etwas klobig, und der Lack seiner Außenhülle war mittlerweile vom Salzwasser ein wenig zerfressen, aber er funktionierte immer noch. Ethan und ich hatten ihm vor einigen Jahren ein witziges Haifischgebiss und ein Pflaster aufgemalt, damit er verwegener aussah.

Allerdings erforschte Darwin nichts. Unsere Drohne war mit Kameras, Infrarot und Wärmebildabtaster ausgerüstet, deren Daten sie an die Kopernikus übermittelte – aber nicht auf die Kommandobrücke, sondern direkt in Ethans Kajüte. Das war seine Leidenschaft.

Und nun wusste ich auch, was Ethan die ganze Zeit in seiner Kabine getrieben hatte. Über Funk konnte er die Drohne innerhalb einer Reichweite von fünf Kilometern steuern, aber wie ich Ethan kannte, hatte er Darwin so programmiert, dass er eigenständig durch die Bucht flog, die Gegend scannte und überwachte. Das Ergebnis dieser Aufklärungsflüge wertete Ethan in seiner Kabine mit dem Notebook aus – und somit konnte er von seinem Platz unter Wasser die gesamte Gegend beobachten, um uns eventuell vor ungebetenen Gästen zu warnen. *Clever!* Und ich hatte gedacht, er würde sich vor der Arbeit drücken.

Nun sah ich zur Blockhütte, von der inzwischen ein angenehmer Duft nach Bratkartoffeln, Knoblauch, Zwiebeln und knusprigem Fisch herüberwehte. Simon hatte die Kohlen mittlerweile zum Glühen gebracht und briet nun Fische auf dem Grillrost. Er war nicht nur Erfinder und Meeresbiologe, sondern auch ein verdammt guter und einfallsreicher Koch.

Ich schlenderte zu ihm herüber. »Kann ich dir helfen?«

Er sah kurz auf. »Nein, danke. In ein paar Minuten können wir essen.« Er zückte sein Tranchiermesser, um zwei weitere Fische auszunehmen, die er anschließend auf den Rost warf.

»Wohin ist Johann verschwunden?«, wollte ich wissen.

Simon deutete die Felsküste hinunter. »Ist mit der Angel da lang. Wollte noch ein paar Fische fangen.«

Ich sah Schwarzbarsche und Regenbogenforellen auf dem Grillrost und setzte mich schließlich so neben die Feuerstelle, dass mir der Rauch nicht ins Gesicht wehte. »Ist es nicht gefährlich, hier mitten in der Nacht ein offenes Feuer zu machen?«

»Meinst du wegen des Waldes?«

»Nein, weil sie nach uns suchen.«

Mein Onkel schüttelte den Kopf. »Johann hat ein wachsames Auge. Er hat das Funkgerät mit und würde sofort Bescheid sagen, falls er etwas Auffälliges bemerkt. Außerdem hat Ethan die Gegend unter Kontrolle.«

Ich nickte. »Weißt du übrigens, für wen genau Großvater Nathan gearbeitet hat und woher er so viel Geld hatte?«

Simon sog die Luft geräuschvoll ein. »Er hat nie über seinen Job bei der Marine gesprochen, durfte er auch gar nicht. War vermutlich irgendein streng geheimer Regierungskram. Jedenfalls war er auch Mitglied im *Explorers Club*, einem der exklusivsten Privatklubs der Welt.«

»Was tun die?«

»Hm.« Simon zuckte mit den Achseln. »Die Mitglieder sind Abenteurer und Forscher wie Amundsen, Heyerdahl, Lindberg oder Armstrong. Sie erkunden das Land, die Meere, die Atmosphäre und den Weltraum.«

»Wolltest du nie Mitglied in diesem Klub werden?«

»Ich?« Er lachte auf. Dann nahm er einen flachen Stein und ließ ihn mehrmals über das Wasser hüpfen. »Ich fürchte, dafür bin ich zu unbekannt und unwichtig.«

»Für mich bist du der Größte.«

Lächelnd strich er mir übers Haar. »Danke.«

Ich schmunzelte, dann wurde ich plötzlich ernst. »Johann hat mir auch erzählt, dass Großvater Nathan gar nicht mein richtiger Großvater ist.«

»Ja«, seufzte Simon, dann nickte er. »Er hat deine Mutter und mich adoptiert.«

»Und eure *echten* Eltern?«

Er zuckte mit den Achseln. »Haben wir nie erfahren. Wir wurden als Babys vor die Tür eines Waisenhauses gelegt.«

»Woher kanntet ihr dann eure Namen?«

Simon lachte. »Ein Brief lag neben uns im Korb. Darin standen unsere Vornamen, das Geburtsdatum und dass Amanda zehn Minuten vor mir auf die Welt gekommen war.«

Ich rückte näher an die Kohlen und wärmte meine Hände an der Glut. Beim Geruch der Fische lief mir das Wasser im Mund zusammen. Allerdings roch es bereits verbrannt. »Solltest du nicht ...?«

»Verdammt!« Er sprang wie von einem Skorpion gestochen auf. »Ich habe vergessen, die Forellen umzudrehen.« Er warf mir das Funkgerät auf den Schoß. »Gib Ethan und Johann Bescheid. Essen ist fertig!«

Fünf Minuten später kam Ethan mit seinem Notebook

aus seiner Kabine gekrochen und Johann erreichte mit geschulterter Angelrute und einem Eimer voller Fische die Hütte. Es gab Bratkartoffeln, eine Büchse Mais, frischen Salat, Barsche, Forellen und dazu verschiedene Soßen. Allerdings nicht aus der Flasche, sondern von Simon selbst gemacht. Wir aßen von Blechtellern, tranken Dosenbier und Limonade – und zur Nachspeise überraschte uns mein Onkel mit einem herrlichen Schokopudding mit Birnen und Cashewnüssen, den er in der Kombüse der Kopernikus für uns zubereitet hatte.

Um Charlie brauchte ich mich nicht zu kümmern, denn der hatte sich selbst einen Fisch zum Abendessen gefangen – oder besser gesagt aus Johanns Eimer geklaut und bis auf die letzte Gräte verspeist. Nun saß er auf einem Felsen und putzte sich die Schnauze.

Nach dem Essen blickte Ethan ständig in sein Notebook.

»Alles in Ordnung?«, fragte ich.

»Auf dem See kreuzen zwei Patrouillenboote der kanadischen Wasserpolizei, aber noch sind wir nicht in Gefahr«, antwortete er, ohne aufzublicken.

Im nächsten Moment surrte Darwin an uns vorbei und zog vom Ufer einen weiten Bogen aufs Wasser hinaus. Ich blickte ihm nach, bis sein Licht in der Dunkelheit verschwand.

Simon rauchte eine Zigarre, während Johann und ich das Geschirr abwuschen und alles in einen Seesack packten, den ich unter Deck verstaute. Als ich wieder zur Hütte kam, hörte ich, wie Ethan auf seiner Mundharmonika spielte. Er saß nur einige Meter vom Blockhaus entfernt auf einem Felsen, neben ihm lag sein Notebook. Ich hatte ihn schon lange nicht mehr spielen gehört – hatte fast schon vergessen, wie es klang.

Ich setzte mich zu ihm auf den Felsen, der immer noch von der Sonne warm war, und ließ die Füße hinunterbaumeln. Charlie legte sich zwischen uns, rollte sich wie ein Kätzchen zusammen und gickerte zufrieden.

Während Ethan spielte, drehte ich mit der Zunge das Piercing in meiner Lippe, das ich mir letztes Jahr auf der Insel Tahiti hatte stechen lassen. Eigentlich hatte Ethan auch eines gewollt, sich dann aber doch nicht getraut. Als mich mein Onkel damit an Bord gehen sah, war er nicht gerade begeistert, aber was sollte er tun? Er trug es mit Fassung, dass seine damals fast vierzehnjährige Nichte den Ring eines Voodoopriesters in der Lippe hatte.

Schließlich nahm Ethan die Mundharmonika herunter und sah mich an. »Wenn du etwas sagen willst, führ einfach Selbstgespräche!«

Er war immer noch nicht ansprechbar. Ich zog meine Brieftasche aus der Hose, kramte darin herum und wollte ihm die fünfundzwanzig Dollar geben, die ich ihm seinerzeit geklaut hatte. »Da«, sagte ich. »Es tut mir leid.«

Er nahm das Geld nicht, sondern sah mich nur an. »Behalt es. Kauf Charlie im nächsten Hafen Leckerlis davon.«

»Danke.« Schweigend steckte ich das Geld wieder ein. »Ich weiß, wie du dich fühlen musst«, sagte ich. »Es tut mir leid wegen deiner Mom.«

Er presste die Lippen aufeinander und nickte.

Obwohl wir so unterschiedlich waren, dass wir fast keine Gemeinsamkeiten hatten, besaßen wir jetzt eine. Wir hatten beide unsere Mutter verloren.

Plötzlich traten Ethan Tränen in die Augen. Ich hörte, wie er schluckte, und sah, wie seine Pupillen im Mondlicht glänzten. »Hätte ich sie doch in New York besucht«, murmelte er. »Aber ich wollte ja um keinen Preis zu ihr – und nun werde ich sie nie wiedersehen.« Er wischte sich mit dem Handrücken übers Gesicht.

Du hättest ihren Tod nicht verhindern können, lag mir bereits auf der Zunge, doch ich schwieg. Es hätte seinen Verlust nicht erträglicher gemacht. Stattdessen sagte ich: »Wir werden ihren Tod aufklären und den Schuldigen finden. Das verspreche ich dir.«

Er sah mich an. »Du? Was willst du schon ausrichten? Schau mal im Lexikon unter *Hilflos* nach, da ist dein Gesicht abgebildet!«

Eigentlich hätte ich jetzt aufspringen müssen und ihn mit seiner doofen Mundharmonika allein da hocken lassen oder ihn vom Felsen ins Wasser treten sollen, aber das tat ich nicht.

»Wir müssen zusammenhalten«, sagte ich. »Ich brauche dich. Dich und deinen brillanten Verstand. Und zwar jetzt!«

»Jetzt?« Er schluckte seinen Kummer hinunter, atmete tief durch und nickte schließlich. »Hast du eine Idee, wie wir das anstellen sollen?«

»Und ob ich die habe«, sagte ich. »Du hast doch in deiner Kabine Internet.«

»Sicher.«

»Na los, komm!« Ich sprang auf. »Worauf wartest du noch?«

28. KAPITEL

Kurz darauf saßen wir in Ethans Kabine. Während er ein Programm am Notebook öffnete, ließ ich meinen Blick über den Schreibtisch wandern, bis ich mein Medaillon sah.

»Hast du eigentlich etwas über den Öffnungsmechanismus herausgefunden?«, fragte ich.

»Ach ja.« Er sah kurz auf. »Das wollte ich dir schon längst zurückgeben.« Er reichte mir die Kette mit dem Anhänger. »In dem Stein – der übrigens nicht echt ist – ist ein Miniatursender. Man sieht ihn nicht, aber er funktioniert ähnlich wie ein Funkgerät auf einer bestimmten Wellenlänge in einem seltenen Frequenzbereich. Mehr konnte ich nicht herausfinden.«

Ich sah ihn enttäuscht an. »Okay …«

»Aber ich nehme an«, fuhr er fort, »dass der Sender im Stand-by-Modus geschlummert hat, sonst würde er schon längst nicht mehr funktionieren. Anscheinend hat er sich aktiviert, als er auf einen Empfänger derselben Wellenlänge gestoßen ist. Und der war vermutlich in der Geheimtür installiert, wodurch sie sich mit einem Federmechanismus geöffnet und geschlossen hat.«

»Aha«, murmelte ich und betrachtete den Stein. Er war mir immer schon sehr geheimnisvoll vorgekommen.

Indessen hatte Ethan einen Internetstick an sein Notebook gesteckt und eine Verbindung aufgebaut. »So, wir sind online.«

»Ist diese Verbindung sicher?«, fragte ich, hängte mir das Medaillon wieder um den Hals und ließ es unter meinem T-Shirt verschwinden.

Er starrte mich verwirrt an. »Was meinst du mit *sicher*?«

Ich dachte an Simons Warnung, nicht mit meinen Brieffreunden Kontakt aufzunehmen. »Ich meine, können wir darüber geortet werden?«

Ethan schüttelte den Kopf. »Ich habe ein Programm geschrieben, das Fake-User und Fake-IP-Adressen anlegt. Also mach dir keine Sorgen. Was willst du herausfinden?«

Ich setzte mich im Schneidersitz auf Ethans Koje und blickte aus dem Bullauge, hinter dem ein Fisch sein Maul ans Glas presste. »Wer immer für die Ereignisse der letzten Tage verantwortlich war, hat es so inszeniert, dass wir wegen Verbrechen gesucht werden, die wir nicht begangen haben, und zugleich von jeglicher Hilfe abgeschnitten sind.«

»Brillant kombiniert Miss Sherlock Holmes, und weiter?«, murmelte Ethan unbeeindruckt. »Wie sollen wir herausfinden, *wer* dahintersteckt?«

»Unser erster Anhaltspunkt ist die Familie Goian«, sagte ich.

»Genialer Gedanke«, seufzte Ethan genauso wenig beeindruckt wie vorhin. »Du glaubst doch nicht wirklich, dass diese Leute in Wahrheit so heißen.«

»Du hältst mich wohl für genauso dämlich, wie du es bist«, konterte ich. »Natürlich heißen die nicht so. Aber sie wohnen …«, sagte ich, während ich das Wort »wohnen« mit den Fingern unter Gänsefüße setzte, »im ehemaligen Haus meiner Mutter. Wie immer sie in Wirklichkeit heißen – sie haben das Haus meiner Mutter gekauft. Und wenn du dich in das Landregister von Miami hacken könntest, dann …«

Ethan fuhr hoch. Seine Augen glänzten. » … dann finden wir heraus, wem das Haus gehört.« Schon flogen seine Finger über die Tastatur. »Mein Programm knackt die Firewall der Behörde … Bingo!«, murmelte er. »Und schon bin ich in deren Netzwerk … fange das Administrator-Passwort ab … Bingo! … und habe damit Zugriff auf den Server … lege einen Fake-User an … Bingo! … und schreibe damit eine Abfrage.«

Ich verstand nicht einmal die Hälfte von dem, was er tat, während er vor sich hin murmelte, aber soviel ich mitbekam, scannte sein Programm das Netzwerk und knackte verschlüsselte Passwörter, indem es die Sicherheitslücken der jeweiligen Software nutzte – oder so ähnlich. Datenklau im Internet stand nicht auf Johanns Stundenplan. Zumindest nicht bei mir.

»Und das geht so einfach?«, fragte ich, als Ethan einmal kurz aufsah und nachdachte.

»Das Archiv des Landregisters ist öffentlich zugänglich, darum ist es nicht besonders gut gesichert«, murmelte er, ohne mich anzusehen.

Schließlich arbeitete er weiter, bis sich ein Fenster auf seinem Monitor öffnete und er sich mit hinter dem Kopf verschränkten Armen zufrieden im Stuhl zurücklehnte. »Voilà.«

»Und?«, rief ich.

Er deutete zum Monitor. »Lies selbst!«

Ich beugte mich nach vorn und sah ein Formular mit

der Überschrift: Urkunde einer Grundstücksübertragung. Dort stand die Adresse meines ehemaligen Elternhauses: *33136 Miami, Tubber Lane 27.* Darunter der Eigentümer des Grundstücks: *Bio-Dyne.*

»Bio-Dyne – wer heißt denn so?«, fragte ich enttäuscht.

»Mein Gott, du taugst ja nicht mal als Boje«, rief Ethan. »Das ist nicht der Name einer Person«, belehrte er mich, »sondern der Name einer Firma. Ein Unternehmen, das *Bio-Dyne* heißt, hat das Haus gekauft.« Schon flogen seine Finger wieder über die Tastatur. Eine Webseite öffnete sich. »Aha!« Zufrieden tippte er sich mit dem Finger an die Stirn. »*Bio-Dyne* ist eine Tochterfirma eines großen Pharmaunternehmens namens *Biosyde.* Das Grundstück wurde also von einem medizinischen Konzern erworben.«

»Hat meine Mutter vielleicht für *Biosyde* gearbeitet?«

Ethan hob die Schultern. »Möglich. Warum nicht?«

Da traf mich die Erkenntnis wie ein Hammerschlag. Ich kannte diesen Namen! *Natürlich!* Nun fuhr ich von der Koje hoch. »Als ich im Kellerlabor meiner Mutter verhört wurde, haben sie mir ein Wahrheitsserum dieser Firma injiziert. *Biosyde* stand auf dem Etikett.«

»Echt krass«, murmelte Ethan. Ein Schmunzeln erschien auf seinem Gesicht. Vermutlich musste er wieder daran denken, wie ich ihm auf der Polizeistation die Wahrheit über die geklauten fünfundzwanzig Dollar erzählt hatte.

»Und Xavier, dieser falsche Portier, hat ein Asthmaspray verwendet, auf dem ebenfalls das Logo von *Biosyde* zu sehen war – eine blaue Schlange, die sich um einen Stab windet.«

»Hä?«, fragte er.

Ich wiederholte den Satz, woraufhin er auf seinem Notebook tippte und mir ein Foto von dieser Schlange zeigte.

»Ja, genauso sah sie aus!«

»Hat dir schon mal jemand gesagt, dass du total intelligent bist?«, fragte er.

»Nein«, antwortete ich verblüfft.

»Wird auch niemand tun!« Er schüttelte den Kopf. »Das ist eine *Äskulapnatter*, du Schafnase. Benannt nach einem griechischen Gott, um dessen Stab sie sich gewunden hat. Das ist ein medizinisches Symbol.«

»Von mir aus, du Genie«, sagte ich. »Jedenfalls deuten all diese Spuren auf ein und denselben Konzern hin.« In meinem Kopf setzten sich soeben mehrere Puzzleteile zusammen.

Da klopfte es an der Tür und Simon steckte den Kopf in die Kabine. »Na, was treibt ihr beiden noch so spät?«

»Kennst du eine Pharmafirma namens *Biosyde*?«, fragte Ethan seinen Vater.

Simon lehnte sich in den Türrahmen und verschränkte die Arme vor der Brust. »Soviel ich weiß, ist *Biosyde* der zweitgrößte medizinische Konzern der Welt. Hat einen Mega-Umsatz, Tausende Angestellte und Niederlassungen rund um den Globus. Der größte Pharmakonzern ist allerdings die *Genetical Group* des Milliardärs Benedict Thorn. Warum?«

Statt eine Antwort zu geben, klickte Ethan auf einer Webseite herum.

»Seid ihr etwa im Internet?«, rief Simon plötzlich.

»Keine Sorge, läuft alles über gefakte IP-Adressen«, murmelte Ethan. »Habt ihr den Namen Valerie De Boes schon einmal gehört?«

Simon und ich schüttelten den Kopf.

»Laut Impressum der Website ist sie sowohl Eigentümerin als auch Geschäftsführerin von *Biosyde*«, sagte Ethan, und dann erklärte er seinem Vater, was wir herausgefunden hatten.

»Und jetzt vermutet ihr, dass dieser Konzern auf der Jagd nach den Forschungsergebnissen deiner Mutter ist?«, schlussfolgerte er.

»Das ist die einzige logische Erklärung für alles«, sagte ich. »Die wollen eine bestimmte Formel. Aber welche? Wir müssen herausfinden, woran meine Mutter gearbeitet hat.«

Ethan sah auf. »Hat Tante Amanda medizinische Forschung betrieben?«

»Dasselbe habe ich Johann vorhin gefragt«, sagte Simon. »Wir wissen es beide nicht. Sie hat nie darüber gesprochen.«

»Und die paar Delfinvideos sind leider auch nicht sehr aufschlussreich«, fügte ich hinzu.

»Apropos Delfinvideos.« Lässig rutschte Ethan tiefer in seinen Stuhl und knabberte am Ende eines Kugelschreibers. »Da habe ich übrigens etwas herausgefunden.«

Neugierig kam mein Onkel näher und setzte sich nun neben mich auf die Koje. »Und zwar?«

»Da sind doch nichts weiter als Delfinbecken zu sehen«, erinnerte ich ihn.

»Für ungeschulte Augen wie deine schon«, sagte er besserwisserisch. »Aber auf einem der Videos fliegt gerade eine alte russische Tupolew-Frachtmaschine ziemlich tief über die Becken.«

Ich erinnerte mich daran. »Und?«, fragten Simon und ich wie aus einem Mund.

Ethan tippte in sein Notebook und zeigte uns schließlich ein Bild. »Das habe ich vergrößert.«

Das Foto zeigte ein bauchiges Flugzeug. An der Seitenwand war etwas unscharf die Kennung der Maschine zu sehen. Mit viel Fantasie konnte man Buchstaben und Zahlen erkennen.

»Und?«, fragte Simon weiter, wobei ich anhand seines Tonfalls erkannte, dass er bereits etwas zu ahnen begann.

»Auf Grund der Zahlen am unteren Rand des Videos«, fuhr Ethan fort, »kennen wir den Tag und die genaue Uhrzeit, wann der Film aufgenommen wurde. Ich habe also im Internet nach den Frachtpapieren dieser Maschine gesucht und herausgefunden, wohin die Tupolew an jenem Tag vor fast elf Jahren geflogen ist.«

»Und?«, rief ich aufgeregt.

»Sie ist vom Wade International Airport auf den Bermudas nach Nassau auf den Bahamas geflogen. Mitten über das Bermuda-Dreieck. Ich kenne die genaue Abflugzeit anhand des digitalen Bordbuchs, das ich ebenfalls im Internet gefunden habe. Zu dem Zeitpunkt, als das Video gedreht wurde, hat sich die Maschine vermutlich gerade über einer Insel befunden, die in alten Karten als Wreck Island bezeichnet wird.«

»Wreck Island?«, wiederholte Simon langsam und nachdenklich. »Bist du sicher? Diese Insel ist ein Mythos.«

»Ja, ich bin sicher. Außerdem habe ich den Sonnenstand des Videos mit der Uhrzeit und den Koordinaten dieser Insel verglichen. Das müsste passen.«

»Bermuda-Dreieck?«, murmelte ich. »Und ich dachte immer, meine Mutter hat ausschließlich in Miami geforscht.«

»Offensichtlich nicht«, sagte Ethan. »Du bist übrigens auch auf diesem Video zu sehen.« Er grinste.

Ich weiß. Im roten Bikini und ziemlich pummelig. »Wreck Island«, wiederholte ich nun gedankenverloren.

»Macht bei diesem Namen etwas klick bei dir?«

Ich dachte nach, aber da war nichts. Schließlich schüttelte ich den Kopf. »Noch nie gehört.«

»Wie es scheint«, sagte Simon, »bist du als kleines Mädchen doch mehr in der Welt herumgekommen, als du dachtest.«

»Meint ihr, dass die Delfinbecken noch auf dieser Insel sind?«, fragte ich.

Ethan und Simon sahen mich nachdenklich an. Offenbar dachten sie gerade dasselbe wie ich. *Es wäre einen Versuch wert!*

»Wir sollten vielleicht …«, begann Simon, verstummte jedoch, da ein rotes Licht auf Ethans Notebook aufleuchtete.

Ethan fuhr herum, starrte auf den Monitor und stieß ein lautes »Fuck!« aus.

Simon sprang auf. »Was ist passiert?«

»Die Drohne hat ein Patrouillenboot der kanadischen Wasserpolizei ausgemacht, das genau auf uns zukommt«, erklärte Ethan.

»Wann erreicht es uns?«

»Wenn es nicht abdreht, in dreieinhalb Minuten.«

»Verdammt!« Simon riss die Tür der Kajüte auf.

In diesem Moment hörten wir Johanns dumpfe Stimme, die durch die Luke des Turms ins Innere des Bootes drang. »Ein Schiff kommt auf uns zu!«

»Wissen wir bereits, Johann«, rief Simon in den Gang. »Komm an Bord! Wir tauchen sofort.«

Ich hörte, wie Johann die Hydraulik des Schotts im Turm schloss und anschließend die Leiter hinunterkletterte.

»Anker lichten! Wassertanks fluten! Maschinen starten, wir gehen auf Sehrohrtiefe!«, bellte mein Onkel seine Befehle und lief bereits auf die Kommandobrücke.

»Nein!«, rief ich, während ich Simon hinterherlief. »Wir können noch nicht ablegen! Wo ist Charlie?«

Da stolperte mir Johann entgegen. Er hielt Charlie mit festem Griff im Genick gepackt. Das Frettchen zappelte und streckte alle viere von sich. »Hier, Terry.«

»Oh, danke, Johann!« Mir fiel ein Stein vom Herzen. Dankbar nahm ich Charlie und drückte ihn an mich.

Im nächsten Moment hörte ich bereits das zischende Geräusch, als die Wassertanks geflutet wurden. Die Kopernikus neigte sich, die Stabilisatoren verschwanden im Rumpf des Bootes, und die Kette rasselte, bis der Anker mit einem dumpfen Knall unter der Außenbordhülle verschwand. In den Schiffsverbänden ächzte und knarrte es.

Ethan, der plötzlich neben mir stand, fuhr das Sehrohr aus und warf einen Blick durch das Periskop. »Sie kommen näher, sind in ein paar Hundert Metern da.«

»Die Drohne!«, erinnerte ich ihn, da wir den Funkkontakt zu Darwin verloren, sobald wir ganz unter Wasser waren.

»Oh ja, Scheiße, danke«, fluchte er und tippte rasch auf seinem Notebook, das an einem Riemen über seiner Schulter hing. Mit ein paar Tastenklicks dirigierte er Darwin zur Felsklippe über den Wald hinweg, wo ihn die Leute auf dem Polizeiboot nicht sehen konnten, und schickte ihn per Autopilot auf einen neuen Kurs. Später, wenn wir an einer anderen Stelle auftauchten, würden wir die Drohne wieder an Bord nehmen.

Durch das Bullauge der Kommandobrücke sah ich, wie die Luftblasen an die Wasseroberfläche sprudelten. Wir sanken. Das Sonar piepste. Unser Turm verschwand im Wasser und unter uns hatten wir noch etwa drei Meter Wasser bis zum Grund.

»Johann, Licht aus!«, rief Simon.

Sogleich gingen die Lichter an Bord aus. Stattdessen aktivierte sich ein tiefblaues Nachtlicht, das man von der Wasseroberfläche aus nicht sehen konnte.

Durch das Bullauge sah ich nun, wie kreisrunde Scheinwerfer über Wasser auf uns zukamen und die Gegend absuchten. Dumpf hörten wir eine Schiffssirene von der Wasseroberfläche. Mein Herz schlug bis zum Hals. Waren wir rechtzeitig untergetaucht?

»Keinen Mucks jetzt!«, flüsterte Simon. »Johann, haben wir alles an Bord?«

»Ja«, wisperte Johann.

»Auch die Kiste mit dem Geld?«

»Ja.«

»Gut.« Er nickte. »Ethan, Periskop einfahren, wir gehen auf weitere zwei Meter Tiefe. Johann, Schleichfahrt, Kurs Ontariosee.«

Mit langsamen Propellerbewegungen setzte sich die Kopernikus in Bewegung. Johann übernahm die Maschinen, Ethan die Wassertanks, ich das Sonar, und Simon stand am Ruder. Charlie verkroch sich indessen in eine Ecke auf der Brücke unter dem zusammengefalteten Schlauchboot. Er wusste, dass er sich ruhig verhalten musste, sobald wir auf Nachtlicht umgestellt hatten.

»Kommen wir nicht mehr hierher zurück?«, fragte ich leise.

Simon schüttelte den Kopf. »Ist zu unsicher geworden.«

»Wohin fahren wir jetzt?«, fragte ich, da es kaum noch Unterschlupfmöglichkeiten für uns gab.

»Weißt du noch, wo du geboren wurdest?«, fragte mein Onkel stattdessen.

Ich nickte, da ich die Geschichten oft genug von Johann und ihm gehört hatte. »Auf einem Schiff während einer stürmischen Passage durch das Bermuda-Dreieck.«

»Genau dorthin fahren wir jetzt – zu deinem Geburtsort«, sagte Simon. »Wir suchen Wreck Island.«

4. TEIL

BERMUDA-DREIECK

29. KAPITEL

Valerie De Boes saß auf dem Balkon ihres Turm-Apartments im *Biosyde Hills Asylum* auf Gibraltar an einem kleinen, runden, exklusiv gedeckten Tisch und aß.

Das Frühstücksei war weich, der Kaffee stark mit prächtigem Aroma, der Lachs zart angebraten und das Müsli mit frischen exotischen Früchten bestückt.

Nachdem sie fertig gegessen hatte, wischte sie ihren Mund mit der Serviette ab und schob ihre Sonnenbrille ins Haar. Der Morgen war windstill und wolkenlos, die Aussicht grandios. Im Osten schob sich die Sonne gerade über den Horizont und mit dem Fernglas konnte man auf der anderen Seite des Meeres das afrikanische Festland erahnen.

Da es jetzt rasch wärmer wurde, lockerte Valerie den Seidenschal. Soeben hörte sie das Röhren eines sich nähernden Wagens. Sie reckte den Hals und blickte über das Geländer des Balkons zur Straße hinunter. Ein Jeep hielt vor dem Eingang des Sanatoriums.

Finn stieg aus. Bestimmt hatte er sich nur ein paar Stunden aufs Ohr gehauen und war seit den frühen Morgenstunden wieder unterwegs – in dieser Hinsicht war er wie sie.

Der Junge kam mit wenig Schlaf aus und war trotzdem fit und das war gut so.

Bevor er das Sanatorium betrat, sah er zu ihrem Turmzimmer hinauf. Sie winkte ihm zu und bedeutete ihm heraufzukommen. Er nickte und verschwand aus ihrem Blickfeld.

Fünf Minuten später klopfte es an ihrer Tür.

»Herein!«, rief sie.

Er lief durch ihr Apartment und betrat den Balkon.

»Nimm Platz. Kaffee?«, fragte sie.

»Danke, habe schon gefrühstückt.« Er lehnte sich an das Geländer und kniff die Augen zusammen, weil ihn die Sonne blendete. Die Strahlen brachten sein pockennarbiges Gesicht zum Leuchten.

Er war frisch rasiert und hatte seinen schwarzen Spitzbart getrimmt. Wie immer trug er eine Designerhose und glänzende Lackschuhe, dazu ein graues eng anliegendes Seidenhemd, das seine Figur gut zur Geltung brachte.

»Warum machst du so ein Gesicht?«, fragte Valerie. »Hast du heute Morgen nur dreihundert Liegestütze geschafft?«

Finn ging nicht auf ihren Scherz ein und lächelte nicht einmal. Er sah fast immer finster drein, doch diesmal wirkte er besonders angespannt und unzufrieden. »Ich bin mit meiner Suche nach dem Maulwurf keinen Schritt vorangekommen. Vielleicht gibt es gar keinen ...«

»Es muss einen geben!«, unterbrach Valerie ihn. »Ich bin sicher, Benedict Thorn hat jemanden in unsere Firma eingeschleust, um für die *Genetical Group* zu spionieren. Du musst jeden einzelnen Mitarbeiter durchleuchten. Besonders jetzt, wo Code Genesis anläuft und wir Amanda Wests Forschung so nah sind wie nie zuvor.«

»Ja, ich suche weiter«, knurrte er.

»Hast du mit Miami telefoniert? Wie weit sind die Techniker?«

Seine Laune besserte sich kein bisschen. »Bei der Flucht der kleinen Kröte aus dem Haus der Goians ist der USB-Stick zerstört worden. Die Dateien lassen sich nicht rekonstruieren. Wir wissen nur so viel, dass sich Videos darauf befunden haben, aber nicht welche.«

Valerie sagte nichts, nahm das Messer, stach mit der Spitze in den Tisch und drehte den Griff, sodass sich die Klinge tiefer ins Holz bohrte. Das waren tatsächlich keine guten Nachrichten. »Verflucht«, presste sie nun hervor. »Und ich dachte, wir wüssten nun mehr als sie.« Ihr Augenlid zuckte. »Was hat die Untersuchung von Amanda Wests Labor ergeben?«

»Nichts.«

»Nichts? Was ist mit Amandas Computer und ihren Aufzeichnungen?«

»Die Aufzeichnungen sind wertlos. Nichts, worüber nicht auch die Presse berichtet hat. Und der Computer wurde bereits vor zehn Jahren mehrmals formatiert. Darauf ist nichts mehr.«

»Hat die Daten-Recovery nichts gebracht?«

»Leider nein.«

»Sch…«, zerbiss Valerie den nächsten Fluch zwischen den Zähnen. Gut, dass sie schon gefrühstückt hatte, sonst wäre ihr jetzt der Appetit vergangen.

»Nicht der geringste Hinweis auf die Lage der Insel?«, hakte sie noch einmal nach.

Finn schüttelte den Kopf.

Plötzlich lächelte Valerie zynisch. »Da warten wir zehn Jahre lang auf diesen Moment, finden endlich das Labor, obwohl es sich die ganze Zeit unter dem Haus, praktisch unter unserem Hintern befunden hat, sind so nahe an Jerichos Splitter dran wie noch nie zuvor und finden – *rein gar nichts*. Das ist ja nicht zu fassen!«

Finn presste die Lippen aufeinander.

»Diese verdammte Insel muss irgendwo liegen!« Valerie lehnte sich zurück, schlug ein Bein über das andere und blickte aufs Meer hinaus.

»Nachdem kein einziger Hinweis etwas ergeben hat, ist die Kleine unsere einzige Chance.«

Valerie nickte. »Sie sind vor drei Stunden von den Niagarafällen aufgebrochen und fahren seitdem wieder vom Ontariosee durch die Sankt-Lorenz-Passage in Richtung offenes Meer.«

»Was, meinst du, haben sie vor?«

Valerie runzelte die Stirn. »Die Kleine wird vielleicht versuchen, den Forschungsort ihrer Mutter zu finden. Aber egal, was sie vorhat, wir heften uns an ihre Fersen.«

»Und wenn sie den Ort aufgespürt haben?«, fragte Finn.

»Dann findest du heraus, was es dort gibt und was sie in Erfahrung gebracht haben, und danach …« Valerie drehte das Messer noch tiefer ins Holz. » … darfst du sie töten.«

30. KAPITEL

Das Bermuda-Dreieck war verdammt groß. Es erstreckte sich im Atlantik von den Bermuda-Inseln südwestlich bis nach Miami, vor dessen Küste die Bahamas lagen, und weiter hinunter bis zur Dominikanischen Republik und Puerto Rico. Diese Gegend in Form eines Dreiecks war deshalb so berüchtigt, weil hier immer wieder Schiffe, U-Boote und Flugzeuge spurlos verschwanden, ohne auch nur einen Ölfleck zu hinterlassen. Schiffe verirrten sich im Nebel, liefen auf ein Felsenriff auf und versanken, U-Boote wurden von der Strömung in fremde Gewässer mitgerissen, und bei Flugzeugen spielten die Anzeigen der Armaturen verrückt, sodass sie vom Kurs abkamen und schließlich im Wasser notlanden mussten, weil ihnen der Treibstoff ausging. Manche wurden gefunden, andere jedoch nie.

Diese Gegend war auch wegen ihrer verrückten Wetterverhältnisse berüchtigt. Es gab kein sicheres Überqueren, da extreme Gezeitenkräfte, Stürme, Seebeben, Wasserstrudel, riesige Flutwellen oder tosender Seegang die Schifffahrt verdammt gefährlich machten. Und genau in diese Gewässer wollten wir.

Nachdem wir die kanadische Halbinsel Nova Scotia wieder umfahren hatten, befanden wir uns mit südlichem Kurs auf dem offenen Meer, tauchten kurz auf und warteten, bis Darwin uns per Autopilot erreichte. Wir nahmen die Drohne an Bord und gingen erneut auf Tauchstation. Unsere Suche nach Wreck Island hatte begonnen.

Mit unseren frisch aufgefüllten Vorräten sowie genügend Treibstoff und Energie, die für mehrere Weltumrundungen reichten, hatten wir es nicht eilig. Wir fuhren daher nur mit halber Kraft, ohne den Kavitationsantrieb zu bemühen, und tauchten mit einer Geschwindigkeit von 45 Knoten durchs Wasser.

Wir hatten überdies unendlich viel Kartenmaterial an Bord, elektronisch absolut neues und aktuelles, aber auch historisches, das bis ins siebzehnte Jahrhundert zurückreichte. Eine Kopie einer dieser Karten breiteten wir nun auf dem Kombüsentisch aus.

Ethan zeichnete die Flugbahn der Tupolew ein und markierte jene Stelle inmitten des Atlantiks, wo sich seinen Berechnungen zufolge Wreck Island befinden musste. »Und zwar hier.«

Simon und ich starrten auf den Stecknadelkopf des Pins, der in der Karte steckte.

In diesem Moment betrat Johann die Kombüse. »Freie Fahrt voraus«, unterrichtete er uns. »Ich habe auf Autopilot geschaltet.« Er gesellte sich zu uns und sah ein wenig desinteressiert über die Schulter meines Onkels auf die Karte.

Ich betrachtete ihn von der Seite, da kam mir eine Idee. »Du, Johann …«, murmelte ich.

»Ja?« Er verzog das Gesicht. Seine Stimme klang anders als sonst – seltsam beunruhigt.

»Dieses Video von der Insel, nach der wir suchen … da waren doch auch du und ich darauf zu sehen.«

Er runzelte die Stirn, als könnte er sich kaum daran erinnern. »Das ist lange her«, seufzte er.

»Knapp elf Jahre, ich war damals dreieinhalb. Natürlich kann ich mich nicht mehr daran erinnern, *wo* wir gewesen sind, aber *du* müsstest es doch wissen.«

»Äh … ich …?«, murmelte er.

Simon und Ethan sahen auf. »Ja, richtig«, riefen sie gleichzeitig.

»Du müsstest dich doch noch erinnern können, wo sich die Delfinbecken befunden haben«, fuhr ich fort. »Und wer dieser junge Mann mit den blonden Rastalocken war, der meiner Mutter beim Behandeln der Delfine geholfen hat.«

»Nun, ich …« Johann verstummte, als wir uns umdrehten und ihn erwartungsvoll anstarrten. »Nun, es ist so«, begann er von Neuem. »Es stimmt schon, wir haben einmal Miami verlassen und sind woanders gewesen, aber es hat mich nie interessiert, *wo* das gewesen ist.«

»Mehr weißt du nicht?«, fragte ich ungläubig, da mir Johanns teilnahmsloses Verhalten äußerst seltsam erschien. Normalerweise konnte er sich an jedes Detail erinnern. Aber was war das jetzt? Ein plötzlicher Anfall von Alzheimer? Oder *wollte* er sein Wissen nicht preisgeben?

»Ich weiß nur, dass wir beide deine Mutter ein paar Mal mit einem Wasserflugzeug begleitet haben. Dieser Flug hat etwa zweieinhalb Stunden gedauert.«

»Hatte die Maschine einen oder zwei Propeller?«, fragte Ethan.

»Einen.«

»Hm, zweieinhalb Stunden«, wiederholte Ethan. »Wenn man bedenkt, dass eine schnelle und starke Propellermaschine etwa 350 Stundenkilometer fliegt, dann könnte das der Entfernung Miami bis Wreck Island entsprechen, etwa neunhundert Kilometer Luftlinie.« Er deutete mit dem Finger auf jene Stelle der Karte, wo der Pin steckte. »War es da?«

Johann runzelte die Stirn. »Möglich. Wir flogen der aufgehenden Sonne entgegen, aber ich kann es nicht beschwören.« Er räusperte sich. »Ist es wirklich nötig und sinnvoll, diese Insel zu finden?«

»Und ob es das ist«, behauptete ich.

Es herrschte betretenes Schweigen. Schließlich klatschte Simon in die Hände, um die angespannte Stimmung aufzulockern. »Nun, wir werden die Insel finden. Morgen früh müssten wir die Gegend erreicht haben und dann schicken wir Darwin auf Erkundungskurs.«

31. KAPITEL

Am nächsten Morgen um sechs Uhr früh hatten wir unser Ziel erreicht und befanden uns mitten im Bermuda-Dreieck. Ich kroch aus meiner Koje, stellte für Charlie, der neben meinem Kopfkissen geschlafen hatte, eine Schüssel mit Dosenfutter auf den Boden und zog den Vorhang auf. Die Morgensonne schien durchs Bullauge. Soeben flog Darwin an meinem Fenster vorbei und verschwand am Himmel. Anscheinend war die Suche nach der geheimnisvollen Insel bereits voll im Gange. Doch entgegen den wilden Gerüchten, die ich immer über diesen Teil des Meeres gehört hatte, waren der Himmel bis auf ein paar Wolken klar und die See einigermaßen ruhig. Wie konnte man hier nur spurlos verschwinden?

Nach einer raschen Katzenwäsche, bei der ich mir nur das Gesicht befeuchtet und die Zähne geputzt hatte, schlüpfte ich in bequeme Kleidung – Shorts, Sandalen und ein bauchfreies von der Sonne ausgebleichtes T-Shirt –, band mir die Haare zu einem schlampigen Zopf und lief in die Kombüse. Es duftete nach geröstetem Kaffee und frisch gebackenen Croissants. Der Backofen war noch warm. Ich schnappte mir ein Croissant und einen Apfel und lief auf die Brücke.

»Morgen!«, rief ich, als ich Simon über das Sonar gebeugt sah.

Der Turm war offen, Sonnenlicht und eine frische Brise mit salzigem Sprühregen fielen ins Boot.

»Wie weit sind wir mit unserer Suche?«, fragte ich kauend.

»Sieh selbst!« Simon deutete zur Leiter hinauf.

Rasch kletterte ich nach oben. Der Fahrtwind wirbelte meine losen Haarsträhnen durcheinander. Wir pflügten mit geschätzten 40 Knoten durchs Wasser. Nicht nur Darwin war in der Luft, sondern auch Möwen umkreisten das Boot. *Ein gutes Zeichen!* Wo Möwen flogen, musste sich auch Land befinden.

Vorne am Bug stand Johann, hielt sich an der Reling fest und trotzte Fahrtwind, Wasser und Wellen. In der anderen Hand hielt er ein Funkgerät und um seinen Hals hing ein Fernglas.

»Land in Sicht!«, hörte ich ihn rufen.

Vor uns tauchte schemenhaft eine kleine Insel auf. Ich stellte mich auf die oberste Sprosse der Leiter, machte mich so groß wie möglich und reckte den Hals.

»Terry, pass auf, dass du nicht von Bord fällst!«, rief Simon von unten.

»Aye, Sir!«

Ich sah, wie die Insel langsam größer wurde, erkannte schroffe Felsen, Buchten und einen kleinen Sandstrand mit Palmen. »Ist das Wreck Island?«, rief ich.

Johann wandte sich um, seine Glatze und die Spiegelsonnenbrille glänzten in der Morgensonne. »Wenn Ethans Berechnungen stimmen, ja!« Der Wind trug seine Worte zu mir herüber.

Innerhalb der nächsten Minuten entpuppte sich Wreck Island – wenn es denn wirklich Wreck Island war, das wir anliefen – als gebirgige Palmeninsel mit wildem Urwaldbewuchs, die ihren Namen vermutlich den scharfen und kantigen Felsen am Ufer verdankte, an denen im Lauf der Jahrhunderte bestimmt schon Dutzende Schiffe im Sturm zerschellt und gesunken waren. Die richtige Gegend für Abenteurer.

Ich reckte den Hals und versuchte zu erkennen, wie tief das Wasser war, doch außer Fischschwärmen, die unser Boot begleiteten, war nichts zu sehen.

»Wie tief ist es?«, rief ich hinunter.

»Sehr tief!«, antwortete Simon, der mit dem Sonar die Umrisse der Unterwasserumgebung auf dem Bildschirm sah. »Die Insel ragt wie ein Pfeiler aus dem Meer. Rundherum geht es bis zu vierzig, fünfzig und sogar sechzig Meter hinunter. Hier liegen jede Menge Schiffswracks herum. Muss ein Paradies für erfahrene Taucher sein.«

Wie ich vermutet hatte.

Als Nächstes merkte ich, wie mein Onkel die Geschwindigkeit drosselte. Wir näherten uns der Insel. Dank der Meerestiefe war es kein Problem, in die Nähe der Küste zu fahren.

Ich schnappte mir das Reserve-Fernglas, das im Turm hing, und betrachtete die Insel. Sie musste bewohnt oder zumindest früher bewohnt gewesen sein, denn ich entdeckte eine Asphaltpiste – eine Flugzeuglandebahn, die zu beiden Seiten von Büschen gesäumt war – und zwei weiße bungalowartige Blockhütten, die nebeneinander auf einem Felsvorsprung zwischen den Palmen standen.

»Hast du probiert, die Insel anzufunken?«, rief ich hinunter.

»Versuchen wir seit einer halben Stunde«, versicherte mir mein Onkel. »Aber niemand antwortet.«

Nun kamen wir mit langsamer Geschwindigkeit in Küstennähe. Plötzlich hörte ich Ethans aufgeregte Schreie. Verwundert blickte ich hinunter in den Turm. *Schon auf?* Viel eher hätte ich vermutet, dass er noch in seiner Kajüte unter einem Berg Kissen lag und wie ein Murmeltier schlief.

»Es *ist* die richtige Insel!«, rief er.

»Klettere rauf, Terry ist schon oben«, sagte Simon.

»Mach Platz!« Ethan stieg neben mir die Leiter hinauf, die Tasche mit dem Notebook über der Schulter. Seine Haare standen wirr vom Kopf ab, die Brillengläser waren verschmiert, und er sah noch mächtig verschlafen aus. Ich schätzte, dass es bei ihm nicht einmal für eine Katzenwäsche gereicht hatte.

»Hast du dich heute mit der Gabel in der Steckdose frisiert?«, fragte ich.

Er warf mir einen kurzen vernichtenden Blick zu. »Und wo ich dich so sehe, fällt mir ein, dass ich noch den Müll entsorgen muss!«, reagierte er prompt.

Ich musste grinsen – Ethan war wieder ganz der Alte, und zwischen uns war es so wie früher.

»Sehr witzig«, sagte ich und unterbrach ihn, bevor er noch eine ätzende Meldung drauflegen konnte. »Woher weißt du, dass das Wreck Island ist?«

Statt eine Antwort zu geben, zog er sein Notebook hervor, klappte es auf und zeigte mir den Bildschirm. Ich sah eine Aufnahme der Insel aus der Vogelperspektive, die Darwin soeben schickte. Die Insel hatte die Form eines großen L, und auf der anderen Seite, die wir jetzt noch nicht sehen konnten, gab es eine große Bucht.

»Sind das etwa die Delfinbecken?«, fragte ich.

»Nicht auf den Bildschirm tapsen!«, tadelte Ethan mich.

»Sorry.«

»Ja, das sind sie.«

Deutlich waren auf dem Video mehrere große runde Becken zu sehen.

»Warte einen Moment«, sagte Ethan.

Im nächsten Augenblick flog Darwin tiefer, und nun war trotz des wackeligen Bildes deutlich zu sehen, dass sich in den Becken Wasser befand – von Palmenblättern und Algen verdreckt. Außerdem waren sie rostig, teils brüchig und sahen nicht mehr so modern aus wie auf den Videos meiner Mutter – und das, obwohl erst zehn oder elf Jahre vergangen waren. *Merkwürdig!*

Ich verdrängte den Gedanken. »Du bist genial«, murmelte ich anerkennend.

»Ich weiß«, antwortete Ethan grinsend.

»So, genug gequasselt da oben!«, rief Simon von unten herauf. »Alle Mann unter Deck. Wir legen an.«

»Ich auch?«, rief ich keck.

»Ja, ich sagte: Alle Mann!«

»Aye, Sir!«

»Er wird es nie lernen«, flüsterte Ethan und zwinkerte mir zu.

Johann kam vom Bug des Bootes nach hinten zum Turm und klammerte sich dabei an der Reling fest. Dann kletterten wir drei hinunter.

»Wir gehen siebzig Meter vor der Küste vor Anker«, bestimmte Simon. »Laut Echolot ist diese Stelle acht Meter tief – ausreichend für uns, um bei Gefahr rasch abtauchen zu können.«

Eine Vorsichtsmaßnahme, die mir im ersten Moment übertrieben erschien, aber nach unseren hastigen Aufbrüchen in Miami, New York und den Niagarafällen leuchtete mir ein, dass wir mittlerweile an eine solche Möglichkeit denken und sie einkalkulieren mussten.

»Ethan und Terry, ihr macht das Schlauchboot klar«, fuhr Simon fort. »Johann, du kümmerst dich um den Außenbordmotor. Ich stelle die Ausrüstung zusammen. In fünfzehn Minuten setzen wir auf die Insel über.«

Nachdem der Anker in die Tiefe gesunken war und sich in den Schlamm gefressen hatte, zerrten Ethan und ich das zu einem Paket verschnürte Schlauchboot, das wir bei den Niagarafällen an Bord genommen hatten, über den Turm nach draußen.

Wir lösten die Gurte und warfen es ins Wasser, wo es sich von allein auseinanderfaltete. Während ich es mit einer Leine an der Reling festmachte, damit es nicht abtrieb, hockte Ethan an Deck und blies es mit dem Kompressor und einem langen Schlauch auf. Es bot fünf Personen reichlich Platz.

Nachdem Ethan fertig war, sprang ich ins Boot, montierte Sitzbänke in die dafür vorgesehenen Schienen sowie eine Holzplatte am hinteren Teil, damit sich das Heck versteifte. Danach half ich Johann, den Außenbordmotor daran zu befestigen. Als Nächstes beluden wir das Boot mit Paddeln, Schwimmwesten, einem Kanister Diesel, Wasserflaschen, Nahrungsmitteln, einer Kamera und zwei Funkgeräten.

Nachdem Simon den Turm verschlossen hatte, stieg auch er voll beladen zu uns ins Boot.

»Wozu brauchen wir eine Harpune?«, fragte ich.

Simon verstaute ein Dutzend Pfeile mit scharfen metallenen Spitzen im Boot. »Man kann nie wissen, was uns auf so einer Insel erwartet.«

Zuletzt sprang Charlie ins Boot. Er klammerte sich an die Sicherungsleine, richtete sich auf den Hinterbeinen auf und spähte aufs Wasser hinaus. Gischt benetzte sein Fell und er schüttelte sich.

»Bääähl!«, rief Ethan. »Pass auf, dass dein Frettchen mit seinen Krallen kein Loch ins Boot reißt, sonst können wir zurück schwimmen.«

»Ja doch.« Ich schnappte Charlie und drückte ihn an mich.

Johann startete den Motor. Wir wurden von einer stinkenden Dieselwolke eingehüllt, dann fuhren wir auch schon zügig zum Ufer.

An jener Stelle, wo ich die Landepiste und die weißen Holzbungalows auf dem Felsvorsprung entdeckt hatte, fanden wir einen verwitterten Holzsteg, der vom Ufer ins Wasser führte und uns das Betreten der Insel erleichtern würde.

Johann steuerte das Schlauchboot zum Steg. Anscheinend war gerade Ebbe, denn die Holzpfosten des Stegs ragten einen guten halben Meter mit Muscheln und Algen verklebt grün aus dem Wasser heraus. Die Wellen schwappten sanft gegen das Holz.

Als wir den Steg erreichten, legte Johann das Boot längsseits an und schaltete den Außenbordmotor ab. Kaum verstummte der Motor hustend in einer Rauchwolke, hörten wir das Knattern über unseren Köpfen. Alle fünf, inklusive Charlie, reckten wir den Hals und sahen in den Himmel.

Vor der Morgensonne hob sich am Horizont ein Kleinflugzeug ab, das sich uns näherte. Eine zweimotorige Propellermaschine. Sie zog über unsere Köpfe hinweg und drehte eine Runde über der Insel. Anstelle von Rädern hatte sie zwei lange bootsförmige Schwimmer. Ein Wasserflugzeug, das im Meer landen konnte.

Und genau das tat es auch nach einer weiteren Runde, nur wenige Meter von unserem Steg entfernt. Tuckernd kam es auf uns zu und schob eine Welle vor sich her, die uns in unserem Boot herumschaukeln ließ.

»Ist das unser Empfangskomitee?«, fragte ich leise.

»Vermutlich«, knurrte Simon und tastete nach dem Griff der Harpune.

32. KAPITEL

Mein Onkel, Ethan und ich kletterten vom Schlauchboot auf den Holzsteg.

»Johann, bleib sicherheitshalber noch im Boot«, befahl mein Onkel.

»Sehr wohl.« Johann reichte ihm die Harpune und mein Onkel spannte sogleich einen Pfeil ein.

So, wie wir dastanden, mussten wir wie Piraten ausgesehen haben, die im Morgengrauen eine Insel überfallen wollten.

Während Charlie schnüffelnd über die modrigen Holzbretter lief, warteten wir darauf, dass das Wasserflugzeug halten, sich die Cockpittür öffnen und der Pilot aussteigen würde.

Es war ein Mann. Trotz der schwülen Hitze trug er Schnürstiefel, Lederjacke, Fliegerbrille und eine ausgewaschene grün gesprenkelte Camouflagehose mit Seitentaschen. Er hielt sich an der Verstrebung der Tragfläche fest, sprang mit einem Satz vom Schwimmer zu uns auf den Steg, zog die Brille vom Kopf und sah uns neugierig an. »*Bonjour!*«, rief er.

Es war der Mann auf dem Video, der meiner Mutter beim Behandeln der Delfine geholfen hatte. Ich erkannte ihn gleich an den blonden Rastalocken und dem Schnurrbart, der nun etwas dünner war. Vermutlich war er in Simons Alter, aber sein Aussehen hatte sich kaum verändert. Er war immer noch der gut aussehende, braun gebrannte Abenteurer von dem Video mit dem melancholischen Ryan-Gosling-Blick.

»Ist das Ihr U-Boot?«, fragte er mit einem französischen Akzent.

Simon nickte.

»Marine?«, fragte der Mann, wischte sich die Haare aus der Stirn und spuckte ins Wasser.

»Nein, privat«, antwortete ich. »Wir sind …«

»Forscher!«, unterbrach mich Simon, bevor ich zu viel verraten konnte.

»*Mon dieu*, ich habe bisher nur einmal von einem Forscher gehört, der ein so großes eigenes U-Boot besitzt.«

Mit seiner französischen Aussprache klangen seine Worte wie *Isch 'abe bis'er* und diesen Akzent hatte ich bislang nur in der Karibik gehört.

»Und wer soll dieser Forscher sein?«, fragte Simon.

»Ein gewisser Dr. Simon West, Kanadier«, sagte der Fremde.

»Kenne ich nicht«, sagte Simon rasch, bevor ich den Mund aufmachen konnte. »Was tun Sie hier?«

»Ich?«, fragte der Franzose. »Mein Name ist Pierre Derancourt. Ich wohne hier.« Er breitete die Arme aus. »Das ist meine Insel … na ja, nicht wirklich *meine* Insel, aber ich lebe hier. Und was tun Sie hier, wenn ich fragen darf?« Seine Hand wanderte zum Gürtel, wo der Griff eines langen Messers aus einer Lederscheide ragte.

»Wir wollen nur Vorräte an Bord nehmen«, log mein Onkel.

»Wollen Sie mit der Harpune Hühner und Wildschweine jagen?« Pierre grinste zwar, fixierte Simon aber mit einem scharfen abwägenden Blick. »Die gibt es hier nicht.«

Mein Onkel ließ die Harpune sinken. »Gibt es Trinkwasser und Obst auf der Insel?«

Pierre nickte. »In der Mitte der Insel, auf dem Berg, ist eine Süßwasserquelle, und es gibt Ananas, Avocados und Kokosnüsse.« Er zuckte die Achseln. »Schade, ich hatte gehofft, Sie wären Kunden.«

»Kunden?«, fragte ich.

»Ich fliege Touristen mit meiner Maschine vom Wade International Airport zu den verschiedensten Urlaubsdestinationen. Kiter, Segler, Surfer oder Wellenreiter, die manchmal hierherkommen, oder Schatzsucher, die nach Wrackteilen tauchen wollen. Hier gibt es jede Menge gesunkene Schiffe und Flugzeuge. Aber das ist nur was für Profis, nichts für Amateure. Das Wasser ist hier tief, die Strömung stark, es gibt Haie, und manchmal überrascht uns ein Unwetter. Die Insel heißt nicht umsonst Wreck Island.« Er grinste.

Wreck Island. Wir hatten die Insel also tatsächlich gefunden, auf der meine Mutter geforscht hatte.

Da hörte ich plötzlich hinter mir ein Ächzen. Johann kletterte vom Schlauchboot auf den Steg. Ich reichte ihm eine Hand. Mittlerweile hatte bestimmt auch er erkannt, dass von Pierre keine unmittelbare Gefahr ausging und er sich nicht mehr als unsere Rückendeckung im Hintergrund verstecken musste.

Als Johann sich aufrichtete, starrte Pierre ihn verdutzt an. Sein Mund klappte auf und er strich sich über den Schnurrbart. »*Mon dieu!*«

Johann und Pierre warfen sich einen langen vielsagenden Blick zu. Und dann dämmerte es mir. *Na klar!* Sie mussten einander kennen, da sie gemeinsam auf dem Video meiner Mutter zu sehen gewesen waren.

»Johann!«, rief Pierre, und es klang wie *Jo'ann.*

Johann nickte. »Pierre.«

»*Oh, mon ami!*« Sogleich ging Pierre auf ihn zu, umarmte ihn und drückte ihn fest an seine Brust. Johann erwiderte die Umarmung zwar, sah aber verlegen zu Simon, als wäre ihm die Sache fürchterlich peinlich.

Endlich ließ Pierre ihn los, dann sah er mich an. »*Damné, oh, merde!*«, fluchte er plötzlich. »Dann musst du die kleine Terry West sein, nicht wahr? *Oh, là, là*, ich kannte dich, da warst du noch *sooo* klein.« Er streckte die flache Hand in Kniehöhe aus. Mit einem Mal wurde er ernst. »Das mit deiner *Maman* tut mir leid.«

»Danke.«

»*Oh, merde!*«, rief er plötzlich, als käme er aus dem Staunen gar nicht mehr heraus. Nun sah er Simon an, hob die Hand und wedelte vorwurfsvoll mit dem Zeigefinger, als müsste sich mein Onkel dafür schämen, ihn vorhin belogen zu haben. »Dann müssen Sie wohl der berühmte Dr. Simon West sein!«

»Ja, bin ich«, seufzte Simon, »aber berühmt bin ich nicht.«

»Oh, das sind Sie! Was für eine Ehre. Ich hätte Sie eigentlich sofort erkennen müssen.« Pierre schüttelte ihm die Hand.

Zuletzt stellten wir ihm auch noch Ethan vor, aber an Simons Blicken merkte ich, dass er uns zur Vorsicht mahnte. Möglicherweise war Pierre nicht der, für den er sich ausgab. Nur weil der Franzose Johann kannte und auf einem Video mit meiner Mutter zu sehen gewesen war, gab uns das noch lange keinen Grund, ihm restlos zu vertrauen.

Und wie wir so dastanden, lief Charlie plötzlich vom Ende des Stegs, den er mittlerweile gründlich untersucht und beschnuppert hatte, auf Pierre zu. Mein Herz blieb für eine Sekunde stehen, weil ich befürchtete, Charlie würde Pierre anfallen und ihn in die Wade oder die Hand beißen, doch Pierre ging auf die Knie, breitete die Arme aus und rief: »*Oh, mon ami, Scharlie!*«

Charlie sprang Pierre mit einem Satz auf die Brust und rieb sein Köpfchen an seinem Hals.

Im ersten Moment erfasste mich ein bisher nie gekanntes Gefühl der Eifersucht. Noch nie hatte Charlie sich bei jemand anderem so zutraulich gezeigt – doch dann freute ich mich. Charlie besaß eine untrügliche Menschenkenntnis, und wenn er sich an Pierre erinnern konnte und ihn mochte, dann konnte das nur bedeuten, dass Pierre in Ordnung war.

»Charlie!«, rief Pierre nun vorwurfsvoll und rümpfte die Nase. »Wie wäre es mit einem Bad, du alter Herumtreiber?« Er erhob sich, packte Charlie im Genick und reichte ihn mir. Mit gespieltem Ekel wischte er sich Charlies Haare von der Jacke. Wir mussten alle lachen.

»Kommt in mein Haus«, sagte Pierre schließlich. »Ihr habt sicherlich viel zu erzählen.«

Ja, das hatten wir – aber ich war mir sicher: Noch viel mehr hatten garantiert Pierre und Johann uns zu erzählen.

33. KAPITEL

Während Pierre uns zu seinen beiden Hütten führte, erklärte er, dass er gerade zwei junge englische und vor allem *hübsche* Taucherinnen mit ihrem Equipment zum nächsten Flughafen gebracht hatte, von wo sie nach einem zweiwöchigen Urlaub nach Hause fliegen würden. Er sei bereits um vier Uhr früh mit dem Wasserflugzeug aufgebrochen und wäre jetzt mordsmäßig hungrig.

Als wir seine weiß gestrichenen Bungalows erreichten, bei deren Anblick ich ein leicht karibisches Flair verspürte, halfen wir ihm, Frühstück für uns alle zuzubereiten. Die Terrasse vor seinem Haus lag auf einem Felsvorsprung und unter uns tobte die Brandung. Pierre hatte es sich auf diesem Fleckchen Erde richtig gemütlich eingerichtet. Zwischen zwei Palmen hing eine Hängematte, daneben befand sich eine kreisrunde Stelle mit Steinen für ein Lagerfeuer. Die Regenrinne der kleineren Hütte speiste ein Fass in einem Holzgestell, an dem ein Seil hing und das als Naturdusche im Freien diente.

Aber so urig sein Heim von außen wirkte, so modern war sein Wohnhaus innen eingerichtet. Pierre besaß eine

Klimaanlage, Tiefkühltruhe, Mikrowelle, Radio, Funkgerät sowie ein TV-Gerät mit Satellitenschüssel. Das alles betrieb er, wie er uns erklärte, mit einer Reihe von Sonnenkollektoren, die am Südhang des Berges montiert waren. Er war oft tagelang unterwegs und in dieser Zeit luden die Solarzellen den Akku vollends auf. Den Rest übernahm ein Dieselgenerator, der hinter dem Haus stand und Strom produzierte.

Im Flur, vor der Küche, lehnten ein Mountainbike und einige Surfbretter. Dazwischen entdeckte ich auch eine Tätowiermaschine. »Pierre, Sie können auch Tattoos stechen?«, rief ich.

»Klar. Willst du eines?« Er grinste. »Manche Touristen oder Taucher wollen ein Kraken- oder Haifischmotiv oder ein …«

»Nein! Kommt gar nicht infrage«, unterbrach ihn Simon, der gerade zur Tür hereinkam. »Terry, du hast ein Piercing in der Lippe, das reicht.«

»Aber Johann ist doch auch tätowiert«, protestierte ich.

»Das ist etwas völlig anderes«, entgegnete Simon. »Wenn du achtzehn bist, kannst du dich von mir aus am ganzen Körper tätowieren lassen, bis dahin aber nicht.«

»Aye, Sir«, murmelte ich leise und verschwand in der Küche.

Wir steuerten von unseren Vorräten etwas bei und kurze Zeit später gab es Grillwürstchen mit Eiern, Speck und Bohnen, duftendes Brot, Wassermelonen, Kokosmilch, heißen Kaffee und frisch gepressten Orangensaft. Wir saßen im Schatten der Vormittagssonne unter einem alten Segel, das zwischen den Palmen gespannt war und über unseren Köpfen sanft im Wind auf und ab wippte.

Die Männer, mit Ausnahme von Ethan, tranken anschließend noch ein Bier und rauchten Zigarre. Ich hatte zu viel gegessen, streckte mich in der Hängematte aus, presste die Hand vor den Mund und musste unauffällig rülpsen. Danach war mir wohler. Außer Charlie, der auf meinem Bauch lag und den es herzlich wenig interessierte, hatte es zum Glück niemand gehört.

»Wie haben Sie meine Schwester kennengelernt?«, fragte Simon schließlich.

Ich schob Charlie zur Seite, wälzte mich in der Matte herum und hörte bei dem Gespräch zu.

»Alles hat damit begonnen, dass Amanda West bei einem Biologen-Kongress in Kopenhagen eine Entdeckung vorgestellt hat.«

»Welche Entdeckung?«, fragte Simon.

Pierre hob die Schultern. »Ich habe keine Ahnung.«

»Den Kongress hat sie nie erwähnt«, sagte Simon.

»Stimmt«, pflichtete ich ihm bei.

»Kein Wunder.« Pierre lachte. »Der fand vor sechzehn Jahren statt, da warst du noch gar nicht auf der Welt, kleiner Kolibri, aber Amanda war bereits eine erfolgreiche junge Wissenschaftlerin.«

Kleiner Kolibri, pah!

»Und wie endete ihr Besuch auf diesem Kongress?«, fragte Simon.

»Nun, soviel ich weiß, hat sie um Forschungsgelder angesucht, aber keinen müden Cent erhalten. Und deshalb hat sie ihr ganzes Privatvermögen investiert, um auf diese Insel zu kommen, um hier ihre Forschung auf eigene Faust fortzusetzen.«

»Mit Delfinen«, vermutete ich.

»Richtig, mit Delfinen.«

»Und war sie erfolgreich?«

Pierre paffte an seiner Zigarre und stieß zwei Rauchringe aus, die der Wind davontrug. »Anfangs nicht, aber einige Jahre später bestimmt. Glaube ich zumindest.« Er zuckte die Achseln. »Es muss so gewesen sein, denn plötzlich geriet sie in Panik. Sie meinte, sie hätte die Büchse der Pandora aufgestoßen. Kurz vor ihrem Tod ist sie noch einmal hergekommen und hat ihre gesamten Forschungsergebnisse vernichtet.«

Sofort kam mir der Computer im Kellerlabor meiner Mutter in den Sinn, dessen Festplatte formatiert worden war. Nun gab es für mich keinen Zweifel mehr, dass sie es selbst getan hatte. Aber warum? Das alles sah so aus, als hätte sie geahnt, dass sie sterben würde.

»Ich habe nicht den blassesten Schimmer, worum es bei dieser Forschung gegangen ist. Sie hat mich nie eingeweiht«, wiederholte Pierre. »Es gibt auch keine Aufzeichnungen mehr. Die Forschungsbecken existieren zwar noch, doch die sind jetzt leer.«

Ich sprang von der Matte herunter und legte Charlie wieder hinein, der sich augenblicklich zusammenrollte. »Darf ich sie sehen?«

Pierre verzog das Gesicht. »Wozu?«

»Immerhin hat meine Mutter dort geforscht«, fügte ich rasch hinzu. Außerdem hoffte ich, dass weitere Kindheitserinnerungen in mir hochkommen würden.

»Wenn du willst.«

Am liebsten wäre ich sofort losgelaufen, doch Pierre stoppte meinen Tatendrang und sah mich von oben bis unten an. »Mit diesen Sandalen?«

»Warum nicht?«

»Der Weg durch den Urwald auf die andere Seite der Insel ist beschwerlich.«

»Ich habe Turnschuhe«, sagte ich rasch, dann aber etwas leiser: »Allerdings an Bord des U-Boots.«

Pierre starrte aufs Meer, wo die Kopernikus vor Anker lag und das Metall des Oberdecks das Sonnenlicht reflektierte. »Bis du mit dem Schlauchboot übergesetzt hast, ins U-Boot gestiegen und wieder zurückgefahren bist, ist eine gute halbe Stunde vergangen. Willst du so lange warten?« Er drehte den Zigarrenstummel auf einem Felsen, bis die Glut erlosch, dann steckte er sich den Stummel hinters Ohr. »Bestimmt nicht, oder? Komm mit, ich habe feste Turnschuhe für dich im Haus.«

»Und die passen mir?«

Er musterte mich noch einmal von oben bis unten. »Bestimmt – es waren die Schuhe deiner *Maman.*«

»Die sind in Ihrem Haus?«, rief ich.

»Ich habe die Truhe deiner Mutter nie weggeworfen. Darin sind noch ihre alten Sachen.«

Nun wurden auch Ethan und Simon hellhörig. Mit pochendem Herzen lief ich hinter Pierre ins Haus. Ethan und Simon folgten mir. Aus einem Schrank zog Pierre eine dunkle Holztruhe und öffnete sie, damit ich einen Blick hineinwerfen konnte. Ethan und Simon sahen mir neugierig über die Schulter. Muffiger Geruch schlug uns entgegen.

Ich weiß nicht, was ich erwartet hatte – eine alte Schatzkarte in der Handschrift meiner Mutter, Aufzeichnungen über geheimnisvolle Experimente, aufschlussreiche Fotos, Briefe, ein Testament oder was weiß ich. Doch nichts davon befand sich in der Truhe. Nur zwei Blusen, eine Hose, ein Ledergürtel mit breiter Schnalle, eine Sonnenbrille, ein Strohhut, eine Halskette mit kleinen Muscheln, eine Armbanduhr mit einem Sprung im Glas, ein Kompass, eine Lederbrieftasche mit fünf Dollar und zehn Cents und ein paar Turnschuhe.

Enttäuscht ließ ich die Schultern hängen. »Das ist alles?«

»Mehr hatte sie nicht hiergelassen, als ich sie das letzte Mal gesehen habe.« Pierre reichte mir Sonnenhut und Turnschuhe.

Es waren ein Paar alte ausgetretene weiße Adidas, die bis über die Knöchel reichten, mit Einlagen und weißen Schuhbändern. Sie waren zwar etwas groß, passten aber tatsächlich. Ebenso der Hut.

Während ich in die Schuhe schlüpfte, verließ Pierre kurz das Zimmer. Simon nutzte diesen Moment, in dem wir unter uns waren, und raunte Ethan zu. »Ich vertraue ihm nicht. Ethan, verfolg die beiden und hab ein Auge auf Terry. Nehmt sicherheitshalber die Funkgeräte mit.«

»Aye …« Ethan nickte und verstummte, als Pierre im nächsten Moment auch schon wieder das Zimmer betrat.

Der Franzose hielt eine Machete mit langer scharfer Klinge in der Hand. »Komm, kleiner Kolibri, gehen wir!«

Kurz darauf folgte ich Pierre über einen Pfad, der von seiner Hütte weg in den Urwald führte. Wasserflasche, Funkgerät, Fotoapparat und Messer steckten in meinem Rucksack. Ich wusste nicht, ob Ethan uns tatsächlich hinterherschlich – aber falls er es tat, machte er es sehr unauffällig.

Nach wenigen Metern war der Weg bereits so zugewuchert, dass Pierre große Farne und Palmwedel mit der Machete abschlagen musste, damit wir überhaupt durchkamen.

So durchquerten wir die Insel zur anderen Seite. In den Schuhen meiner Mutter und mit ihrem Hut auf dem Kopf folgte ich ihren Spuren – was für mich zu einem doppelt bedeutsamen Moment wurde.

Die riesigen Farne filterten das Sonnenlicht grün und warfen fächerförmige Schatten auf den Waldboden. Exotische Vögel kreischten und gaben Laute von sich, die ich noch nie zuvor gehört hatte. Bei jedem Schritt huschten Eidechsen über den Boden und verschwanden raschelnd im Unterholz. Überall roch es nach Moos und dem feuchten Holz dieser uralten Bäume. Zudem musste es kurz vor unserer Ankunft geregnet haben, da die Blätter immer noch nass waren und leicht dampften.

»Wie ist meine Mutter ausgerechnet auf diese Insel gekommen?«, wollte ich wissen, während ich dem Weg folgte, den Pierre in den Dschungel schlug.

»Wegen der Wasserbecken, zu denen wir gerade gehen.«

»Was?« Ich wischte mir den Schweiß von der Stirn. »Hat sie die nicht selbst gebaut?«

»Nein.« Pierre lachte. »Die waren schon da. Und zwar lange, bevor deine *Maman* hierherkam.«

Das erklärte, warum die Becken schon so alt waren. »Und wer hat sie gebaut?«

»Ist sicher schon über dreißig Jahre her, als ein Milliardär hier einen Park mit Delfin- und Seelöwen-Shows eröffnen wollte und diese Becken bauen ließ.«

»Hier am Ende der Welt?«, entfuhr es mir.

»Die Insel liegt nicht weit von einigen Kreuzfahrtschiffsrouten entfernt, und der Plan war, dass die Touristen für eine Show und Erfrischungsgetränke hierherkommen sollten.«

»Und warum wurde nichts daraus?«

»Anfang der 90er-Jahre entstand der SeaWorld-Vergnügungspark in Florida und niemand interessierte sich mehr für dieses Projekt. Da es teurer gewesen wäre, die Becken abzureißen, hat man sie einfach hier stehen lassen – und über die Jahre sind sie in Vergessenheit geraten.«

»Aber meine Mutter hatte davon erfahren«, vermutete ich.

Pierre nickte. »Sie hat mich und mein Flugzeug gechartert, damit ich sie hierherfliege. Aber zunächst mussten wir diese Insel erst einmal finden. Wreck Island ist kein Fleckchen, das man mal so rasch an einem Nachmittag anfliegt. Hier liegen viele Wracks herum und …«

»Ja, das sagten Sie bereits«, unterbrach ich ihn. »Und wem gehört die Insel jetzt? Immer noch dem Milliardär?«

»Der hat sie längst verkauft. Sie gehört der Regierung Bermudas. Ich habe eine Genehmigung, um hier leben und mein Flugunternehmen führen zu dürfen. Kein leichter Job, die Kunden werden immer weniger.«

»Und wie ging es danach weiter, nachdem Sie die Insel gefunden und meine Mutter hergeflogen hatten?«

»Amanda richtete sich hier ein. Der kleine Bungalow ist der ältere. Das war ihr Haus. Sie hat es selbst gebaut. Ich habe ihr dabei geholfen, aber auch beim Reparieren der Wasserbecken.«

Das wurde ja immer besser! Ich hätte gar nicht vermutet, dass meine Mutter so viel Zeit hier verbracht hatte … und dann auch noch gemeinsam mit diesem Pierre. Skeptisch musterte ich ihn.

Als hätte er meinen Blick bemerkt, blieb er einen Moment lang stehen, trieb die Machete in den Stamm einer Palme und wischte sich den Schweiß von der Stirn. Hinter uns knackte ein Ast, aber Pierre drehte sich nicht um. »Und weil wir so oft von Miami hierher unterwegs waren, habe ich ihr beigebracht, wie man eine Maschine fliegt. Sie war sehr geschickt in diesen Dingen und hat den Flugschein für die *DHC-3 Otter* innerhalb kürzester Zeit gemacht.« Er sah mich mit einem merkwürdigen Blick an. »Du siehst ihr übrigens sehr ähnlich, kleiner Kolibri.«

Mann, Pierre war tatsächlich in meine Mutter verliebt! Sein Blick und seine Stimme veränderten sich, sobald er von ihr sprach.

»Pierre …«, druckste ich herum. Ich musste es wissen. »Hatten Sie ein Verhältnis mit meiner Mutter?«

Er zuckte nicht zusammen, sondern blieb ziemlich gefasst, als hätte er diese Frage erwartet. Mit einer absoluten Ruhe und Gelassenheit sah er mich an. »*Mon Dieu*, was hast du erwartet? Wir waren jung, haben gemeinsam hier gearbeitet, viel Zeit miteinander verbracht, und die Nächte auf Wreck Island können manchmal sehr stürmisch, aber auch sehr einsam sein.« Er seufzte, hebelte die Machete aus dem Stamm und ging weiter.

Ich folgte ihm.

»Pass auf!« Ohne sich umzudrehen, deutete er auf die Überreste eines vermoderten Fallschirms, der von einem Baum hing. »Nicht daran ziehen!«

Ich blickte nach oben. Viele Meter über mir hing eine alte rostige Doppeldeckerpropellermaschine in den Ästen. Das Flugzeug hatte zahlreiche Einschüsse im Blech und trug ein schwarz-gelbes Emblem mit deutscher Schrift und einem Adler.

»Ist das etwa …?«, fragte ich.

»Eine Maschine des deutschen Kaiserreiches«, antwortete Pierre. »Muss im Ersten Weltkrieg abgestürzt sein.«

»Die Deutschen waren damals hier?«, fragte ich überrascht.

»Ja, ist vermutlich 1917 hier runtergekommen«, erklärte er. »Die hatten einen Marinestützpunkt mit eigener Flotte in der Karibik. Der Pilot hat Tagebuch geführt. Er hat noch zwei Monate allein auf dieser Insel überlebt und ist dann am Biss einer Schlange gestorben.«

»Einer Schlange?«, rief ich entsetzt und sah mich sogleich um, ob irgendetwas auf dem Waldboden herumkroch. Automatisch hielt ich nach einem Stock Ausschau, mit dem ich mich verteidigen konnte, und tänzelte auf Zehenspitzen hinter Pierre her.

»Keine Sorge, die Giftigen gibt es hier schon lange nicht mehr … So, wir sind da.« Pierre drückte zwei Farnwedel auseinander und gab den Blick auf einen Weg mit einem brüchigen Holzgeländer zur Bucht hinunter frei. Nebeneinander lagen drei große und zwei kleine runde Wasserbecken an der Küste, die so ähnlich wie die Anordnung der olympischen Ringe aussahen. Von der Aufnahme, die unsere Drohne an diesem Morgen gemacht hatte, kannte ich die Becken ja bereits, aber es war ein atemberaubendes Gefühl, sie mit eigenen Augen direkt vor mir zu sehen.

»Wenn du möchtest, geh ruhig runter«, sagte Pierre. »Aber pass beim Geländer auf. Ich warte so lange hier oben. Lass dir Zeit.«

»Danke«, sagte ich, blieb aber stehen, da ich noch so viele Fragen hatte, bevor ich mir die Bassins näher ansehen wollte. »Was hat meine Mutter Ihrer Meinung nach mit den Delfinen gemacht?«

»Ich bin Pilot, kein Biologe, aber für mich sah es so aus, als hätte sie das Verhalten der Tiere studiert.«

»Sie hießen Alpha, Beta, Gamma, Delta, Kappa, Omega und Pi, nicht wahr?«

»Du kannst dich noch daran erinnern?« Pierre nickte. »Ja, so hießen sie. Nach dem Tod deiner *Maman* habe ich die Tiere ins freie Meer entlassen. Hin und wieder kommen sie noch her, um Futter zu erbetteln. Pi ist mittlerweile ein großer, kräftiger Delfin geworden.«

Ich dachte eine Weile nach, dann schlug mein Herz bis zum Hals, als ich meine nächste Frage stellte. »Sind *Sie* mein Vater, Pierre?«

Er lächelte, als hätte er auf diese Frage gewartet. »Nein, als deine Mama und ich uns kennenlernten, war sie bereits im vierten Monat mit dir schwanger.«

Die nächste halbe Stunde saß ich am Rand eines der Becken, ließ die Beine über das in der Sonne heiß gewordene Blech baumeln, sah den Möwen beim Flug zu und betrachtete die Umgebung. Immer wieder rief ich mir die Videos in Erinnerung, die ich auf Ethans Notebook gesehen hatte.

Ja, hier war ich ein paar Mal als Kleinkind gewesen, war in meinem roten Bikini in diesen Becken geschwommen und konnte mich nun auch dunkel an Johanns und Pierres Anwesenheit erinnern. Merkwürdig, dass meine Mutter niemandem von ihrer Forschung erzählt und alles für sich behalten hatte.

Instinktiv griff ich zu meinem Medaillon am Hals und drehte es zwischen den Fingern. Ich ließ es aufschnappen und betrachtete das verblasste Schwarz-Weiß-Bild meiner Mutter. Da erinnerte ich mich an das Farbfoto und den Artikel, den ich in Mutters Labor gefunden hatte. Er steckte immer noch in meinem Rucksack. Ich zog das Blatt heraus, faltete es auseinander und betrachtete es. Meine Mutter stand im schwarzen Bikini am Rand jenes Bassins, wo ich gerade saß, mit Taucherbrille und Schnorchel in der Hand. Ihr langes schwarzes Haar sah so hübsch aus – und sie hatte die gleichen Sommersprossen wie ich.

Dr. Amanda West forscht an einem unbekannten Ort,

stand unter dem Foto. Nun, diesen Ort hatten wir gefunden – aber mehr auch nicht. Als ich hörte, wie Pierre sich näherte, faltete ich den Artikel rasch zusammen und schloss das Medaillon.

Pierre trat an meine Seite und warf einen Stein in eines der Becken, woraufhin die von Laub bedeckte Oberfläche mit einem schmatzenden Geräusch aufriss. »Ruf deinen Cousin, damit er endlich aus dem Dschungel kommt, bevor ihn eine Schlange beißt.«

»Ich …«

»Schon gut«, wehrte Pierre ab. »Ist okay, wenn ihr skeptisch und vorsichtig seid. Wäre ich an eurer Stelle auch gewesen.«

Beschämt kramte ich das Funkgerät aus dem Rucksack. »Ethan, du kannst rauskommen – es ist alles in Ordnung. Over and out.«

Kurz darauf teilten sich die Farne und Ethan stieg über den Pfad mit dem Holzgeländer zur Bucht herunter. Schweigend stellte er sich an den Rand des Beckens. Auf seiner Brille steckten Sonnengläser und neben dem Funkgerät an seinem Gürtel klemmte eine Schirmmütze.

»Ich lasse euch besser allein.« Pierre steckte seine Machete weg. »Ihr findet den Weg zurück bestimmt ohne mich. Aber bleibt nicht zu lange hier draußen. Es wird rasch dunkel und ich könnte eure Hilfe beim Zubereiten des Abendessens brauchen.«

»Ja, Sir«, knirschte Ethan und sah Pierre nach, wie er nach oben ging und im Dschungel verschwand. Danach setzte er sich zu mir an den Rand und ließ die Beine ebenfalls ins Becken baumeln. »Sieht ekelhaft aus«, bemerkte er.

»Pierre?«

»Das Becken, du Schafnase!«

Ich grinste. »Wird ja auch schon seit zehn Jahren nicht mehr benutzt.«

Wir saßen nebeneinander, blickten aufs Meer hinaus und ließen uns die Sonne ins Gesicht scheinen.

»Na, kommen Kindheitserinnerungen hoch?«, fragte Ethan schließlich.

»Ja, das tun sie …« Ich zögerte, bevor ich den nächsten Satz sagte. »Ich bin nicht sicher, ob meine Mutter ausschließlich zum Wohl der Tiere geforscht hat.«

34. KAPITEL

Nachdem Valerie De Boes ihren nachmittäglichen Rundgang durch das *Biosyde Hills Asylum* beendet und mit den führenden Mitarbeitern gesprochen hatte, die ihr allesamt versicherten, dass Code Genesis zu ihrer vollsten Zufriedenheit lief, brachte sie ihr Chauffeur mit der Limousine hinunter zur Küste.

Am Fuße des Felsens von Gibraltar, immer noch auf britischem Boden, aß sie im angesagtesten Restaurant im Jachthafen zu Abend. Finn und Sidney Stone begleiteten sie.

Sie hatten den besten Platz des Restaurants, unter einem Sonnenschirm auf der Terrasse mit Ausblick aufs Meer und die Masten der Segelboote, die auf den Wellen auf und ab schaukelten. Es roch nach Salzwasser, Strand und Sonnenöl. Valerie aß gegrillten Oktopus, Sidney Stone Seehecht mit Gemüse und Finn ein blutiges Haifischsteak.

Während des Essens hatten sie nur belanglos über das Wetter, die Aussicht und die Jahreszeit geplaudert. Nun servierte der Kellner die leeren Teller ab, brachte Kaffee und Kuchen, und Valerie zog ihr Notebook aus der Aktentasche. Der Small Talk war beendet. Finn schlüpfte aus seinem Sakko, das sich um seine Schultern und den breiten Brustkorb gespannt hatte, und hing es hinter sich über die Stuhllehne. Während er die Hemdärmel aufkrempelte, klappte Valerie den Bildschirm auf, woraufhin sich sogleich ein Fenster mit der Weltkarte öffnete.

»Wo sind sie?«, fragte Finn. Er wusste genau, wonach sie suchte.

Valerie betrachtete den roten blinkenden Punkt auf dem Monitor. »Immer noch mitten im Bermuda-Dreieck.« Sie schob das Notebook über den Tisch, sodass Finn und Sidney es selbst sehen konnten. Seit sechs Stunden hatte sich die Kopernikus nicht bewegt und lag wie festgemeißelt an dieser Stelle.

»Haben Sie die Karte mitgebracht?«, fragte Valerie De Boes.

»Selbstverständlich.« Sidney zog eine Seekarte von den Bermudas aus einer Mappe, die sie nun auf der freien Tischhälfte ausbreitete und mit Aschenbecher, Salz- und Pfefferstreuer beschwerte.

Valerie nannte die genauen Koordinaten und Sidney markierte anhand der Längen- und Breitengrade eine Stelle auf der Karte. Diese war in einem so großen Maßstab, dass sogar die kleinsten Fels- und Sandhügel, die aus dem Meer ragten, darauf verzeichnet waren.

Sidney sah auf. »Eine kleine unscheinbare Insel … Wreck Island … der Name sagt mir nichts.«

Finn stellte sogleich mit seinem Tablet eine Internetverbindung her und tippte auf dem Gerät herum. »Gehört der Regierung Bermudas. Gibt nicht viel darüber zu berichten, außer, dass vor dreißig Jahren mal ein Milliardär einen Delfin-Themenpark auf der Insel errichten wollte.«

»Was für eine Schnapsidee«, kommentierte Valerie.

Finn nickte. »Die Bauarbeiten wurden nach einem Jahr wieder eingestellt.«

Valerie dachte nach. »Delfine also.«

»Meinst du, dass Amanda West dort geforscht hat?«, fragte Finn.

»Möglich … anscheinend haben sie die richtige Insel gefunden, obwohl ich mich frage, wie sie das angestellt haben. Was treiben die dort bloß so lange?«, murmelte Valerie gedankenverloren.

»Ich habe keine …«, begann Finn.

»Sei still!«, unterbrach Valerie ihn. »Das war eine rhetorische Frage!« Sie dachte nach. Das Bermuda-Dreieck war bekannt für seine gefährlichen Wetterumschwünge. »Was sagt die meteorologische Vorhersage?«

Sogleich tippte Finn in sein Tablet und verzog kurz darauf das Gesicht. Er legte das Gerät in die Tischmitte, sodass sie es alle drei sehen konnten. Das Video zeigte eine aktuelle Satellitenaufnahme von der Gegend mit Wolken und rotierenden Wirbelstürmen.

»Innerhalb der nächsten vierundzwanzig Stunden werden ein oder mehrere Orkane über Wreck Island hinwegfegen«, erklärte Finn.

Valerie blickte ihre Assistentin auffordernd an.

»Ja, Madam.« Sidney Stone brauchte keine weiteren Anweisungen. Sie führte einige kurze Gespräche mit dem Handy und beendete die Verbindung nach zwei Minuten wieder. »Wenn ich die *Biosyde One* sofort für einen Flug zum Wade International Airport auf die Bermudas startklar machen lasse und von dort einen Transfer mit der Chinook auf die Insel organisiere, könnten wir in fünfzehn Stunden dort sein.«

Valerie ließ die Information sacken. Sidney dachte wie immer mit. Mit der *Biosyde One* brauchten sie eine entsprechend breite und lange Landebahn, die es auf der Insel vermutlich nicht gab, aber mit der Chinook, einem Helikopter von der Größe einer Lokomotive mit Waggon, konnten sie überall landen. Allerdings nur, wenn dort keine Tornados wüteten.

Die üble Wettervorhersage machte ihr die Entscheidung leicht. Sie faltete die Seekarte zusammen. »Der Umstieg am Wade International Airport in die Chinook ist eine ausgezeichnete Idee. Es ist so weit. Sidney, lassen Sie die *Biosyde One* und unsere Chinook vor Ort volltanken und startklar machen.«

»Fliegen wir auf die Insel?«, fragte Sidney.

»Nicht *wir*, Sidney. Sie und ich bleiben hier.« Sie fixierte Finn. »Du wirst mit einem Team nach Wreck Island fliegen. Du weißt, was zu tun ist. Such dir die besten Männer dafür aus.«

Finn nickte. Sein Blick wurde hart.

Valerie wusste, dass er seit Tagen darauf gewartet hatte. Es wurde Zeit, das Spiel zu beenden und die lange Leine, an der sie das Häschen bisher gehalten hatten, einzuholen. Biosyde würde aus dem Hintergrund hervortreten, sich zu erkennen geben, und sobald sie gefunden hatten, wonach sie suchten, war das Mädchen unwichtig geworden – dann hatte Terry Wests letzte Stunde geschlagen.

35. KAPITEL

Der nächste Morgen begann bewölkt und trüb. Wir hatten in Pierres Haus übernachtet, auf einem provisorischen Matratzenlager, und jetzt merkten wir, wie rasch das Wetter hier draußen umschlagen konnte.

Die Morgensonne drang kaum durch die dichte Wolkendecke. Noch dazu erreichte uns eine Nebelbank, die rasch übers Wasser auf uns zukroch und binnen Minuten die gesamte Insel eingehüllt hatte.

»So beginnt es immer«, erklärte Pierre uns. »Das sind die Vorzeichen eines Sturms. In dieser Jahreszeit sind sie am häufigsten, aber auch am schlimmsten.«

Simon sah zu mir herüber, dann wandte er sich an Pierre. »Wie heftig wird der Sturm?«

Pierre öffnete einen Schrank und kramte darin herum. »Sehr heftig.«

»Warum fahren wir nicht alle zum U-Boot und bleiben an Bord?«, schlug ich vor. »Dort ist es doch viel sicherer als hier.«

Simon sah zu Pierre. »Das ist eine gute Idee.«

»*O non*, meine Hütte und mein Flugzeug sind alles, was

ich besitze. Das werde ich nicht ungeschützt zurücklassen.« Pierre warf eine Schachtel und ein poröses Seil auf den Tisch.

Was zum Teufel machte er da?

Pierre griff in die Schachtel und bog einen schiefen Eisennagel gerade. »Ich muss noch einige Vorkehrungen treffen, alles festbinden und die Fensterläden zunageln.«

Ich warf einen skeptischen Blick in die Schachtel. »Mit fünf rostigen Nägeln?«

Er zuckte die Achseln. »Mehr habe ich nicht.«

»Wir helfen dir«, beschloss ich kurzerhand und sah zu meinem Onkel. »Wir haben jede Menge Werkzeug an Bord, nicht wahr?«

»Sicher.« Dieser nickte. »Am besten, wir brechen gleich auf.«

Noch vor dem Frühstück begleitete ich Simon im Schlauchboot. Wir fuhren durch den immer dichter werdenden Nebel zur Kopernikus. Obwohl es nur siebzig Meter bis zu unserem U-Boot waren, war die Sicht praktisch null. Wir navigierten beinahe blind durch den Nebel und hörten nur die Wellen, die ans Schlauchboot klatschten.

Zahlreiche Gedanken gingen mir durch den Kopf, während wir durch die diffuse Milchsuppe steuerten. Ich musste wieder an Großvater Nathan denken, der mit Johann an seiner Seite die Weltmeere durchkreuzt hatte. »Woher stammt eigentlich Johann?«, fragte ich meinen Onkel.

»Das würdest du nie erraten«, sagte er, während er mit dem Ruder des Außenbordmotors steuerte. »Johann stammt tatsächlich von einem Adelsgeschlecht ab. Aus Hamburg, in Deutschland.«

»Was?« Ich drehte mich auf der Sitzbank zu ihm um. »Du verscheißerst mich doch!«

»Nein, ehrlich!« Er blickte in die Nebelsuppe. »Eigentlich heißt er Johann *von* Clausewitz. Seine Vorfahren waren reich. Aber er ist als Jugendlicher von zu Hause ausgebüxt, hat wohl nicht viel von diesem Leben in der feinen Gesellschaft gehalten. Stattdessen hat er auf Fischkuttern gearbeitet, sich in Bangkok als Boxer Geld verdient, hat in Kairo Dynamit in Lkws transportiert, in Amerika auf Zuckerrohr- und Baumwollplantagen geschuftet, in Mexiko Waffen geschmuggelt … ja, und er saß einige Male im Knast. Und zu diesem Zeitpunkt war er erst sechzehn!«

Sechzehn! Wenn ich daran dachte, dass ich mit vierzehneinhalb im Vergleich zu Johann trotz meiner vielen Reisen erst so wenig erlebt hatte. »Und von so jemandem lässt du Ethan und mich unterrichten?«, fragte ich empört.

Simon lachte. »Warte ab.« Er drosselte die Geschwindigkeit ein wenig. »Johann hat sich auf der halben Welt durchgeschlagen. Eines Tages, als er achtzehn war, ist er auf der kanadischen Halbinsel Nova Scotia in die Villa von Admiral Nathan West eingestiegen, weil er dachte, niemand sei zu Hause und dort könne er jede Menge Geld klauen. Dabei wurde er aber prompt ertappt. Dein Großvater hatte ein langes Nachthemd an, Pantoffeln, seine Kapitänsmütze auf und eine Schrotflinte in der Hand, die er auf Johanns … na ja, du weißt schon, bestes Teil gerichtet hielt.« Er lachte auf und wischte sich eine Träne aus dem Auge. »Johann hat sich vor Angst fast in die Hose gemacht. Aber Admiral West hat nicht abgedrückt.«

Ich rückte näher. »Sondern?«

»Ihn in ein Gespräch verwickelt. Mit seiner Menschenkenntnis hat er irgendwie Johanns guten Charakter und seine rasche Auffassungsgabe erkannt. Deshalb brachte er den Einbruch nicht zur Anzeige, sondern hat Johann die Chance geboten, als junger Mann in seine Dienste zu treten. Und Johann hat sich darauf eingelassen. Ihm war wohl bewusst, dass es vielleicht seine letzte Möglichkeit war, etwas aus seinem Leben zu machen. Er erhielt die beste Ausbildung, die man sich nur denken kann. Er machte das Abitur nach und absolvierte anschließend die feinste Butlerschule, die es gibt. *Butler's Bureau* in Montreal.«

»Johann war ... *Butler*?«, entfuhr es mir.

Simon schüttelte den Kopf. »Er war viel mehr als das, nämlich Admiral Wests persönlicher Assistent. Außerdem ist er viel mit ihm gereist, war immer treu an seiner Seite und hat später mich und deine Mutter und Jahre danach auch dich und Ethan großgezogen.«

Ich konnte mir Johann gar nicht als Butler vorstellen, so mit Anzughose, Melone und gestreifter Weste. »Warum trägt Johann eigentlich immer diese schwarze Kleidung?«, wollte ich wissen. »Meinst du, er geniert sich wegen seiner Tätowierungen?«

»Bestimmt steht er nicht mehr dazu, aber das ist sicher nicht der Grund.« Simon schüttelte den Kopf. »Ich nehme an, es ist eine alte Gewohnheit aus seiner Zeit als Einbrecher.«

Dieser Tick passte zu Johann. Ich hatte Großvater Nathan nie kennengelernt, da er kurz vor meiner Geburt gestorben war – aber er musste ein cooler Typ gewesen sein, ein richtiger Seebär. Und er hatte Johann eine Chance gegeben. Man musste sich nur vorstellen, dass Johann mit achtzehn bereits mehr auf dem Kerbholz gehabt hatte als so manch anderer Ganove in seinem ganzen Leben und jede Menge kriminelle Fähigkeiten entwickelt hatte wie beispielsweise Schlösser knacken oder Leute verprügeln und bewusstlos schlagen.

Der plötzliche Ruck und das klatschende Geräusch, als wir mit dem Boot auf die Metallhülle der Kopernikus stießen, rissen mich aus den Gedanken.

Aus dieser Perspektive ragte das U-Boot wie ein buckliges Seeungeheuer aus dem Nebel. Neben dem Turm befand sich an der Außenhülle nämlich ein wasserdichter Stauraum mit einem großen gewölbten Deckel, den wir benutzten, wenn wir größere Dinge transportieren mussten. An dieser Klappe wollte ich das Boot vertäuen, doch Simon bremste mich.

»Ich werde die Kopernikus tieferlegen. Mach das Schlauchboot oben an die Außenleiter des Turms fest.«

»Aye, Sir.« Ich folgte seinen Anweisungen, danach gingen wir an Bord. Während ich weitere Vorräte, die wir auf der Insel brauchten, von der Kopernikus ins Schlauchboot verfrachtete, ließ Simon den Reserveanker zu Wasser. Außerdem flutete er die Wassertanks noch mehr, sodass die Kopernikus tiefer sank und nur noch der Turm aus dem Wasser ragte. Anschließend zog er beide Ankerketten an Bug und Heck des Bootes stramm. Nun war die Kopernikus fest fixiert und vor der Küste von Wreck Island am Meeresgrund verzurrt.

Ich hievte eine Kiste Nägel, einige Rollen Nylonseil, Getränke und Lebensmittel sowie Futter für Charlie von der Vorratskammer ins Schlauchboot. Je länger ich arbeitete, umso dichter wurde die Nebelsuppe. Sogar meine Schritte auf der Metallleiter außen am Turm wurden durch den Nebel gefiltert und klangen seltsam nach – wie in einer großen Halle. Die Sonne war völlig verschwunden, und die paar Meter, die ich in jede Richtung sehen konnte, waren in milchiges Weiß getaucht. Mit dem Nebel hing eine fette Feuchtigkeit in der Luft.

»Fertig!«, rief ich schließlich zur Brücke hinunter.

Simon hatte indessen an Bord die Daten der Wettervorhersage geprüft. Ich hörte ihn unglücklich murren und rutschte die Leiter zur Brücke hinunter. An seiner Miene erkannte ich, dass die Lage ernst wurde.

»Mehrere Wirbelstürme haben sich über dem Meer zusammengebraut, die in den nächsten Stunden auf die Insel zukommen werden.«

Solche Wetterphänomene hatten wir schon öfters erlebt. Doch da befanden wir uns auf keiner Insel mitten im Meer, sondern im Bauch der Kopernikus tief unter Wasser, wo uns egal war, was an der Oberfläche passierte.

Wirbelstürme auf offener See waren im Grund genommen harmlos, doch diese Tornados konnten verheerende Folgen haben, sobald sie Inseln oder das Festland erreichten. Ich hatte das schon einmal in Südamerika vor der Küste Uruguays und an der Ostküste Australiens erlebt. Die Stürme zogen wie eine Dampfwalze über das Land, rissen alles mit sich, was nicht niet- und nagelfest war und hinterließen eine Schneise der Verwüstung.

Ich trat an die Monitore, die mein Onkel besorgt betrachtete. »Was machen wir?«

»Einige dieser Wirbelstürme könnten uns erreichen. Wir sollten so rasch wie möglich zur Insel zurückkehren und Pierre warnen.«

Wieder einmal stellte sich heraus, dass die Insel ihren Namen zu Recht trug.

Simon fuhr die Geräte herunter, dann gingen wir von Bord und stiegen in das Schlauchboot. Als er den Nebel sah, zerbiss er einen Fluch zwischen den Zähnen. In dieser

Milchsuppe funktionierte kein GPS, und auf einen Kompass durften wir im Bermuda-Dreieck sowieso nicht vertrauen. Aber da die Kopernikus an zwei Stellen am Meeresgrund fest verankert war und nur die Turmspitze aus dem Wasser ragte, konnte sie sich nicht drehen. Also wussten wir zumindest, in welche Richtung wir durch den Nebel fahren mussten, um die Insel zu erreichen. Trotzdem war es riskant, da wir uns nur zu leicht verirren konnten. Und dann würden wir nicht einmal die Kopernikus wiederfinden.

»Hast du dein Funkgerät dabei?«, fragte Simon mich.

»Nein, hab nicht daran gedacht.«

»Verdammt.«

»Da!«, rief ich, als ich einen leichten roten Schimmer im Nebel ausmachte.

Irgendjemand musste so geistesgegenwärtig gewesen sein und am Pfosten des Stegs ein rotes Nebellicht angebracht haben, das uns den Weg zurück zum Ufer wies. Simon startete den Motor des Schlauchboots und wir hielten auf das rote Schimmern zu. Mit jedem Meter, den wir näher kamen, nahm das Licht deutlichere Konturen an.

Schließlich erkannten wir eine Lampe, die auf einer Stange hing und aufs Meer hinausleuchtete. Wir vertäuten das Boot fest am Steg, wo Ethan bereits auf uns wartete, um uns zu helfen, Werkzeug und Vorräte hinauf zum Haus zu schaffen.

Fünf Minuten später hatten wir alles in Pierres Hütte verstaut. Der hatte in der Zwischenzeit die ersten Sicherheitsvorkehrungen getroffen, unter anderem Hängematte und Sonnensegel abmontiert sowie Tische und Stühle von der Terrasse ins Haus geschafft.

»Mehrere Wirbelstürme kommen auf uns zu«, warnte mein Onkel ihn.

»Ich weiß«, knurrte Pierre, der gerade das Wasserfass von dem Duschgestell abmontiert hatte. »Ist immer so – der dichte Nebel kündigt den Sturm an.«

Pierre arbeitete so routiniert wie jemand, der das nicht zum ersten Mal erlebte. »Mach dir keine Sorgen, kleiner Kolibri«, sprach er mir Mut zu. »Ist der Sturm einmal vorüber, scheint wieder die Sonne. Ist immer ein merkwürdiges Wetter hier. Man gewöhnt sich dran.«

Ich half ihm das Fass ins Haus zu tragen.

»Ich erinnere mich noch genau, als deine *Maman* bei ihrem letzten Flug von Miami nach Wreck Island mit der Maschine in ein ähnliches Unwetter geraten und vor der Küste der Insel abgestürzt ist.«

»Abgestürzt?«, wiederholte ich entsetzt.

Er nickte. »Das war kurz vor ihrem Tod.«

Wir betraten das Haus und stellten das Fass in eine Ecke. Da dichter Nebel vor den Fenstern waberte, war es drinnen so dunkel, dass die Lampen an der Decke brannten, die von der Batterie der Solarzellen gespeist wurden. Außerdem roch es nach gebratenem Speck mit Eiern und heißem Kaffee. Johann, der eine Kochschürze trug, hatte Frühstück für uns zubereitet. Es gab zwar noch einiges zu tun, aber vorher wollten wir uns noch stärken.

Während wir uns alle an den Tisch setzten, um gemeinsam zu frühstücken, bat ich Pierre weiterzuerzählen.

»Wie gesagt«, nuschelte Pierre mit vollem Mund, »sie geriet in den Nebel. Dann wurde sie von den Ausläufern des Sturms erfasst. Amanda verlor die Kontrolle über die Maschine und stürzte ins Meer.«

»War das mit *deinem* Wasserflugzeug?«, fragte ich ihn und nippte an einem Glas Melonensaft. Mittlerweile duzten wir uns alle mit Pierre, da er uns das angeboten hatte.

»*Oh, mon dieu*, zum Glück nicht meine Maschine, sondern das Privatflugzeug deiner *Maman*, eine alte gebrauchte DHC-3 Otter, mit der sie immer von Miami hierherkam. Ich hatte sie noch gewarnt, sie solle den Flug wegen des Unwetters um einen Tag verschieben, doch sie wollte nicht warten. Hat gemeint, es sei dringend. Durch einen glücklichen Zufall habe ich ihren SOS-Notruf über meine Funkanlage hereinbekommen.«

Ich vergaß aufs Essen und rückte näher. »Und?«

»Nichts und.« Pierre stopfte sich ein halbes Brötchen in den Mund. »Ich bin mit dem Motorboot sofort rausgefahren. Ich kannte ja ihre Flugroute und konnte sie gerade noch rechtzeitig aus dem Wrack befreien. Aber die Maschine ist im Meer versunken. Und mit ihr auch Amandas Ausrüstung, ihr Fotoapparat, der Laptop, alle Unterlagen und Forschungsergebnisse, die sie an diesem Tag dabeihatte.«

Alles im Meer versunken, dachte ich. Vielleicht war das der Grund, warum ich nach ihrem Tod keine Familienfotos gefunden hatte. Möglicherweise waren alle ihre privaten Dinge auf diesem Computer gewesen.

»Hat meine Mutter ihre Sachen nie geborgen?«, fragte ich.

Nun hörten auch Simon und Ethan auf zu essen. Nur Johann beschäftigte sich, indem er das Geschirr in die Küche brachte und frischen Kaffee kochte. Aber mir entging nicht, wie er mit gespitzten Ohren lauschte.

»Oh, das wollte sie zunächst«, sagte Pierre. »Aber ihr fehlten die finanziellen Mittel. So eine Bergung in fünfundzwanzig Metern Tiefe ist kostspielig. Außerdem hatte sie ja auch noch den Schaden des Flugzeugs mit der Versicherung zu klären und konnte nicht sofort mit der Suche nach dem Flugzeugwrack beginnen.«

»Und später?«, fragte Simon.

»Ein *Später* gab es nicht mehr«, seufzte Pierre. »Dieser Absturz hatte sie völlig verändert. In der Zwischenzeit hatte sie nämlich daran zu zweifeln begonnen, dass er zufällig passiert ist. Ich sagte: *Natürlich ist er zufällig passiert, du warst unachtsam und hast im Sturm die Kontrolle über die Maschine verloren*, aber sie war überzeugt, dass jemand das Flugzeug manipuliert hatte.«

»Und hat das tatsächlich jemand?«, fragte ich.

Pierre zuckte die Achseln. »Wissen wir nicht. Angeblich hat sie einen grellen Blitz im Propeller gesehen und unmittelbar darauf einen dumpfen Knall im Motor gehört. Dann schlug ihr auch schon eine Rauchwolke entgegen.«

»Ist nie jemand hinuntergetaucht, um das Wrack zu bergen?«

»*Non*, und selbst Amanda wollte ihre Sachen dann nicht mehr aus dem Wrack holen. Stattdessen hat sie sofort damit begonnen, wie eine Verrückte ihre sämtlichen Forschungsergebnisse auf der Insel zu vernichten. Danach musste ich sie zurück ans Festland bringen …« Er zögerte. » … und kurz darauf hörte ich, dass sie im Hafen von Miami gestorben ist. Ertrunken, nicht wahr?«

Simon nickte. »Ja, sie ist mit dem Jet-Ski rausgefahren, hatte im Hafen einen Unfall und ist ertrunken.«

Wie seltsam, dachte ich, während ich ihm so zuhörte. *Warum wurde ihre Leiche eigentlich nie gefunden?* Immerhin kam sie ja in einem Hafen zwischen einigen Booten um und nicht vor der Küste weit draußen am Meer. *Noch dazu mit dem Jet-Ski*, dämmerte es mir. Eine verschüttete Erinnerung wollte an die Oberfläche kriechen, doch sie war zu weit entfernt und nicht richtig fassbar. Bevor ich etwas sagen konnte, kam Ethan mir zuvor.

Er rückte näher zu Pierre und fragte: »Glaubst du, dass jemand das Flugzeug wirklich manipuliert haben könnte, um sie zu … ermorden?«

»Ich habe lange darüber nachgedacht …«, sagte Pierre leise und schüttelte den Kopf. »Nein, das glaube ich nicht.«

»Das Wrack liegt immer noch auf dem Meeresgrund?«, fragte ich nun.

Pierre nickte.

»Und du kennst die Stelle?«

Wiederum nickte er.

»Mit ihren Unterlagen an Bord«, fügte ich hinzu und sah Simon an.

Der wusste natürlich sofort, was in meinem Kopf vorging. »Das Salzwasser hat mittlerweile bestimmt alles zerstört«, gab er zu bedenken.

»Trotzdem liegen diese Sachen immer noch auf dem Meeresgrund«, wiederholte ich.

»Fünfundzwanzig Meter sind nicht tief«, überlegte Simon laut, während er sich an seinem Stoppelbart kratzte. »Mit der Kopernikus könnten wir hinfahren und mit den Taucheranzügen rausgehen.« Er sah mich mit fest entschlossenem Blick an. »Allerdings erst nach dem Sturm.«

»Manche Stürme gehen mit Seebeben einher«, steuerte nun auch Pierre seine Überlegungen bei. »Und falls ich mich richtig erinnere, liegt das Flugzeugwrack am Rande einer unterseeischen Klippe, die tief in einen Graben hinunterreicht. Wenn es überhaupt noch dort liegt und nicht schon längst abgerutscht und tiefer gesunken ist.«

»Wir müssen es riskieren, *bevor* uns der Sturm erreicht«, rief ich.

»Terry, das wäre Selbstmord!«, sagte Simon.

»Nicht, wenn wir es *jetzt gleich* tun, anstatt noch mehr Zeit zu verlieren.« Ich sah zu Pierre. »Wärst du bereit, uns die Stelle zu zeigen?«

»Jetzt?« Pierre hob die Arme. »Ich muss noch meine Hütte verbarrikadieren und das Flugzeug vertäuen.«

»Johann könnte doch in der Zwischenzeit damit beginnen, nicht wahr?«, rief ich in die Küche.

Johann streckte den Kopf aus Küche raus. »Wie bitte?«

»Er müsste zuerst die Fensterläden vernageln«, überlegte Pierre laut, »und danach den Dieselgenerator abschalten, damit er nicht Feuer fängt, falls der Sturm Teile davon wegreißt.«

Johann runzelte die Stirn und verschwand kommentarlos in der Küche.

»Wenn wir uns beeilen und jetzt gleich aufbrechen«, drängte ich, »wären wir wieder zurück, bevor der Sturm losbricht. Und dann helfen wir alle Pierre beim Verbarrikadieren der Hütte.«

»O Gott«, knurrte Simon. »Das ist alles viel zu überstürzt und gefällt mir gar nicht.«

»Bitte!«, flehte ich. »Wir sind schon so weit gekommen. Aber wenn wir jetzt aufgeben, war vielleicht alles umsonst, und wir erfahren nie, was meine Mutter gemacht hat …«

»Johann!«, rief Simon schließlich in die Küche. »Sind die Taucherflaschen an Bord der Kopernikus mit Pressluft gefüllt?«

»Ja«, antwortete Johann. »Aber, ich möchte zu bedenken geben, dass …«

»Danke, Johann!«, unterbrach Simon ihn. Ethan war während des Gesprächs blass geworden und verlor nun den Rest seiner Farbe, als sein Vater aufstand und Pierre ansah. »Also gut! Können wir?«

Pierre grinste. »Die Zeit arbeitet gegen uns, *n'est-ce pas*? Aber *merde*! Seit zehn Jahren warte ich auf diesen Moment, endlich die Wahrheit herauszufinden. Beeilen wir uns! *Allons, vite!*«

36. KAPITEL

Natürlich war es nicht gut, mit vollem Magen zu tauchen, und schon gar nicht in einer Tiefe von fünfundzwanzig Metern, doch ich versicherte Simon, dass ich ohnehin nicht viel gegessen hatte. Was auch stimmte, da mir die Aufregung während Pierres Erzählung den Appetit verschlagen hatte. Und so brachen wir zehn Minuten nach unserem verspäteten Frühstück auf.

Simon navigierte uns mit dem Schlauchboot durch den Nebel zur Kopernikus, während Johann allein auf der Insel zurückblieb. Um ihn brauchten wir uns keine Sorgen machen. Falls Orkane oder Wirbelstürme Wreck Island tatsächlich früher als angenommen erreichten, würde er sich um Pierres Haus kümmern und dort in Sicherheit sein.

Während wir auf die Kopernikus zusteuerten, kam bereits der erste Wind auf, der die dichten Nebelfelder um uns herum aufriss und über das Wasser wirbelte. Einerseits war das gut, da wir wieder bessere Sicht hatten, andererseits war der Wind ein eindeutiger Vorbote des Sturms, der in Kürze über uns hinwegfegen würde, was wiederum uns zur Eile antrieb.

Nachdem Ethan, Charlie und ich über den Turm an Bord gegangen waren und in aller Eile Pressluft in die Tanks geblasen hatten, damit sich die Kopernikus ein paar Meter aus dem Wasser hob, öffneten Simon und Pierre den Deckel an der Außenhülle. Da sie das Schlauchboot bei Sturm nicht allein am offenen Meer zurücklassen konnten, verkeilten sie es im wasserdichten Stauraum und verriegelten anschließend den Deckel. Danach kamen auch sie unter Deck.

Sobald wir unsere Positionen eingenommen hatten, holten wir beide Anker ein, fluteten die Wassertanks und gingen auf Tauchfahrt.

Ethan war etwas blass im Gesicht. Anscheinend hatte er die Hosen gestrichen voll. Dennoch bereitete er zwei Taucherausrüstungen vor, während ich auf der Kommandobrücke eine Karte von dieser Gegend ausbreitete.

Pierre trat an meine Seite, sah sich um und kam aus dem Staunen nicht mehr heraus. »Ich bin noch nie in einem U-Boot gewesen.«

»Ja«, murmelte ich, ohne von der Karte aufzusehen.

»Und dann noch dazu auf dem von Amandas berühmtem Bruder, dem Meeresbiologen Dr. Simon West«, fuhr er fort. »*Mon dieu*, wie schnell fährt dieses Ding eigentlich?«

Ich hatte keine Zeit, seine neugierigen Fragen zu beantworten. »Welcher Kurs?«, drängte ich Pierre.

»*Ah, bien* …« Sein Blick ging zwischen der Karte und dem Sonar hin und her, das den Meeresboden und die Unterwasserfelsen in einer 3-D-Ansicht auf den Monitor projizierte. »Etwa fünf Seemeilen westlich von Wreck Island. Die Stelle müsste auf der Luftlinie zwischen der Insel und Miami liegen.«

Ich schob Sextant und Chronometer beiseite, legte ein

Lineal auf die Karte und markierte die Position. Nach sieben Minuten hatten wir mit der Kopernikus den Punkt erreicht. Auf dem Weg dorthin hatten uns die Schallwellen des Sonars die Umrisse von drei Schiffswracks gezeigt: ein Segelschiff mit abgerissenen Masten, einen Fischkutter und ein Motorboot, das zur Hälfte aus dem Sandboden ragte. Die Gegend war der reinste Schiffsfriedhof – und mir fiel die Aussage eines alten Matrosen ein, der das Bermuda-Dreieck einst als *Meer der verlorenen Schiffe* bezeichnet hatte. Wie wahr!

Entgegen Pierres Vermutung war diese Stelle aber nicht fünfundzwanzig, sondern dreißig Meter tief. Auch kein Problem. Das war mit Taucheranzügen, Masken und Pressluftflaschen immer noch machbar.

Tatsächlich erreichten wir eine Kante, hinter der der Meeresboden steil in einen Abgrund fiel. Dort ging es mehrere Hundert Meter in die Tiefe. Wir fuhren mit der Kopernikus an dieser Kante entlang und suchten mit dem Sonar den höher gelegenen Teil des Meeresbodens ab.

»Hier!«, rief Simon plötzlich. »Das könnten die Umrisse einer Propellermaschine sein.«

Wir gingen auf Schleichfahrt, und Ethan und mein Onkel steuerten die Kopernikus so, dass wir langsam längsseits des Wracks vorbeitauchten. Falls es das richtige Flugzeug war, lag es allerdings an einer völlig anderen Stelle als Pierre vermutet hatte. Möglicherweise war es innerhalb der letzten zehn Jahre von der Strömung abgetrieben worden. Ich biss mir vor Aufregung auf die Unterlippe und hoffte, dass unsere Suche erfolgreich war.

Angespannt blickte ich aus dem Bullauge. Anscheinend hatte der Wind mittlerweile die Nebelfelder an der Wasseroberfläche so weit zerrissen, dass eine Spur Tageslicht den Meeresboden erreichte. Das Wasser war tiefblau, aber klar. Fischschwärme zogen über den Sandboden. Und dann sah ich die Umrisse einer Tragfläche im dunklen Wasser.

Simon umrundete das Wrack und steuerte die Kopernikus näher heran. Indessen drückte sich Pierre neben mich und sah auch aus dem Bullauge hinaus. Undeutlich waren die Umrisse einer Propellermaschine zu erkennen. Ich spürte Pierres Unruhe und hörte seinen Atem. »Das könnte sie sein«, murmelte er.

»Ethan, Flutlicht Steuerbord«, befahl Simon.

Im nächsten Augenblick ging einer der Außenscheinwerfer der Kopernikus an.

Nun sahen wir das Flugzeug in der Lichtsäule, die sich nach wenigen Metern im tiefblauen Wasser verlor. Es hatte sich mit der Schnauze zur Hälfte in den Sand gegraben. Ein Schwimmer fehlte, der zweite war längsseits zerbrochen und hatte sich mit Wasser gefüllt, und eine Tragfläche war abgerissen. Um die Rotorblätter des Propellers hatten sich Muscheln festgesetzt, ebenso an der Hülle, wodurch das Wrack wie eine versteinerte Skulptur wirkte. Die Cockpitscheibe war gesplittert, und die Luke zum Frachtraum stand einen Spaltbreit offen. Fische, die vom Licht angezogen wurden, schwammen neugierig durch das Wrack hindurch auf die Kopernikus zu.

»Das ist die DHC-3 Otter deiner *Maman*«, sagte Pierre schließlich.

Ein Schauder erfasste mich. Um das Wrack hatten sich lange grüne Algenfäden angesetzt, die das Flugzeug fest umklammert hielten und deren Enden sich wie von Geisterhand im Wasser bewegten.

»Die Strömung ist stark«, stellte Simon beunruhigt fest. »Und das Wrack liegt tatsächlich an der Kante zum

Abgrund. Ziemlich nah sogar. Ein heftiges Unterwasserbeben oder eine stärkere Strömung hätten es womöglich hinuntergerissen.«

Eine Gänsehaut kroch über meine Unterarme. Aufregung packte mich. »Gehen wir raus?«

Simon sah mich unglücklich an. »Terry, ich kann dich da nicht rauslassen. Das wäre unverantwortlich.«

»Warum?« Ich spürte, wie mein Kopf rot wurde. »Du hast selbst gesagt, dass das Flugzeug vielleicht nicht mehr lange dort liegt. Wir *müssen* raus!«

»Ich muss an Bord bleiben, um die Kopernikus auf Kurs zu halten«, sagte er. »Und Ethan hat nicht die nötige Taucherfahrung.«

»Aber ich habe sie – über hundertfünfzig Stunden«, stieß ich rasch hervor, bevor ihm noch mehr Gründe einfallen würden, die Inspektion des Wracks abzubrechen. Meine Behauptung war nicht einmal gelogen, denn während Ethan sich über die Jahre mit dem Notebook in seiner Kajüte verkrochen hatte, um Flugrouten für Drohnen zu programmieren, war ich schon oft mit Simon auf Tauchgang gewesen und hatte bewiesen, dass ich nicht den Kopf verlor oder in Panik geriet. Selbst dann nicht, als wir mal von Haien umzingelt wurden oder mein Atemschlauch brach oder es mir die Brille vom Gesicht riss. *Ganz egal was passiert, nie in Panik geraten*, hatte mir mein Onkel eingeschärft. *Panik führt zum Tod.* Und das hatte ich von Anfang an beherzigt.

»Nein, Terry«, sagte Simon jetzt. »Die Lage ist zu gefährlich.«

Wie zur Bestätigung wankte das Boot, und er hatte alle Hände voll zu tun, die Kopernikus zu stabilisieren. Zudem wirbelten die Heckschrauben so viel Sand auf, dass ein grobkörniger unterseeischer Wirbel entstand. Durch das Bullauge konnte ich beobachten, wie die Strömung den Sand davontrug. Simon hatte nicht übertrieben. Die Strömung war tatsächlich stark.

»Ich gehe mit dem Mädchen raus«, sagte Pierre schließlich.

»Hast du Taucherfahrung?«, fragte Simon.

»Und ob ich die habe. Seit zwanzig Jahren begleite ich Touristen beim Wracktauchen.«

»Das ist nicht bloß ein Spaziergang in drei Metern Tiefe zu einem gesunkenen Schiff«, gab mein Onkel zu bedenken.

»Weiß ich«, antwortete Pierre. »Gerade deshalb möchte ich Terry ja begleiten.«

»Aber ich übertrage dir die Verantwortung für meine Nichte nur, wenn du mir versprichst, sie wieder heil zurückzubringen. Andernfalls siehst du deine Insel nie wieder, das verspreche *ich* dir!«

»*Pas de problème!*« Pierre lächelte. *Kein Problem!* »Ich habe immerhin Terrys *Maman* damals aus dem Wrack gerettet.«

Simon seufzte tief und rang ganz offensichtlich mit sich. Dann holte er tief Luft und zuckte schließlich resigniert die Schultern. »Terry, du gehst aber nur mit einer Leine raus, verstanden?«

Ich starrte durch das Bullauge auf die Propellermaschine. *Damit ist meine Mutter also abgestürzt.* In diesem Moment war ich ihr, ihren Sorgen und Ängsten näher als je zuvor in meinem Leben. Mein Herz schlug mir bis zum Hals.

»Aye, Sir!«, sagte ich.

37. KAPITEL

Zehn Minuten später hatte Simon die Taucherluke auf der Kommandobrücke geöffnet. Diese Luke in Hüfthöhe war ein Eisenring von einem Meter Durchmesser und sah aus wie ein Loch im Boden. Darin schwappte das Wasser. Wenn man hineinsprang, befand man sich unter der Kopernikus im offenen Meer.

Allerdings drang das Wasser nicht ins Innere des Bootes. Es funktionierte genauso, wie wenn man eine leere Salatschüssel umdrehte und mit der offenen Seite nach unten in eine mit Wasser gefüllte Badewanne drückte. Die Luft blieb drinnen – wie in einer Taucherglocke.

Pierre und ich standen neben der Luke. Wir trugen bereits eng anliegende schwarze Neoprenanzüge und hatten Taucherflossen an. Ethan half mir, die Weste mit der Pressluftflasche am Rücken anzulegen und die Gurte festzuzurren. Ich spuckte ins Glas der Taucherbrille, schwemmte sie im Wasser aus und setzte sie auf. Danach steckte ich mir das Mundstück zwischen die Zähne und atmete durch den Mund ein.

Simon stand vor mir. »Du hast fünfzig Minuten Zeit.

Danach noch zehn Minuten Reserve zum Atmen. Hast du verstanden?«

Ich nickte, stellte die Uhr auf meinem Handgelenk auf 60:00:00. Im Sekundentakt begann die Zeit nach unten zu zählen.

Simon hielt das Ende einer Leine hoch. »Dreimal an der Leine ziehen und wir holen dich rein, verstanden?«

Ich nickte und er hakte die Leine mit einem Karabiner an meinem Gürtel ein.

An seinem blassen Gesichtsausdruck sah ich, dass ihm die ganze Sache noch immer nicht behagte.

»Wird schon schiefgehen«, presste ich zwischen dem Mundstück hervor.

»Nicht durch die Nase atmen, immer langsam ein und aus durch das Mundstück!«, fuhr er fort.

Mann, hielt er mich für blöd? Ich deutete ihm rasch ein mit Daumen und Zeigefinger geformtes O, dass alles okay war, bevor er mir noch weitere gute Ratschläge mit auf den Weg geben konnte.

Als Nächstes setzte sich Pierre auf den Rand der Luke, schwang die Beine mit den Flossen ins Wasser, stieß sich mit den Händen ab und ließ sich mit einem durchs Mundstück gepressten *Salüüü* ins Wasser gleiten.

Ich setzte mich ebenfalls auf den Rand und ließ die Beine ins Wasser hängen. Es war ziemlich kalt, aber das Wasser würde rasch in den Neoprenanzug eindringen, zwischen Haut und Neopren zirkulieren und sich erwärmen.

Ich stützte mich ab, hielt meine Brille fest und sprang durch die Luke. Über meinem Kopf schlug das Wasser zusammen. Sogleich spürte ich den Wasserdruck, der auf meine Gesichtsmaske presste. Ich atmete ruhig ein und bei jedem Ausatmen sprudelten links und rechts von meinem Gesicht die Luftblasen nach oben.

Das Gewicht von Taucherflasche und Gürtel zog mich nach unten. Zwischen der Unterseite der Kopernikus und dem Meeresboden befanden sich etwa drei Meter. Mit einem Knopfdruck pumpte ich Luft von der Pressluftflasche in meine Weste, sodass ich ein wenig nach oben stieg und im Wasser schwebte. Danach entwirrte ich die Leine, die an meinem Gürtel hing.

Pierre befand sich mir gegenüber. Am Ausdruck seiner Augen hinter der Gesichtsmaske sah ich, dass er grinste. Er bedeutete mit einem O, dass alles okay war.

Alles okay, deutete auch ich.

Dann legten wir die Arme vor die Brust an den Körper und setzten uns in Bewegung, indem wir mit den Flossen auf und ab paddelten. Wir tauchten unter der Kopernikus durch und drangen in den Lichtstrahl ein, dem wir folgten. Ich sah, wie mein Schatten vor mir am Meeresboden über Sand und Steine glitt.

Fünfzehn Meter vor uns lag das Flugzeug im Sand. Die Fische hatten sich mittlerweile verflüchtigt und hin und wieder wurde durch die Propellerbewegungen der Kopernikus eine Sandwolke in unsere Richtung getrieben. Die Strömung war noch viel intensiver, als ich bei meinem Blick durchs Bullauge angenommen hatte.

Das merkte nun auch Pierre, denn ich sah, wie er mit den Flossen gegensteuerte. Es zog uns regelrecht zum Wrack. Pierre streckte die Arme aus und wollte mit den Händen nach der abgerissenen Tragfläche greifen, um sich dran festzuhalten, rutschte jedoch ab. Beim zweiten Versuch gelang es ihm.

Ich ließ mich unter ihm durchtreiben und hielt mich am

Rahmen der Frachtluke des Flugzeugs fest. Mit zwei Fingern deutete ich Pierre, dass ich durch den Spalt ins Wrack einsteigen wollte. Er signalisierte ein *Okay*.

Ich schwamm ins Innere des Flugzeugs. Hier drinnen war von der Strömung nichts mehr zu spüren. Vorsichtig zog ich einige Meter Leine ins Wrack, damit sie sich nicht an einer Kante verhedderte und ich ungehindert durch den Frachtraum tauchen konnte.

Pierre begleitete mich. Mit zwei Fingern deutete er zum Cockpit. Ich nickte. Wir schwammen nach vorne und zwängten uns nacheinander vorsichtig ins Cockpit, um weder Atemschlauch noch Pressluftflasche zu beschädigen. Wir ließen die Luft aus unseren Westen, Pierre sank auf den Pilotensitz und ich auf den Platz des Co-Piloten. Für ihn musste es ein bekanntes Gefühl sein, hier zu sitzen, da er oft mit meiner Mutter geflogen war. Vielleicht kamen sogar einige Erinnerungen in ihm hoch. Aber sein Gesichtsausdruck blieb hinter der Tauchermaske verborgen und verriet mir nicht, was gerade in ihm vorging.

Während wir alles betrachteten und gleichmäßig ein- und ausatmeten, bildete sich durch die Luftbläschen, die wir ausstießen, eine langsam größer werdende Luftblase, die über unseren Köpfen an der Decke waberte.

Pierre lenkte meine Aufmerksamkeit auf die Cockpitarmaturen und pochte mit dem Finger auf die Treibstoffanzeige. Die Nadel stand im ersten Drittel, was so viel hieß, dass der Tank des Flugzeugs nicht aufgerissen war und sich immer noch Treibstoff darin befand. Aber das bedeutete auch, dass meine Mutter nicht deshalb abgestürzt war, weil ihr der Treibstoff ausgegangen war. Genau das wollte Pierre mir zu verstehen geben.

Als Nächstes deutete er durch die gesplitterte Cockpitscheibe auf den Propeller. Er zeigte auf seinen schwarzen Neoprenanzug und danach auf das Triebwerk. Ich verstand. Das Triebwerk war schwarz. Sah aus wie verkohlt. Pierre deutete mit seinen Händen eine Explosion an. Vermutlich war das Triebwerk ausgefallen oder hatte Feuer gefangen, was zum Absturz geführt hatte. Mehr ließ sich im Moment nicht herausfinden.

Ich durchsuchte das Cockpit, entdeckte jedoch nichts, was uns weiter Aufschluss über die Absturzursache oder Mutters Forschung gegeben hätte.

Schließlich tauchten wir vom Cockpit zurück in den Frachtraum. Mittlerweile hatte sich die Kopernikus dem Wrack ein wenig genähert, sodass der Suchscheinwerfer nun heller strahlte und wir mehr erkennen konnten als vorher. Durch ein Fenster sah ich nach draußen und bemerkte, wie die Leine, an der ich hing, im Schein der Lampe in der Strömung auf und ab tanzte.

Dann blickte ich mich im Frachtraum um. Die losen Riemen der Gepäckfächer trieben wie von Geisterhand bewegt im Wasser. Ein neugieriger Fisch hatte sich in den Frachtraum verirrt, flitzte aber rasch wieder raus, als ich mich bewegte. An der Decke trieben Dosen, Plastikbehälter, ein vom Meerwasser halb aufgelöster Schuh und allerhand anderes Zeug. Auf dem Boden lagen ein von Muscheln und Sand überzogenes Computergehäuse, ein Laptop und eine Spiegelreflexkamera. Völlig wertlos, da das Salzwasser alle Informationen darauf zerstört hatte.

Möglicherweise hatte sich zum Zeitpunkt des Absturzes noch viel mehr Ausrüstung in der Maschine befunden, war aber entweder beim Aufprall auf die Wasseroberfläche hinausgeschleudert oder im Lauf der Zeit aus dem Inneren geschwemmt worden.

Als Pierre eine aus der Verankerung gebrochene Trennwand zur Seite schob, entdeckte ich dahinter eine Kiste. Sie war mit Riemen an der Wand befestigt. Deutlich hörte ich, wie ich lauter atmete, zwang mich jedoch dazu, ruhig weiterzuatmen. *Bloß keine Hektik!*

Ich deutete auf die Kiste, die nun auch Pierre bemerkte. Sie war aus Holz und hatte die zehn Jahre im Salzwasser relativ gut überstanden. Von den Ausmaßen her glich sie einer Truhe, in der man Bettwäsche aufbewahren konnte. Wasserdicht war sie bestimmt nicht, und aufbekommen würden wir sie garantiert auch nicht, da sie mit einem wuchtigen, längst rostig gewordenen Vorhängeschloss abgesperrt war. Anscheinend mussten sich wichtige Dinge darin befinden, andernfalls hätte meine Mutter sie nicht versperrt. Uns blieb nur eine Möglichkeit: die ganze Kiste mitzunehmen, um sie an Bord der Kopernikus aufzubrechen.

Ich bedeutete Pierre, was ich vorhatte, und er nickte. Sogleich versuchte er, die Riemen zu lösen, doch im Wasser hatten sie sich so eng zusammengezogen, dass sie nicht aufgingen. Die Kiste saß fest verschnürt da.

Verdammt!

Und wir hatten in der Hektik nicht daran gedacht, ein Tauchermesser mitzunehmen. *Schwerer Fehler!*

Während ich zurück ins Cockpit schwamm, um nach einem scharfen Glassplitter aus der Cockpitscheibe zu suchen, mit der wir die Riemen aufschneiden konnten, sah ich aus dem Augenwinkel, wie Pierre weiterhin erfolglos an den Riemen zerrte.

Ich inspizierte die Cockpitscheibe nach einem großen Riss, und als ich einen fand, der vielversprechend aussah, drückte ich mit dem Ellenbogen dagegen. Ich bekam einen länglichen Splitter frei. Damit müsste es funktionieren.

Eilig schwamm ich zurück und begann, die Riemen aufzuschneiden. Weil sie porös geworden waren, gelang es recht gut, wenn ich genug Druck ausübte. Dann rutschte ich ab. Die scharfe Kante des Splitters fuhr über meinen Finger und sogleich klaffte ein Schnitt auf. Unwillkürlich biss ich auf das Mundstück. Das Salzwasser brannte und ein dünner Faden meines Blutes trieb wie eine rosa Wolke durchs Wasser. *Verdammt!*

Pierre bemerkte die Verletzung und sah mich mit panisch aufgerissenen Augen an. Gab es Haie in dieser Gegend? Ich hatte keine Ahnung. Allerdings hielten sie sich normalerweise nicht dort auf, wo es Delfine gab, versuchte ich mich zu beruhigen.

Pierre gab mir mit einer Geste zu verstehen, dass wir uns beeilen sollten.

Hastig packte ich den Splitter, säbelte trotz der Wunde am Finger weiter an dem Riemen und bekam ihn auch tatsächlich auf. Mein Atem ging schwer, wahrscheinlich verbrauchte ich viel zu viel Sauerstoff, aber das war mir egal. Dann nahm Pierre mir den Splitter ab und bearbeitete den anderen Riemen. Als wir auch den durchtrennt hatten, war die Kiste endlich frei.

Am liebsten hätte ich vor Freude aufgejubelt, erstarrte jedoch. Dicht am Fenster der Frachtkabine schwamm ein mächtiger Schatten vorbei. Entsetzt blickte ich auf und sah gerade noch die graue Schwanzflosse. *Ein Hai!*

Pierre hatte das Tier ebenfalls bemerkt. Rasch schwammen wir zum Türspalt der Frachtluke und sahen hinaus.

O Gott!

Das Flugzeugwrack wurde von einem halben Dutzend Haie umzingelt, die in engen Kreisen um uns herumschwammen. Ich sah, wie Pierre den Kopf neigte und meine immer noch blutende Wunde am Finger betrachtete, als wollte er sagen, dass das der Grund für die Belagerung sei.

Als Nächstes versuchte er mir mit einer Geste klarzumachen, dass ich mich beruhigen und nicht überstürzt handeln sollte. Und das bedeutete in dieser Situation, die Gefahr auszusitzen. Solange wir uns im Wrack befanden, waren wir sicher. *Aber wie lange?*

Ich warf einen Blick auf meine Taucheruhr. *Verflixt!* Die Zeit war wie im Flug vergangen. *Nur noch fünfzehn Minuten Atemluft.* Danach würde ich beginnen, meine Reserve aufzubrauchen. Aber ich musste auch noch Zeit für den Rückweg einkalkulieren.

Ich sah durch den Türspalt. Die Haie wurden immer mehr.

38. KAPITEL

Zehn Minuten später zählte ich über ein Dutzend graue und getigerte Haie, die ihre Kreise immer enger zogen. Durch die Bewegung der Schwanzflossen wurde sogar einmal Sand vom Meeresboden aufgewirbelt und durch den Türspalt zu uns hereingedrückt.

Panisch blickte ich auf meine Taucheruhr. *Noch fünf Minuten.* Danach blieb nur noch die Reserve übrig. Ich versuchte gleichmäßig und flach zu atmen.

Da rammte einer der Haie mit seiner Schnauze das Wrack. Fast hätte ich aufgeschrien und das Mundstück verloren. Pierre bedeutete mir ruhig zu bleiben, um nicht zu viel Sauerstoff zu verbrauchen.

Wie sollten wir heil und in einem Stück die Kopernikus erreichen?

In diesem Moment spürte ich eine Vibration auf dem Boden und am Haltegriff des Türrahmens. *Ein Seebeben! Und was für eines!*

Obwohl mir der Schreck in die Knochen fuhr, stellte ich erleichtert fest, dass die Haie mit einem Mal verschwunden waren. Die mussten beim ersten Anzeichen des Be-

bens mit einem Höllentempo in alle Richtungen davongezischt sein.

Pierre deutete zur Frachtluke, um mir verständlich zu machen, dass wir jetzt die Chance nutzen sollten, um zurück zur Kopernikus zu tauchen.

Ich schüttelte den Kopf. *Nein!* Ich deutete auf meine Uhr. *Wir haben noch Zeit!*

Wir mussten diese Kiste bergen. Vielleicht würden wir keine Gelegenheit mehr für einen zweiten Versuch bekommen.

Ich wollte zur Kiste tauchen, als ein zweites, viel stärkeres Beben den Boden erschütterte. Für einen Moment vergaß ich zu atmen. Ich merkte, wie das ganze Flugzeugwrack erzitterte. Diesmal wurde Sand vom Boden aufgewirbelt und löste sich sogar von der Decke. Pierre sah mich entsetzt an. Unbeirrt zerrte ich mit aller Kraft an der Kiste, doch sie war so schwer und hatte sich im Lauf der Jahre regelrecht auf dem Boden festgesaugt und bewegte sich keinen Millimeter.

Nein, verdammt!

Nun war auch Pierre da, packte sie und probierte sie zu heben, doch er schüttelte nur verzweifelt den Kopf.

Zu schwer!, sagte sein Blick.

Verbissen drückte ich gegen die Kiste. Indessen stützte sich Pierre an der Decke ab und trat mit der Ferse gegen die Kiste, um sie vom Boden zu lösen. Das könnte vielleicht klappen.

Aber da merkte ich, wie sich die Leine, an der ich hing, spannte. *Auch das noch!* Ethan und Simon hatten zweifelsohne damit begonnen, das Seil einzuholen, nachdem sie das erste Seebeben gespürt hatten und die Haie verschwunden waren. Sie konnten ja unmöglich ahnen, was wir gefunden hatten und dass wir nur noch ein paar Minuten brauchen würden. Aber mir blieben höchstens noch zehn Sekunden, dann würden sie mich an der Leine aus dem Flugzeugwrack und in Richtung Kopernikus ziehen.

Zehn Sekunden!

Ich hätte vor Wut laut aufheulen können.

Da schaffte es Pierre doch tatsächlich mit einem kräftigen Tritt, die Kiste vom Boden zu lösen. Staub wirbelte auf.

Im gleichen Moment spannte sich die Leine und zerrte bereits an meinem Gürtel.

Was tun?

Kurzerhand löste ich die Leine von meinem Gürtel und klemmte sie mit dem Karabiner an das Vorhängeschloss der Truhe. Das Seil spannte sich und die Kiste rutschte über den Boden.

Pierre und ich halfen sogleich nach, schoben an, und im nächsten Moment rutschte die Kiste durch die Frachtluke ins Freie, wo sie sofort auf den Boden sank. Dort blieb sie aber nicht lang genug liegen, um sich in den Sand zu graben, denn Ethan und mein Onkel mussten wie besessen an der Leine ziehen, da sie sich sofort wieder spannte und die Kiste über den Sandboden schleifte.

Trotz des Mundstücks sah ich, wie Pierre übers ganze Gesicht grinste, da ihm mein Einfall anscheinend gefiel. Er deutete ein *Okay*. Allerdings mussten wir jetzt auch noch raus – und zwar ohne Leine. Ich sah auf die Uhr. *Noch acht Minuten Reserveluft.*

Pierre bedeutet mir, zuerst hinauszutauchen. Aber kaum hatte ich das Flugzeug verlassen, spürte ich auch schon, wie mich die Strömung wegzureißen drohte. Und zwar am Wrack vorbei in Richtung Felskante und Abgrund.

Pierre packte mich am Gürtel und zog mich zu sich. Gemeinsam tauchten wir Seite an Seite mit raschen Flossenschlägen der Kiste hinterher. Ohne Pierres Hilfe hätte es mich garantiert davongerissen. Mein Herz trommelte wild in meiner Brust. Ich atmete viel zu heftig und verbrauchte zu viel Sauerstoff. Das alles durfte Simon nie erfahren.

Anscheinend sah er aber durch das Bullauge, was gerade passierte, da er und Ethan aufhörten am Seil zu ziehen. Das gab uns die Gelegenheit, die Kiste einzuholen und das Seil zu erreichen. Ich packte die Leine und hangelte mich daran zur Kopernikus. Jetzt zogen Ethan und Simon wieder an. Dabei sah ich mich ständig von Panik erfüllt um, immer darauf gefasst, dass möglicherweise ein Hai heranschoss, um mich zu packen. Aber zum Glück kam keiner. Bloß einmal sah ich einen Schatten, der sich in weiter Ferne im tiefen Blau über den Boden bewegte. Erleichtert versuchte ich meinen Atem zu beruhigen. Trotzdem konnte ich nicht sicher sein, dass nicht vielleicht doch eines der Biester in unserer Nähe war.

Pierre schwamm die ganze Zeit neben mir her und sah sich ebenfalls um. Mit seinen kräftigen Beinen und den größeren Flossen konnte er sich der Strömung besser widersetzen. Ständig achtete er auf mich, um mich notfalls zu packen, falls ich die Leine aus der Hand verlieren und es mich abtreiben würde, doch ich hatte alles prima im Griff.

Meter für Meter näherten wir uns der Kopernikus. Die Holztruhe folgte uns am Ende der Leine.

Schließlich tauchten wir aus dem Lichtstrahl raus unter den Bauch des U-Boots, das jetzt fünf Meter über dem Meeresgrund schwebte. Ich hangelte mich an der Leine zur Luke hoch und stieß mit dem Kopf durch die Wasseroberfläche. Sogleich packten mich vier Arme und zogen mich an Bord.

»Terry! Bist du verrückt geworden, die Leine zu lösen!«, brüllte Simon, noch bevor ich mir die Maske vom Gesicht ziehen und das Atemstück ausspucken konnte.

»Helft Pierre raus!«, keuchte ich und warf einen Blick auf meine Taucheruhr. Die Anzeige stand bei einer Minute Reserveatemluft. Ich ließ die Hand hinter dem Rücken verschwinden, damit Simon nicht die blutende Wunde bemerkte, die ihn sicher noch mehr in Rage gebracht hätte.

In diesem Moment hörte ich Charlies Quieken. Er stand aufrecht auf den Hinterbeinen hinter mir in der Wasserpfütze, streckte sich und versuchte verzweifelt meinen blutigen Finger zu erreichen, um die Wunde zu lecken. »Aus!«, zischte ich leise und schüttelte ihn ab.

Nun stieß auch Pierre durch die Wasseroberfläche. Er zog sich selbst heraus, da Simon immer noch damit beschäftigt war, mir eine Standpauke zu halten.

Während Pierre neben mir stand und ich meine Weste mit der Taucherflasche löste und mir die Flossen von den Füßen zog, brüllte mein Onkel weiter. »Ethan, ein Messer, rasch! Kapp die Leine, Luke zu, wir verschwinden von hier.«

»Nein!«, kreischte ich, sprang zur Luke und zog an der Leine, um sie weiter einzuholen.

»Terry!«, brüllte Simon. »Hast du die Seebeben nicht bemerkt? Wir müssen sofort zu Johann auf die Insel.«

»Nicht ohne die Kiste meiner Mutter!«, rief ich und klammerte mich an das Seil. Aber allein war es mir unmöglich die schwere Holztruhe durch den Sand zu zerren und an Bord zu heben.

Ohne Kommentar trat Ethan an meine Seite und zog ebenfalls am Seil. Gemeinsam holten wir die Leine Meter für Meter ein.

»Ethan!«, brüllte Simon, doch der ignorierte ihn.

Pierre, der sich mittlerweile auch von Flossen und Weste befreit hatte, stellte sich vor uns und packte ebenfalls das Seil. »Zugleich!«, rief er. »Jetzt ... und jetzt ... und jetzt!«

»Verdammte Sturschädel!«, fluchte Simon.

Nun stürzte auch er zu uns und zog ebenfalls am Seil. Gemeinsam holten wir die Leine ein, bis Karabiner, Vorhängeschloss und Truhe im Wasser auftauchten.

»Rein damit!«, befahl Simon.

Wir hoben die Truhe an Bord und eine Sekunde später schloss Pierre die Luke. Im nächsten Moment hörte ich, wie die Maschinen aufheulten, die Schiffsschrauben auf volle Kraft gingen und wir Fahrt aufnahmen.

Ethan stand im Ruderraum und Simon an den Geräten auf der Brücke. Ich stellte mich an seine Seite.

»Du brauchst deine Hand nicht vor mir verstecken«, knurrte er, ohne den Blick von den Anzeigen zu nehmen. »Ich habe gesehen, dass du dich verletzt hast. Hol dir Verbandszeug aus der Kombüse.«

Ich ballte die Faust. »Aye, Sir.«

»Ich hoffe, diese Kiste war die Aufregung wert«, rief er mir nach.

Das hoffe ich auch, dachte ich.

Denn sie war unsere letzte Möglichkeit, einen Anhaltspunkt auf die Arbeit meiner Mutter zu finden.

39. KAPITEL

Mit voller Kraft fuhren wir zurück nach Wreck Island. Der Seismograf an Bord der Kopernikus hatte kein weiteres Seebeben angezeigt, und wie ich von Simon erfuhr, lag das Epizentrum so weit entfernt, dass es für die Insel ungefährlich war. Trotzdem beeilten wir uns, da Johann allein auf Wreck Island war.

Nach einem kurzen Abstecher in die Kombüse und danach in meine Kajüte war mein Finger desinfiziert und bandagiert, ich trug wieder meine Kleidung, und der nasse Neoprenanzug hing gereinigt zum Trocknen im Wäscheraum. Ich trat auf die Kommandobrücke und sah, dass Ethan in der Zwischenzeit Darwin für einen Erkundungsflug mit Kamera, stärkerem Motor und größeren Propellern startklar gemacht hatte. Die Drohne saß wie eine Spinne mit fünf Metallbeinen auf dem Boden.

Ich trat näher. »Bist du verrückt? Was hast du vor?«

»Sobald wir die Insel erreicht haben, schicke ich Darwin rauf, damit wir erfahren, wie sich der Sturm entwickelt.« Er nickte zur Kiste. »Mehr als das habt ihr nicht gefunden?«

Ich schüttelte den Kopf, dann erzählte ich ihm von dem Tauchgang. Simon hörte schweigend zu und ließ dabei die Instrumente nicht aus den Augen.

Nun kam auch Pierre auf die Kommandobrücke. Er hatte den Neopren ebenfalls ausgezogen und trug wieder seine Camouflagehose, ein altes T-Shirt und die Schnürstiefel. Sogleich beugte er sich zur Kiste und rüttelte am Schloss. »Das ist so massiv, das kriegen wir nicht auf.«

»Johann kann Schlösser knacken«, erklärte ich ihm.

Pierre schüttelte den Kopf. »Dieses nicht. Es ist so rostig, dass man da nicht mal mit einem Draht oder Dietrich in die Öffnung kommt – aber noch nicht genug vom Rost zerfressen, um es mit einem Hammer zu zerschlagen.«

»Wir könnten die Truhe mit einer Axt aufhacken«, schlug Ethan vor.

Wiederum schüttelte Pierre den Kopf. »In meinem Haus habe ich einen alten Armeerevolver. Damit könnten wir das Schloss aufschießen.«

»Zuerst müssen wir mal zur Insel kommen«, bremste Simon unseren Tatendrang. »Die Wettervorhersage sieht schlimm aus. Merkt ihr nicht, wie unruhig die Strömung ist?«

Den Rest der Fahrt schwiegen wir.

Als wir die Insel erreichten, ankerten wir wieder an derselben Stelle. Während ich im Turm hochkletterte und mit der Hydraulik die Luke öffnete, hörte ich, wie Simon Funkkontakt zu Johann aufnahm.

»Johann, wir sind zurück. Wir kommen mit dem Boot zur Insel!«, rief er ins Funkgerät.

»Aye, Käpt'n«, drang Johanns Stimme krächzend und knackend aus dem Lautsprecher. »Die Wetterverhältnisse haben sich dramatisch … ändert, wie ich … Bedenken geben …« Der Rest ging im Knacken unter.

Dann war die Verbindung tot.

»Over and out«, murmelte Simon mehr zu sich selbst und klemmte das Funkgerät an seinen Gürtel.

Ich steckte den Kopf ins Freie. Der Wind pfiff in heftigen Böen über mich hinweg und Salzwasser spritzte mir ins Gesicht. Der Nebel hatte sich genauso rasch wieder verzogen, wie er an diesem Morgen gekommen war. Nicht der kleinste Nebelfetzen war zu sehen. Stattdessen war das Meer aufgepeitscht und der Himmel grau wie Asche.

Siebzig Meter von der Kopernikus entfernt lag der Holzsteg. Am Strand dahinter sah ich, wie sich die Palmen im Wind bogen. Einzelne riesige Wedel wurden abgerissen und übers Ufer aufs offene Meer hinausgetragen. Ein Blitz zuckte am Horizont und feiner Nieselregen wurde durch die Luft gepeitscht.

Simon und ich befreiten das Schlauchboot aus dem Stauraum, befestigen es mit einer Leine an der Außenleiter, woraufhin Ethan die Tanks so weit entleerte, dass der Turm der Kopernikus nur noch zwei Meter aus dem Wasser ragte. Danach fixierten er und Pierre das U-Boot mit Bug- und Heckanker.

Nun mussten wir rasch an Land, um Pierre beim Verbarrikadieren der Hütten zu helfen. Außerdem mussten wir noch die Satellitenschüssel am Dach mit Schnüren festzurren und sein Flugzeug sicher vertäuen.

»Terry!«, rief Ethan, der unter mir im Turm stand und Darwin zu mir hochreichte.

»Ist das wirklich dein Ernst?« Ich nahm die Drohne entgegen und hob sie ins Freie. »Der Sturm ist nicht ohne«, warnte ich ihn.

»Darwin ist schon bei stärkerem Wind oben gewesen. Der packt das«, versicherte Ethan mir.

»Wie du meinst.« Ich hob die Drohne über den Kopf. »Bereit?«

Ethan startete die Motoren. Ich hörte das Surren der fünf Rotorblätter, dann glitt mir die Drohne aus den Händen. Sie stieg hoch und wurde sogleich vom Wind weggerissen. Fast wäre sie ins Wasser gestürzt, fing sich jedoch und zog eine weite Bahn um die Insel.

Besorgt beobachtete ich, wie sich die Palmen immer stärker im Wind bogen. Von Pierres Bungalow lösten sich einzelne Dachschindeln, die vom Wind davongetragen wurden. Wenn der Sturm zunahm, würde die gesamte Hütte mitsamt der Satellitenschüssel davonfliegen.

Ethan verschwand wieder nach unten.

»Kommst du nicht mit?«

»Ich bleibe an Bord«, antwortete er. »Ich will nach Darwin sehen und die Daten auswerten.«

Es hatte keinen Sinn, mit ihm darüber zu diskutieren. Zumindest würden wir über Ethan durch die mobile Wetterstation erfahren, wie sich der Sturm entwickelte. Außerdem war mir das ganz recht, denn Charlie war auch noch in der Kopernikus. Bei diesem Wellengang hätte ich ihn nur ungern mitgenommen, an Bord des U-Bootes war er besser aufgehoben als in dieser Nussschale von Schlauchboot.

»Nehmen wir die Kiste mit?«, rief ich Simon zu, der bereits im Schlauchboot stand und den Motor anriss.

»Dafür ist nachher immer noch Zeit«, lautete seine Antwort. »Wir sollten so rasch wie möglich von hier weg.«

»Aye, Sir.« Ich sprang ebenfalls ins Boot.

Der Motor tuckerte vor sich hin, während unser Bötchen

von den Wellen hin und her geworfen wurde. Ich musste mich festhalten, um nicht von Bord zu fallen.

»Ethan und Charlie bleiben allein zurück?«, fragte ich sicherheitshalber.

Simon nickte nur, reckte den Kopf in den Wind und sah zur Insel. »Ist mir gar nicht einmal so unrecht.«

Daran zweifelte ich kein bisschen. Simon hätte sein Boot bei so einem Sturm nur ungern allein gelassen.

Endlich kam auch Pierre heraus. Er warf einen Blick zu seiner Insel und den Bungalows. »Das wird heute Abend ein nettes Beisammensitzen bei Kerzenschein«, stellte er fest.

Falls die Hütten bis dahin noch stehen, fügte ich in Gedanken hinzu.

»Bereit?«, rief Simon.

»*Oui.*« Pierre löste die Leine vom Turm und sprang mit einem Satz zu uns ins Boot.

»Festhalten!«, rief Simon, drehte den Motor auf und steuerte das Schlauchboot gegen die meterhohen Wellen von der Kopernikus weg.

In manchen Wellentälern sah ich die Insel gar nicht, erst als das Motorboot wieder über den Wellenkamm hinausschoss und sich so Meter für Meter zur Insel durchkämpfte.

So ein Sauwetter! Das war zum Kotzen!

Wir preschten voran, die Gischt spritzte mir ins Gesicht, und hätte ich nicht bereits unzählige Fahrten durch Sturm und hohen Seegang erlebt, wäre mir jetzt vermutlich sterbenselend gewesen.

Ich sah zu Pierre. Dem schien der Seegang ebenfalls nichts auszumachen. Allerdings starrte er besorgt zu seinen Bungalows. Misstrauisch kniff er die Augen zusammen.

»Ist was?«, fragte ich ihn.

»Ich weiß nicht …« Er blinzelte. »Irgendetwas kommt mir seltsam vor. Etwas ist nicht so, wie es sein sollte.«

Wie es sein sollte?

Anscheinend hatte er schon viele derartige Stürme erlebt. Aber ich hatte keine Ahnung, was er damit meinte. Ich musste mich an der Sicherheitsleine festhalten und die Füße in einer Schlaufe am Boden einhaken.

Sobald wir den Steg erreichten, machte Simon das Boot mit einer Leine fest.

Im gleichen Moment knackte das Funkgerät, das an seinem Gürtel baumelte. »Terry, übernimm du das!« Er reichte mir das Walkie-Talkie, während er mit der Leine beschäftigt war.

»Schlauchboot an Johann, was gibt's du alte Landratte? Die Lage ist aussichtslos«, witzelte ich und wischte mir das Wasser aus dem Gesicht.

Doch am anderen Ende war nicht Johann. »Das Lachen wird dir gleich vergehen«, drang stattdessen Ethans Stimme aus dem Funkgerät.

»Was ist passiert?«, rief ich plötzlich besorgt. »Ist Charlie von Bord gegangen?«

»Nein, dein Frettchen hat einen Sack Trockenfutter aufgebissen und sich damit in der Kombüse verkrochen.«

»Deswegen funkst du uns an?«

»Nicht deswegen! Sei doch mal still, dann kann ich es dir erklären. Ich habe mehrmals versucht, Johann anzufunken, doch der meldet sich nicht.«

»Der wird vermutlich irgendwo draußen unterwegs sein und dich nicht hören.«

»Möglich …«, antwortete Ethan. »Aber da ist noch was.«

Mittlerweile standen Simon und Pierre schon am Steg. Ich saß noch im Boot. »Und zwar?«

In diesem Moment sah ich, wie Darwin in etwa dreißig Meter Höhe mit seinen blinkenden Geräten über den Himmel flog. Um ihn herum wirbelten ein paar abgerissene Palmwedel und lose Dachschindeln in der Luft, die der Wind hochtrug.

»Darwin hat einen Rundflug um die Insel gemacht. Der Sturm nimmt zu, aber darum geht's gar nicht«, sagte Ethan. »Auf der Rückseite der Insel, dort wo sich die Delfinbecken befinden, ist eine …«

Eine Welle erwischte mich voll im Gesicht und binnen Sekunden war ich klitschnass. »Wiederhol das bitte! Eine … *was?*«

»Auf der Rückseite der Insel ist eine Chinook gelandet.«

Eine Chinook? Ich kannte diesen Helikoptertyp. Es waren große zweimotorige Transporthubschrauber, die vorne und hinten Rotorblätter hatten.

Pierre reichte mir die Hand. Ich ergriff sie und er zog mich aus dem Boot. Für einen Moment nahm ich das Funkgerät runter. Nun stand ich neben Pierre, der immer noch mit gerunzelter Stirn zu seinen Bungalows starrte. Von Johann war weit und breit keine Spur zu sehen.

»Jetzt weiß ich, was mich irritiert«, murmelte er, sah zuerst mich, dann Simon an. »Die Fensterläden sind immer noch offen!«

Tatsächlich! Die Fensterläden schlugen im Wind auf und zu. Hätte Johann sie nicht zunageln sollen?

Da erinnerte ich mich an Ethans Nachricht. Sogleich nahm ich wieder das Funkgerät zum Mund. »Eine Chinook, okay. Und was schlägst du vor?«

»Ihr solltet sofort zur Kopernikus zurückkehren!«, rief Ethan.

Ja, das hätten wir tatsächlich tun sollen.

Aber es war zu spät.

In diesem Augenblick öffnete sich die Tür des größeren Bungalows und Johann kam heraus. Hinter ihm trat ein Mann im dunklen Kampfanzug ins Freie, der ihm eine Pistole an den Hinterkopf hielt.

40. KAPITEL

Ich sah, wie Johann langsam vom Bungalow den Weg zum Steg hinunterkam und mit erhobenem Arm versuchte, sich vor dem Sturm zu schützen.

Der Mann mit der Waffe sah nicht so aus, als könnte Johann ihn mit einem einfachen Schlag außer Gefecht setzen. Außerdem war er nicht unser einziges Problem. Weitere Männer traten auf die Veranda. In ihren Kampfanzügen sahen sie aus wie Armeesoldaten. Im nächsten Moment richteten sie ihre Pistolen auf uns und kamen ebenfalls zu uns herunter.

»Rückzug nicht mehr möglich«, sagte ich zu Ethan. »Die Besatzung der Chinook hat Johann als Geisel genommen.«

»Verstehe – gehe auf Sichtkontakt. Over and out«, kam seine prompte Antwort.

Ich steckte das Funkgerät an meinen Gürtel, ließ es aber im Sendemodus eingeschaltet, sodass Ethan auf der Kopernikus mithören konnte, was am Steg gesprochen wurde. Und mit *Sichtkontakt* meinte er, dass er über Darwins Kamera mitverfolgen würde, wie sich die Lage entwickelte.

In der Zwischenzeit hatte mein Onkel die Leine des Schlauchboots wieder gelockert, damit wir rascher abhauen konnten. Pierre stand wie erstarrt neben ihm. Die Männer – es waren insgesamt fünf – kamen nun zu uns auf den Steg.

»Die haben großkalibrige halb automatische Waffen«, raunte Pierre uns zu. »Was die wohl von uns wollen?«

»Ethan sagt, dass sie mit einer Chinook auf der Rückseite der Insel in der Bucht gelandet sind«, erklärte ich.

»Keine hastigen Bewegungen«, warnte Simon.

Im nächsten Moment hatten uns die Männer erreicht, blieben aber in einer Entfernung von fünf Metern mit den Pistolen im Anschlag vor uns stehen. Kommentarlos behielten sie uns im Visier. Niemand sagte ein Wort, nur großes Bedauern zeichnete Johanns Miene.

»Simon, es tut mir leid, ich wurde …«

»Halt's Maul!«, brüllte einer der Männer und schlug Johann mit dem Knauf seiner Waffe auf den Hinterkopf.

Johann zuckte zusammen, nahm den Schlag aber ohne Gegenwehr hin.

Dann sah ich, wie sich die Palmwedel teilten und aus dem Dschungelpfad ein Mann ins Freie trat. Er war groß, hatte eine sehnige Figur und trug im Gegensatz zu den fünf Männern mit ihren Headsets und schwarzen Kampfuniformen eine dunkle Anzughose und ein weißes Hemd mit goldenen Manschettenknöpfen. Schlamm klebte an seinen Schuhen, aber das schien ihn nicht zu stören.

Als er uns erreichte, war sein Hemd vom Nieselregen durchnässt. Darunter zeichneten sich scharf definierte Brust-, Bauch- und Oberarmmuskeln ab. Anscheinend war er der Anführer der Truppe. Er hatte kurze dunkle Haare, ein pockennarbiges Gesicht und trug einen Spitzbart am

Kinn. Sein Blick war kalt und skrupellos. Mit den geschmeidigen Bewegungen eines Raubtiers kam er auf uns zu.

»Guten Tag, Johann, schon lange nicht mehr gesehen«, sagte er mit rauer Stimme. »Immer noch jeden Tag und bei jedem Wetter in Schwarz unterwegs?«

Johann nickte. »Guten Tag, Mister Finn.« Mehr sagte er nicht, seine Stimme klang abweisend und kühl. Diesmal bekam er keinen Schlag auf den Kopf.

Erstaunt sah ich nun zu Johann. Es überraschte mich immer wieder, wen Johann alles kannte. Ich jedenfalls hatte noch nie zuvor von einem *Mister Finn* gehört.

»Du hast dich kaum verändert«, sagte dieser Mister Finn nun zu ihm. »Bist du immer noch Mädchen für alles?«

Bei dem Begriff »Mädchen für alles« verzog Johann das Gesicht, schwieg jedoch eisern. Dass dieses »Mädchen für alles« in Wahrheit ein Hüne mit fabelhaften Manieren, Kampfkunst-Kenntnissen und anderen nützlichen Fähigkeiten war, wusste dieser Finn garantiert.

Mit den Händen in den Hosentaschen schritt er lässig zwischen seinen Männern durch und hielt wenige Meter vor uns. Dass ein Tornado im Anmarsch war, der die halbe Insel wegzureißen drohte, schien ihn nicht zu kümmern. Auch dass die Wellen über den Steg schwappten und seine polierten schwarzen Schuhe durchnässten, ignorierte er geflissentlich. Er musterte zuerst mich, dann Pierre und schließlich richtete er seinen Blick auf Simon. »Haben Sie das Wrack gefunden?«

Simon sagte nichts.

»Ich nehme an, Sie sind auf die Kiste gestoßen«, sprach Finn weiter. »Was hätten Sie sonst bei diesem Sturm draußen gesucht?« Er sah mich an, völlig gefühlskalt. »Ich sage dir, wie das hier jetzt läuft, Kleine. Ich möchte diese Kiste und alles, was ihr sonst noch im Flugzeugwrack gefunden habt!«, forderte er. »Und die Dateien, die auf dem USB-Stick waren!«

Aber den Stick hat doch die Familie Goian, wollte ich entgegnen, biss mir jedoch gerade noch auf die Zunge. Plötzlich begriff ich die Zusammenhänge. Finn und die Goians steckten unter einer Decke – denn woher sollte er wohl sonst von dem Stick wissen? Und da er die Daten von *uns* haben wollte, war der Stick bestimmt unlesbar geworden, nachdem ich unabsichtlich draufgetreten war.

Aber wie verflucht noch mal hat er uns hier gefunden?

»Wir haben keine Kopie des USB-Sticks gemacht«, log ich.

»Das habt ihr ganz bestimmt«, widersprach Finn, »denn wie hättet ihr wohl sonst diese Insel gefunden?«

Und wie hast du sie gefunden?

»Also, wo sind die Daten?«, fragte er ungeduldig.

»Schluck Dreck, du miese Ratte!«, zischte ich.

»Donnerwetter noch mal, du kannst aber fluchen!« Spöttisch hob er eine Augenbraue.

Ich wollte dem Kerl kein Wort verraten, auch wenn es sich beim Inhalt des USB-Sticks nur um harmlose Videos handelte. Und genauso wenig war ich bereit, ihm die Kiste kampflos zu überlassen. Ich hatte nicht mein Leben riskiert, um jetzt klein beizugeben.

»Arbeiten Sie für Biosyde?«, fragte ich, da das die einzige logische Schlussfolgerung war.

»Aha, so weit bist du also schon«, stellte Finn fast anerkennend fest, was einer Bestätigung meiner Frage gleichkam. Sein falsches Lächeln entblößte einen Goldzahn in seinem Mund.

Ich schielte zu Johann. Der verzog keine Miene. Anscheinend kannte er Finn und diesen Pharmakonzern besser, als ich dachte.

Finn setzte eine bedauernde Miene auf. Schließlich nahm er die linke Hand aus der Hosentasche. Ringfinger und kleiner Finger fehlten und eine lange hässliche Narbe verunstaltete den Handrücken. Was mich jedoch unbehaglich schlucken ließ, war nicht seine verstümmelte Hand, sondern das kleine schwarze Ding mit dem Kippschalter, das er wie eine Fernbedienung in der Hand hielt. Mit dem Daumen aktivierte er das Gerät, woraufhin eine grüne Lampe leuchtete.

»Es ist so«, sagte er mit heiserer Stimme, während der Wind über unsere Köpfe hinweg heulte. »Ihr gebt mir die Daten und die Kiste, danach ist alles fein – falls nicht, fliegen die beiden Bungalows hinter mir in die Luft.« Er hob den Kopf und reckte die Nase, als schnupperte er nach einer Rauchwolke. »*Mmmh!* Acht Kilo Plastiksprengstoff, an vier Stellen platziert, werden nicht viel von der Bruchbude übrig lassen. Außerdem haben wir eine kleine Ladung unter dem Wasserflugzeug angebracht.« Er deutete zu Pierres Propellermaschine, die nur wenige Meter von uns entfernt vor Anker lag und auf dem aufgepeitschten Wasser schaukelte. »Die Druckwelle der Explosion wird dir sogar noch auf diese Entfernung die Haare vom Kopf reißen, du Dreikäsehoch.«

Blufft er?, fragte ich mich und suchte Blickkontakt mit meinem Onkel, der besorgt auf die Fernbedienung starrte. Doch sein Gesichtsausdruck verriet mir, dass er Finns Drohung ernst nahm.

»Habt ihr das alle verstanden?«, rief Finn.

»*Oui*, wir haben verstanden«, sagte Pierre.

Simon schwieg immer noch. Gewiss dachte er scharf nach und suchte nach einem Ausweg.

»Nein!«, rief ich, ohne zu wissen, woher ich plötzlich den Mut dazu nahm. Im nächsten Augenblick schob ich mich zum Rand des Stegs, unter dem das Schlauchboot auf den Wellen auf und ab hüpfte.

Da zog Finn die andere Hand aus der Hosentasche und schnippte mit den Fingern, woraufhin ein leises Ploppen erklang und ein Projektil neben mir das Holz der Planken durchschlug.

Sogleich sprang Simon vor mich, um mich zu schützen. »Sind Sie verrückt, auf ein Kind zu schießen?«

Ich erstarrte in der Bewegung. Mein Herzschlag setzte für einen Moment aus. Einer der Männer hatte tatsächlich geschossen, und zwar so leise, dass mir klar wurde, dass sie mit Schalldämpfern ausgerüstet waren. Auch wenn das bei diesem Sturm keinen Unterschied gemacht hätte.

»Ich verlange nur Kooperation«, sagte Finn. »Die nächste Kugel wird Sie oder Ihre Nichte treffen. Also?«

»In Ordnung!«, rief Simon, hob besänftigend die Hände und warf mir einen besorgten Blick über die Schulter zu, um mich vor jeder hastigen Bewegung und jedem weiteren Wort zu warnen. »Sie bekommen von uns die Kiste und auch die Daten. Kein Problem! Es ist alles auf der Kopernikus.«

»Simon, was soll das?«, zischte ich.

»Sei still!«, knurrte er.

Finn lächelte. »Gut, gut.«

»Aber vorher möchte ich wissen, warum Sie so an der Forschung meiner Schwester interessiert sind«, verlangte Simon.

»Warum sind *Sie* daran interessiert?«, stellte Finn eine Gegenfrage. »An Ihrer Stelle würde ich gar nicht wissen wollen, woran Dr. Amanda West geforscht hat. Vielleicht waren es ja böse und schreckliche Dinge, die sie ans Tageslicht gebracht hat.«

Ich schluckte. *Böse Dinge?* Diese Vermutung hatte ich selbst schon gehabt.

Finn wischte jede weitere Frage beiseite. »Wir machen es so: Sie fahren mit dem Schlauchboot zu Ihrem Blechkahn und holen den Rest der Mannschaft, die Kiste sowie alle Unterlagen und Dateien hierher. Johann, der Franzose und das Mädchen bleiben inzwischen als *Gäste* bei uns.«

Und was wird aus Charlie?, war mein nächster Gedanke. Am liebsten hätte ich vor Wut laut aufgeschrien, doch es hatte keinen Sinn, gegen diesen eiskalten Verbrecher und seine Männer kämpfen zu wollen. Wir waren unbewaffnet, Pierres Armeerevolver lag in seinem Bungalow, ebenso Simons Harpune. Aber selbst wenn wir die gehabt hätten, wären wir gegen fünf Pistolen deutlich im Nachteil gewesen.

»Beeilen Sie sich!«, befahl Finn.

In diesem Moment entdeckte ich Darwin hinter Finns Rücken. Die Drohne lag schräg im Wind und zog eine Schleife über die Bucht, während sie sich uns näherte. Durch den Gegenwind, den sie hatte, konnten weder wir noch Finn das Brummen ihrer Propeller hören. Zum Glück hatten Johann und Pierre die Drohne ebenfalls bemerkt. Sie warfen sich einen vielsagenden Blick zu.

Indessen stieg Simon ins Schlauchboot, löste die Leine und startete den Motor. Eine Dieselwolke wehte zu uns herauf und das Knattern des Motors gesellte sich zum Heulen des Windes.

Gleichzeitig hörte ich das Knacken des Funkgeräts an meinem Gürtel. Anscheinend hatte Ethan auf diesen Moment gewartet, in dem der Bootsmotor das Geräusch des

Walkie-Talkies übertönen würde, sodass nur wir seine Worte hören konnten.

»Fliege Angriff … in fünf … vier … drei … zwei …«, drang Ethans Stimme aus dem Funkgerät.

Ich sah zu Johann und Pierre – sie sahen zu mir, und ich bemerkte, wie sich ihre Muskeln anspannten.

» … eins!«, vollendete Ethan den Countdown.

Gleichzeitig erreichte uns die Drohne und rasierte mit den Propellern seitlich Finns Kopf. Der zuckte zusammen, worauf ihm die Fernbedienung in hohem Bogen aus der Hand fiel.

Die Drohne wendete sogleich und flog über die Köpfe der Männer hinweg. Während die ihre Waffen hochrissen und in die Luft feuerten, versetzte Johann dem Mann hinter sich mit dem Ellenbogen einen Schlag ins Gesicht, sodass dieser rücklings ins Wasser fiel. Dann sprang er mit einem weiten Satz zu Simon ins Boot.

Der streckte Pierre und mir die Hände entgegen und wir hüpften ebenfalls ins Boot. Dieser Plan war totaler Wahnsinn! Und er würde nicht gelingen, das wusste ich – aber trotzdem war er unsere einzige Chance.

Aus dem Augenwinkel sah ich, wie Finns Fernsteuerung immer noch über die Holzbretter des Stegs kullerte und schließlich auf dem Kippschalter liegen blieb.

Entsetzt starrte Finn auf das Gerät. »Zu Boden!«, brüllte er, und im selben Moment setzte die Explosion ein.

Hintereinander leuchteten vier grelle Blitze bei den Bungalows auf. Erst kurz danach hörte ich den ohrenbetäubenden Knall. Gleichzeitig ging die Propellermaschine neben uns in die Luft.

Die Druckwelle war so stark, dass ich die heiße Luft im Gesicht spüren konnte.

Finn und seine Männer warfen sich auf den Boden. Mein Onkel drehte den Außenborder auf Vollgas, und während die Holz- und Metallteile der Bungalows und der Propellermaschine über das Wasser, den Steg und auf unsere Köpfe prasselten, preschten wir mit dem Boot davon.

Wo bis vor wenigen Sekunden noch Pierres Hütten gestanden hatten, stieg jetzt eine schwarze Rauchwolke in den Himmel. Der Gestank der Explosion drang übers Wasser zu uns. Auch der Dieselgeruch des detonierten Tanks von Pierres Wasserflugzeug lag in der Luft.

Indessen schossen die Männer, auf dem Steg liegend, immer noch auf die Drohne, die flink ihre Kreise in der Luft zog.

»Nicht auf die Drohne, ihr Idioten!«, brüllte Finn seine Leute an. »Schießt auf das Schlauchboot!« Er hatte sich bereits wieder aufgerappelt und sah uns nach.

Die nächsten Kugeln zischten neben uns ins Wasser, aber da verschluckte uns auch schon ein Wellental.

Simon steuerte das Boot im Zickzack-Kurs von einem Tal ins nächste. Wir sprangen förmlich über die Wellen.

Ich klammerte mich an die Sicherheitsleine, während Pierre ebenfalls mit einer Hand das Tau packte.

»Festhalten und Kopf runter!«, rief Simon und steuerte das Boot mit Schwung über den nächsten Wellenkamm. Wir wurden hochgeworfen.

Ich sah zurück zum Steg. Finn hatte den Arm erhoben und gestikulierte aufgeregt. Vermutlich sprach er in sein Handy. Ein Mann rappelte sich aus dem Wasser und zog sich auf den Steg. Die anderen schossen, wie ich am Aufblitzen der Pistolen erkennen konnte. Ein Projektil fuhr sogar ins Schlauchboot, woraufhin sogleich die Luft aus dem Loch zischte. Aber zum Glück wurden weder wir noch der

Außenbordmotor getroffen. Ich versuchte, den Finger ins Loch zu stecken, was mir aber wegen der Schaukelei nicht gelang.

»Keine Sorge!«, rief Simon, »bis zur Kopernikus schaffen wir es noch.«

Mittlerweile hatten wir die Hälfte der Strecke hinter uns und waren so weit vom Steg entfernt, dass uns die Männer nur mehr zufällig hätten treffen können. Ich blickte wieder zur Insel und sah, dass die Männer aufgehört hatten, zu schießen. Stattdessen liefen sie hinauf zur alten Landepiste.

Johann sah ebenfalls zum Ufer. »Was haben die vor?«

Pierres Bungalows lagen in Trümmern verteilt herum. Lediglich die Pfosten der Hütten standen noch und der Wind trieb die Rauchwolke in alle Richtungen. Der letzte Rest seiner Propellermaschine versank soeben in einem brennenden Ölteppich.

Pierres Kiefermuskeln mahlten. Seine Augen waren starr auf die Verwüstung gerichtet, als wollte er sich diesen Anblick für immer einprägen. Binnen Sekunden hatte er alles verloren. Seine Existenz hatte sich buchstäblich in Luft aufgelöst. Ich griff nach seinem Arm, aber er presste nur die Lippen zusammen.

Im nächsten Moment sah ich, wie eine graue zweimotorige Chinook hinter der Bergkuppe auftauchte, über die Insel flog, in den Sinkflug ging und auf der Asphaltpiste landete. Sie nahm die Männer an Bord und erhob sich gleich wieder in die Luft.

»Scheiße!«, entfuhr es mir. Ich starrte zu meinem Onkel. »Die kommen her!«

Die Kopernikus lag nur noch wenige Meter von uns entfernt. Im nächsten Augenblick erreichten wir das U-Boot.

Die Luke des Turms öffnete sich und Ethan steckte den Kopf heraus. »Schnell rein!«, brüllte er.

Über dem Tosen des Sturms nahm ich das Knattern des Helikopters wahr. Die Chinook wurde zwar ordentlich durchgeschüttelt, erreichte uns jedoch in Sekundenschnelle und zischte über unsere Köpfe hinweg. Wasser wurde von ihren Rotorblättern aufgepeitscht.

Neben Ethan schlug klirrend eine Kugel ans Metall des U-Boots. Funken flogen.

»Runter!«, brüllte Simon.

Verdammt! Finns Leute schossen aus der Luft auf uns.

Als wir mit dem Boot erneut an die Kopernikus klatschten, stieg ich mit einem Bein vom Boot auf die Leiter und klammerte mich an den Sprossen fest. Ethan streckte mir eine Hand entgegen.

Ich sah zu unserem Stauraum. Der Deckel war fest verschlossen. »Und das Schlauchboot?«, rief ich.

»Bist du verrückt? Das lassen wir zurück! Zieh den Kopf ein und verschwinde ins Boot!«, brüllte Simon, während auch er die Leiter ergriff.

Ich kletterte, so schnell ich konnte, in den Turm, und Ethan half einem nach dem anderen hinein, wo wir im eisernen Bauch der Kopernikus in Sicherheit waren. Die Chinook flog eine Schleife, und auf Grund des klirrenden metallischen Geräuschs begriff ich, dass sie erneut auf uns feuerten.

»Diese elenden Hundesöhne beschießen einfach mein Boot!«, rief Simon fassungslos. Dann warf er die Luke zu und verschloss sie mit der Hydraulik. »Tauchen!«, rief er. »Sieben Meter Tiefe. Volle Kraft voraus, Kurs offenes Meer.«

Ethan stand bereits auf der Kommandobrücke, und im

nächsten Moment hörte ich, wie die Wassertanks geflutet wurden.

Die Nase der Kopernikus senkte sich, und durch das Bullauge sah ich, wie wir in einem Strudel aus Luftblasen in die Tiefe sanken.

Ein paar Mal klirrte es noch an der Außenhülle des Turms, dann waren wir völlig unter Wasser.

Das Meer hatte uns wieder.

41. KAPITEL

Ich sah, wie Simon die Kopernikus mit verbissenem Gesicht ins offene Meer steuerte. So ernst und zugleich fuchsteufelswild hatte ich ihn noch nie erlebt. Es war der blanke Zorn, der in seinen Gesichtszügen zu lesen war.

Ich hielt Charlie im Arm und stand mit wackeligen Knien an seiner Seite. »Es tut mir leid, was passiert ist. Wenn wir nicht nach dem Wrack gesucht hätten …«

Er warf mir einen kurzen Blick zu und da spürte ich wieder diese plötzliche vertraute Wärme. Er legte mir die Hand auf die Schulter. »Du kannst nichts dafür, Terry! Es hat mit der Forschung deiner Mutter zu tun.«

Während Johann auf seinem Posten im Ruderraum war, trat Ethan an unsere Seite. »Ich nehme an, das waren die Leute von Biosyde, die euch so freundlich in Empfang genommen haben.«

»Ja, und Johann kennt einen davon, einen gewissen Mister Finn«, fügte ich hinzu.

Ethan sah uns fragend an. »Noch nie gehört den Namen.«

Simon knirschte mit den Zähnen. »Ich auch nicht – aber

den merke ich mir, darauf könnt ihr Gift nehmen! Und es wird Zeit, dass ich mit Johann ein ernstes Wörtchen rede.«

Ja, das wurde Zeit! Denn ich kam immer mehr zu dem Schluss, dass Johann viel mehr wusste, als er zugeben wollte.

»Wir gehen wieder auf Sehrohrtiefe!«, gab Simon das nächste Kommando an Ethan weiter.

»Aye, Käpt'n«, antwortete der und ging zu den Armaturen.

Die Maschinen pumpten das Salzwasser mit Druckluft aus den Tanks und wir stiegen auf. Ich setzte Charlie auf dem Boden ab, fuhr das Sehrohr aus und warf einen Blick durchs Periskop. Mittlerweile hatten wir uns schon so weit von Wreck Island entfernt, dass die Insel nur noch fingernagelgroß am Horizont zu sehen war. Ich klickte einige Vergrößerungsgläser auf das Objektiv, wodurch ich die Insel heranzoomte.

O Mann, was für ein Sturm! »Hol mich der Teufel!«, entfuhr es mir.

»Terry, hör auf zu fluchen!«

»Aye, Sir.«

Über Wreck Island tobte ein Wirbelsturm vom Ausmaß eines riesigen Orkans, der alles mit sich riss, was sich auf der Insel befand.

»Ich muss Darwin aus dem Sturm rausmanövrieren«, fiel Ethan ein, »sonst reißt es ihn in Stücke.«

»In Ordnung. Welche Daten hat er zuletzt übermittelt?«, fragte mein Onkel.

»Das Auge des Hurrikans hält direkt auf Wreck Island zu ...«, antwortete Ethan.

Ich schluckte, denn das bedeutete nichts Gutes – die

Mitte der Insel würde sich im Zentrum des Wirbelsturms befinden.

»Orkane bis zu 150 Stundenkilometer«, fuhr Ethan fort.

Wow! Windstärke vierzehn. So etwas hatte ich noch nie erlebt. Andererseits befanden wir uns auch mitten im Bermuda-Dreieck und da durfte man kein laues Sonntagnachmittagslüftchen bei leicht bewölktem Himmel erwarten.

Durch das Periskop sah ich, wie sich ein grauer Schatten rasch von der Insel entfernte. *Die Chinook!* Anscheinend hatten sie die Verfolgung aufgegeben und verließen nun fluchtartig die Gegend.

»Verrecken sollt ihr im Sturm«, zischte ich leise, klappte die Griffe zusammen und fuhr das Sehrohr ein.

»Brauchst du mich auf der Brücke?«, fragte ich meinen Onkel nach einer Weile.

Er schüttelte den Kopf.

»Gut, dann werde ich mich um Pierre kümmern.«

Fünf Minuten später betrat ich mit Charlie im Arm die Kombüse. Pierre saß bei einem Becher dampfendem Kaffee am Tisch, wärmte seine Hände und starrte durch das Bullauge in die bewegten Massen des Meers, die die Schrauben am Heck des Bootes aufwirbelten.

Ich setzte mich zu ihm. Eine Zeit lang schwiegen wir, dann sagte ich: »Ich weiß, wie das ist, wenn man alles verliert und aufgeben muss.«

Sein Blick löste sich vom Bullauge. Er sah mich an. »Ja, natürlich weißt du das. Du hast deine *Maman* und deine Heimat in Miami verloren.«

Ich nickte. »Aber ich habe an Bord der Kopernikus ein neues Zuhause gefunden.« Vielleicht klang es plump, aber ich wollte ihm eine Perspektive oder zumindest einen Unterschlupf für die nächsten Tage anbieten. Das war das Mindeste, das wir ihm schuldig waren. Unseretwegen hatte er seine Existenz verloren.

Er stützte das Kinn auf die Faust und sah wieder aus dem Bullauge in das tiefe Blau des Meeres und die sprudelnden Luftblasen aus unseren Tanks. »In der Hütte befanden sich mein Reisepass, alle Dokumente, mein Handy, alles Bargeld ... aber letztendlich sind die Bungalows nicht so wichtig, auch wenn ich da all mein Geld reingesteckt habe. Aber mein Flugzeug! Das liegt jetzt nur noch als ein Haufen Schrott auf dem Meeresgrund. Es war nicht versichert und ohne die Maschine bin ich nichts.« Er hob die Schultern. »Ohne sie kann ich kein Geld verdienen.«

»Es tut mir so leid.«

»Ich hoffe, diese Holztruhe war das alles wert. Was befindet sich eigentlich so Wertvolles darin, dass du wie ein wild gewordener Terrier darum gekämpft hast?«, wollte er wissen.

»Ich habe keine Ahnung«, sagte ich wahrheitsgemäß.

»Tatsächlich?« Er hob eine Augenbraue. »Und was wollten diese Kerle von euch?«

Es wurde Zeit, Pierre die Wahrheit zu erzählen. Und zwar wirklich alles! Dass wir wegen angeblichen Einbruchs, Diebstahls und Mordes in Miami und New York gesucht wurden und auch alles, was wir bisher herausgefunden hatten. Er hörte schweigend zu und nickte gelegentlich.

»Es tut mir leid, dass wir dich in diese Geschichte hineingezogen haben«, sagte ich, nachdem ich meinen Bericht beendet hatte.

»Tja ...«, murmelte er. »Was die Explosion vernichtet

hat, wäre spätestens jetzt sowieso vom Wirbelsturm zerstört worden.«

»Es hat keinen Sinn, zur Insel zurückzukehren.«

»Ich weiß. Ich habe mir vorhin die letzten Aufnahmen eurer Drohne angesehen«, seufzte er. »So einen heftigen Tornado habe ich noch nie erlebt. Ich hoffe, diese Kerle kommen nicht heil aus dem Sturm raus.« Er sah mich an und versuchte zu lächeln. »Wenn ich nicht bei euch an Bord, sondern auf der Insel gewesen wäre, hätte mich der Sturm garantiert erledigt.«

Er hatte also Glück im Unglück gehabt, wollte er mir damit sagen. In diesem Moment bewunderte ich Pierres positive Lebenseinstellung.

Plötzlich drückte er meine Schulter. »Mach dir um den alten Pierre keine Sorgen, kleiner Kolibri. Der hat schon schlimmere Situationen als diese erlebt«, sagte er.

Ich war beschämt. Eigentlich hatte ich ja ihn trösten wollen, aber nun sprach er mir Mut zu.

»Trotzdem … wenn ich diesen Mister Finn in die Finger kriege …«, knurrte er und ballte die Faust. Da wusste ich, dass wir in Pierre einen Verbündeten gefunden hatten.

In diesem Moment trat Simon in die Kombüse. Er stand neben dem Türrahmen und stemmte sich mit der Hand an der Decke ab. Vermutlich hatte er Pierres letzte Worte gehört, denn er nickte ihm kameradschaftlich zu. »Willkommen an Bord – willkommen im Team. Wir kriegen Finn, diesen Schweinehund! Und alle, die hinter ihm stehen, das verspreche ich dir!«

Nun tauchte auch Ethan auf. »Wir sind aus der Sturmzone. Das Boot macht ruhige Fahrt, der Autopilot hat übernommen«, informierte er uns. »In wenigen Minuten können wir auftauchen und das, was von Darwin übrig ist, an

Bord nehmen.« Er stutzte. »Was habt ihr? Alles in Ordnung bei euch?«

Ich verzog das Gesicht. Ethan war so ein Nerd und manchmal völlig unfähig, die Stimmung anderer wahrzunehmen. Aber dennoch mochte ich ihn und seine kühle, logische Art, wie er die Dinge anpackte – auch wenn er das Einfühlungsvermögen eines Zombies hatte.

»Ja, alles okay, du Genie. Wir haben nur gerade einen heimatlos gewordenen Pechvogel in unserer Crew aufgenommen«, sagte ich so emotionslos wie möglich.

»Äh, ja … sorry«, stammelte Ethan. »Tut mir leid, was passiert ist.«

»Schon okay. Kann ich mich an Bord nützlich machen?«, fragte Pierre.

»Küchendienst und Deck schrubben jeden Mittwoch und Freitag«, sagte Ethan sogleich mit einem Grinsen im Gesicht.

»Moment mal, junger Mann!«, unterbrach Simon ihn. »Das bestimmt immer noch der Käpt'n, oder versuchst du gerade, eine Meuterei anzuzetteln?«

Trotz der angespannten Situation mussten wir auf einmal alle lachen. Soeben wurde uns klar, was für eine Gurkentruppe wir waren. Plötzlich ließ uns jedoch ein Knall im Boot schlagartig verstummen.

Es stank nach verbranntem Metall.

Simon fuhr herum. »Verflucht noch mal, was war das?«

»Aus dem Weg!«, rief Johann plötzlich im Gang.

Simon und Ethan sprangen zur Seite und Johann schleppte die rauchende Holztruhe in die Kombüse. Ich half ihm dabei, packte sie an den speckigen Kanten, und gemeinsam zogen wir sie in die Mitte des Raums. Da das Wasser mittlerweile aus der Kiste und dem Holz gelaufen war, war sie gar nicht mehr ganz so schwer. Jetzt wog sie vielleicht so viel wie eine zehn Kilo schwere Hantel in Onkel Simons Fitnesskammer.

»Verzeih den Ausdruck, Simon, aber dieses beschissene bekackte Schloss war einfach nicht anders aufzukriegen«, fluchte Johann keuchend. »Darum habe ich mir erlaubt, in deinem Labor eine nitroglyzerinhaltige Säure zusammenzumischen und das Schloss aufzusprengen.«

Daher also der Krach!

»Ich wusste doch, dass Johann das Schloss aufkriegt«, rief ich.

Anscheinend wollte er etwas wiedergutmachen, da er von Finns Männern überrumpelt und als Geisel genommen worden war.

Nun warf Johann den Deckel der Truhe auf. Sofort scharten wir uns alle um die Kiste und starrten hinein. Der faulige Geruch von vergammeltem Holz schlug uns entgegen.

»Scheiße!«, entfuhr es mir, als ich nichts als ein paar in wasserdichte Folien verpackte Papiere sah.

42. KAPITEL

Da sich die Truhe zehn Jahre lang mit Meerwasser vollgesogen hatte, stank sie brackig und moderig. Dementsprechend glitschig und verschmiert waren die Plastikhüllen.

Während wir immer noch in die Truhe blickten, holte Johann unter der Besteckschublade eine Handvoll Putztücher hervor, mit denen er die Klarsichtfolien trocken wischte. Danach riss er sie auf und reichte uns die Papiere. Obwohl sie in zugeschweißten wasserdichten Folien gelegen waren, hatte sich im Lauf der Zeit leichter Schimmel auf den Papieren gebildet. So lange hatten die Unterlagen schon in dieser Kiste am Meeresgrund darauf gewartet, endlich geborgen zu werden.

Insgesamt fanden wir fünf Stapel Papiere, die ein gutes halbes Kilo wogen. Die meisten Blätter waren Computerausdrucke, aber auf einigen erkannte ich auch die Handschrift meiner Mutter, weil sie exakt jener glich, die ich in ihrem Kellerlabor gefunden hatte. Allerdings war unser Fund enttäuschend, denn abgesehen von unendlich vielen Zahlen, sahen wir nur jede Menge Tabellen und Diagramme. »Was soll das sein?«, fragte ich.

Ethan runzelte die Stirn. »Sieht aus wie chemische oder genetische Analysen von DNA-Strängen.«

»Das ist aufgeschlüsseltes Genmaterial von Delfinen«, erklärte Simon, während er auf die Zahlenkolonnen starrte. »Aber wozu das?«, murmelte er im Selbstgespräch. »Die Erbmasse von Delfinen und anderen Meeressäugern ist restlos erforscht.«

»Damals auch schon?«, fragte ich.

Er sah mich fassungslos an. »Natürlich. Hast du bei Johann im Biologieunterricht nicht aufgepasst?«

Anscheinend hatte meine Mutter nicht nur das Verhalten dieser Tiere studiert, sondern auch ihren biologischen Bauplan. Aber was war daran so spektakulär? Einige Berichte stammten offenbar von meiner Mutter, andere hingegen von einem italienischen Speziallabor für Gen-Forschung in Venedig, wie wir anhand eines Firmenstempels erkannten. Diese Analysen hatte ein gewisser Signor Peppe Flavio unterschrieben. War er der Chef des Labors?

Obwohl Simon sich als Biologe mit solchen Dingen auskannte, wurden wir nicht schlau daraus. Von einer bestimmten Formel, hinter der die Goians, Mister Finn und Biosyde her waren, konnten wir auch nichts entdecken. Enttäuscht sahen wir uns alle an.

Zuunterst befand sich aber noch etwas in der Truhe. Eingebettet in feuchtem Schaumstoff lag die etwa zwanzig Zentimeter große abgebrochene Spitze eines gebogenen grauen Dings, das aussah, als stammte es von einem Nashorn oder Elefanten. Aber so viel wir erkennen konnten, bestand es weder aus Borsten noch aus Knochen, Panzer, Horn oder Elfenbein. Mit ratlosen Gesichtern betrachteten wir den fremdartig wirkenden Fund.

Schließlich sah ich auf und musterte Johann. »Woher kennst du eigentlich diesen Mister Finn?«

Johann machte ein unschuldiges Gesicht. »Ich weiß nur, dass er ein ehemaliger Soldat ist und früher als Leibwächter für die Geschäftsführer diverser Pharmafirmen gearbeitet hat. Und dass deine Mutter ihn in Kopenhagen kennengelernt hat.«

»Das muss bei diesem Kongress vor sechzehn Jahren gewesen sein, *n'est-ce pas?*«, fragte Pierre.

Johann überlegte. »Ja, so lange muss es wohl schon her sein. Mister Finn ist zwar älter und erwachsener geworden, aber sein hartes, unsympathisches Wesen hat sich kein bisschen geändert. Im Gegenteil! Ich habe dieses – verzeih den Ausdruck – Arschloch noch nie leiden können.«

»Was hatte meine Mutter mit ihm zu schaffen?«

Johann zuckte die Achseln. »Deine Mutter hatte so viele Kontakte zu Forschern und wissenschaftlichen Instituten gepflegt. Genaueres entzieht sich meiner Kenntnis. Aber ich nehme an, Mister Finn hat als Personenschützer einigen dieser Gespräche zwischen deiner Mutter und den Konzernbossen beigewohnt.«

»Und mittlerweile arbeitet er für Biosyde«, fügte ich hinzu und warf einen Blick auf das Ding in der Kiste. »Warum sind die hinter diesen Sachen her?«

»Was für uns ziemlich belanglos aussieht, muss für die so bedeutend sein, dass sie vor Zerstörung und Mord nicht zurückschrecken«, ergänzte Pierre.

Ethan, der sich bisher aus der Diskussion herausgehalten und stattdessen in den Unterlagen geblättert hatte, sah nun auf. »Hört euch das mal an«, unterbrach er uns. »Dieser Peppe Flavio aus Venedig erwähnt in seinem Bericht den Begriff *Jerichos Splitter*. Stand das nicht auch auf dem

USB-Stick aus Tante Amandas Kellerlabor? Und hier ist eine Zeichnung von diesem Splitter. Das ist doch exakt dieses Horn in der Truhe.«

Wir verglichen die Zeichnung mit dem Ding in der Kiste. *Tatsächlich!* Dieses abgebrochene gekrümmte graue Horn war also Jerichos Splitter. Aber das half uns auch nicht weiter, denn keiner von uns wusste etwas mit diesem Begriff anzufangen.

Ich hob das Teil aus der matschig-klebrigen Schaumstoffvertiefung. Es löste sich mit einem schmatzenden Geräusch, und ich war echt erstaunt, wie verdammt schwer es war. So ein Gewicht hätte ich dem Horn niemals zugetraut. Aber es war trotzdem nicht metallisch. Ich berührte seine harte Kruste, die Rillen und die raue vernarbte Oberfläche, die wie mit einem Brandeisen behandelt worden war.

»Damit soll sich meine Mutter beschäftigt haben? Mit einem Horn?«

»Vielleicht ist es das Horn des letzten Einhorns?«, witzelte Ethan.

»Ha, komisch! Aber im Ernst, was hat das mit Delfinen zu tun?« Ich sah in lauter verwirrte Gesichter.

Sogar Charlie, der auf dem Boden neben der Kiste saß, schien mich fragend anzusehen. Als ich ihm das Horn vor die Schnauze halten wollte, damit er es beschnuppern konnte, wich er quiekend zurück, als flößte ihm das Ding Angst ein. Besorgt betrachtete ich ihn, wie er den Schweif einzog und weiter zurückwich. So ängstlich kannte ich das sonst so neugierige Frettchen gar nicht.

»Schon okay«, beruhigte ich ihn und legte das Ding wieder zurück in die Kiste. »Ist ja nur ein Horn.«

»Leute, wir werden das Problem hier und heute nicht lösen können«, sagte Simon, und es klang wie ein Entschluss, den er soeben gefasst hatte. »Uns bleibt nur eine Möglichkeit, mehr darüber herauszufinden.«

Wir sahen ihn fragend an.

»Bereitet euch auf eine lange Überfahrt vor.« Er steckte die Hände in die Hosentaschen. »Wir nehmen Kurs über den Atlantik. Ins Mittelmeer, nach Venedig, zu diesem Signor Peppe Flavio.«

EPILOG

Vierundzwanzig Stunden nach den Ereignissen auf Wreck Island befand sich die *Biosyde One* im Anflug auf Gibraltar. Die Wetterverhältnisse, die im Bermuda-Dreieck für Wirbelstürme gesorgt hatten, brachten nun auch die Unwetter ans Mittelmeer.

Von der sonnigen Stimmung, die vor Finns Abreise auf Gibraltar geherrscht hatte, war nichts mehr zu spüren. Mittlerweile tobte auch hier der Sturm. Der Himmel war grau, die Palmen bogen sich im Wind, und die Segelboote im Hafen schwankten auf und ab, während die *Biosyde One* holprig zur Landung ansetzte.

Noch während ihres Aufbruchs von Wreck Island und ihres vom Wind gebeutelten Fluges mit der Chinook über das Meer, war Finn verarztet worden. Bei der Explosion des Wasserflugzeugs hatte ihn ein Teil der Cockpitscheibe getroffen und seine Wange tief aufgeschlitzt. Einer der Soldaten an Bord mit Sanitäterausbildung hatte die Wunde sogleich gesäubert und behelfsmäßig genäht. Durch den unruhigen Flug war die Naht allerdings nicht sehr schön geworden, aber die Blutung war gestillt, und die Wunde konnte heilen. Nun hatte Finn nicht nur eine alte Narbe am Handrücken und unter dem Spitzbart am Kinn, sondern auch eine neue auf der Wange. Erinnerungen an seine misslungenen Einsätze. Manche Leute besaßen schöne Erinnerungen, manche traurige – er hatte Narben.

Als Finn über die Gangway aus der *Biosyde One* stieg und durch die Zollkontrolle ging, trug er keinen Verband mehr, sondern nur noch ein fleischfarbenes Pflaster über der Wange. Auf ihn wartete bereits die schwarze Limousine, um ihn auf die Spitze des Felsens zum *Biosyde Hills Asylum* zu bringen.

Gegen fünf Uhr nachmittags kam er im Sanatorium an. Der Portier am Eingangstor empfing ihn und nahm ihm sogleich den Koffer mit seiner Ausrüstung ab. »Madame De Boes möchte Sie sofort in ihrem Apartment sehen.«

Das kann ich mir denken.

Ohne ein Wort zu verlieren, marschierte Finn durch das Sanatorium, betrat den Südflügel und nahm den Fahrstuhl in Valeries Turmwohnung.

Sie erwartete ihn bereits. Die Balkontür stand offen, und Valerie lehnte an der Balustrade, in einem schicken Businesskostüm mit Schal, der im Wind flatterte. Sie blickte auf den sich nähernden Sturm, der von Westen her übers Meer zog. Anscheinend hatte sie soeben ein Meeting beendet, denn Sidney Stone, hochgewachsen, schlank und attraktiv wie immer, durchquerte den Raum in Richtung Tür.

Sie trug ein weißes Kleid mit Spaghettiträgern, hielt eine Liste in der Hand, ein Notebook und einen dicken Ordner, auf dem *Code Genesis* zu lesen stand.

Als sie an Finn vorbeischritt, raunte er ihr zu: »Hat sie schlechte Laune?«

Sidney schüttelte den Kopf. »Hält sich in Grenzen.«

Wenigstens etwas!

Entschuldigend sah sie zur Tür. »Ich muss Besorgungen für unsere *Gäste* machen«, erklärte sie ihm. »Oh, wie war übrigens der Einsatz?« Sie musterte die Narbe.

Finn blickte sie finster an.

»So schlimm?« Sie trat näher an ihn heran, senkte die Stimme und berührte ihn vertraulich am Arm. »Haben Sie den Spion schon gefasst?«

Er presste die Lippen aufeinander. »Nein.« Seine Kiefermuskeln mahlten.

»Na ja, dann viel Glück.« Sie zwinkerte ihm lächelnd zu und verschwand durch die Tür nach draußen.

Wollte sich Sidney ihm etwa an den Hals werfen?

Im nächsten Moment war Finn mit Valerie De Boes allein. Sie kam ins Zimmer, schloss die Balkontür und ging auf ihn zu. Anscheinend hatte sie gut geschlafen und einen erfolgreichen Tag hinter sich gebracht, denn ihre Fältchen um die Augen waren weniger geworden, und sie strahlte Zufriedenheit und Schaffenskraft aus.

Er hingegen schäumte immer noch vor Wut und ballte die Faust.

»Du solltest dich sehen«, sagte sie lächelnd. »Du platzt ja gleich vor Zorn.«

»Ich fasse es immer noch nicht, dass mir diese kleine Kröte entwischen konnte!«

Er hatte Valerie während des Flugs nach Gibraltar längst ausführlich über die Vorkommnisse auf Wreck Island informiert. Bei diesem Einsatz war so viel schiefgegangen, dass sich Finn vor Wut den Arm ausreißen könnte. So lange übernahm er schon heikle Aufträge auf der ganzen Welt – aber so etwas war ihm noch nie passiert.

»Dieses Mal ist sie uns entkommen, aber sie wird nicht

weit und vor allem nicht sehr lange fliehen können«, sagte Valerie emotionslos. »Sie und ihr Onkel werden weltweit gesucht.«

»Ja, ich weiß, und über das Funksignal in Terrys Medaillon können wir sie orten«, knurrte er, aber das besserte seine Laune auch nicht gerade.

»Sie sind bereits wieder aufgetaucht«, informierte Valerie ihn. »Und du wirst es nicht glauben, aber sie kommen tatsächlich zu uns. Sie nehmen Kurs aufs Mittelmeer.«

Finn hob überrascht die Augenbrauen. »Was suchen sie hier?«

»Wir werden es herausfinden. Anscheinend steckt Amanda Wests Vermächtnis noch voller Überraschungen.« Valerie strich ihm mit dem Finger sanft über das Pflaster an der Wange. »Armer Junge.«

Er ließ sich die Berührung gefallen.

»Du hast sie doch nicht etwa absichtlich entkommen lassen?«, fragte Valerie spitz und wartete seine Reaktion ab.

Finns Halsschlagadern schwollen vor Ärger an. »Wofür hältst du mich? Wegen ihrer Mutter fehlen mir zwei Finger und wegen dieser Kröte habe ich nun diese Narbe im Gesicht. Wenn ich könnte, würde ich sie auf der Stelle zerquetschen.«

»Nichts überstürzen.« Valerie De Boes schmunzelte. »Weiß die Kleine eigentlich, wer du in Wahrheit bist?«

Finn schüttelte den Kopf. »Nein, und das wird sie auch nie erfahren.«

DANKSAGUNG

Eigentlich schreibe ich ja Krimis für Erwachsene, aber ich wollte schon immer ein Abenteuerbuch für Jugendliche machen. Die Idee zu *Code Genesis* ist daher schon vor vielen Jahren entstanden und hat sich im Lauf der Zeit weiterentwickelt.

Für viele Ideen, die während dieser Zeit in das Buch eingeflossen sind, möchte ich mich bei Stefan Wendel, Alexandra Borisch und Martina Patzer bedanken, aber auch bei meinem Literaturagenten Roman Hocke, bei Melanie Korte, die die Innengrafik von der *Kopernikus* so toll umgesetzt hat, bei meiner Verlegerin Susanne Krebs und meiner Lektorin Tanja Poestges für ihre Anregungen.

Außerdem möchte ich mich bei meinen folgenden Testlesern bedanken, die das Manuskript gelesen haben und mir stets mit vielen guten Ideen zur Seite gestanden sind: Gaby Willhalm, Veronika Grager, Johanna Froihofer, Maria Riecher, Roman Schleifer, Barbara Krussig, Peter Hiess, Dagmar Kern, Jürgen Pichler, Simone und Günter Suda sowie Jane, Tim und Norbert Hufnagl und bei meiner Frau Heidi, die seit zwanzig Jahren alles liest, was ich schreibe – und sie ist trotzdem immer noch mit mir verheiratet.

Charlie gibt es übrigens tatsächlich. Allerdings ist er kein Frettchen, sondern unser kleiner roter Kater, der aber genauso verfressen und neugierig ist wie Terrys Charlie. Sie könnten in der Tat Brüder sein.

Während ich das schreibe, liegt er auf meinem Schoß und schnurrt so laut, dass ich gar nicht das Klackern der Tastatur höre.

Gemeinsam werden wir uns überlegen, wie es mit Terry West weitergeht und welche Abenteuer sie noch mit Ethan, Johann, Onkel Simon, Charlie und Pierre bestreiten muss. Jedenfalls liegt schon mal der Stadtplan von Venedig vor uns …

CODE

SIE WERDEN DICH JAGEN

(BAND 2)

GENESIS

LESEPROBE

1. KAPITEL

Mitten in der Nacht ließen wir den Atlantik hinter uns, erreichten die Straße von Gibraltar und drangen durch die Meerenge in das Mittelmeer ein.

Ich konnte nicht schlafen, lag abwechselnd die halbe Nacht in meiner Kajüte wach und blickte durchs Bullauge in das dunkle Blau, oder saß, an einem Müsliriegel knabbernd, in eine Decke gehüllt auf der Kommandobrücke und starrte auf die Armaturen. Die tiefsten Stellen, die uns das Echolot anzeigte, reichten bis zu 900 Meter hinunter, aber wir befanden uns nur fünfzig Meter unter der Wasseroberfläche, wo wir zügig vorankamen.

In dieser Tiefe konnte uns niemand ausmachen, und selbst auf dem Sonar eines anderen U-Bootes hätte die Wasserdampfblase, die die Kopernikus einhüllte, niemanden misstrauisch gemacht. Mit unserer hohen Geschwindigkeit von achtzig Knoten hätte man uns sowieso nicht für ein U-Boot gehalten, sondern höchstens für einen Schwarm Delfine oder Haie. Irgendwann schlief ich auf der Brücke ein.

In den frühen Morgenstunden tauchten wir bereits an

der sizilianischen Küste entlang, erreichten die Adria und fuhren nach Norden. Unser Ziel war Venedig.

»Terry, wir gehen auf Sehrohrtiefe!«, befahl Simon gegen elf Uhr vormittags.

»Aye, Sir.« Müde betätigte ich die notwendigen Schalter, woraufhin Pressluft das Salzwasser aus unseren Tanks drückte und wir aufstiegen.

»Übernimm kurz das Steuer.«

»Aye, Sir.«

Während Simon verschwand, um über die Funkanlage in seinem Arbeitszimmer mit Peppe Flavio die Details unseres Treffens zu besprechen, hielt ich die Kopernikus auf Kurs.

Johann stand im Ruder- und Steuerraum, und Pierre befand sich in der Kombüse. Heute war er dran mit Küchendienst, und er räumte das Geschirr vom Frühstück weg. Ethan, dieses nerdige Genie, hockte vermutlich in seiner Kabine und reparierte gerade Darwin, unsere Flugdrohne, die während des Sturms auf Wreck Island ziemlich in Mitleidenschaft gezogen worden war.

Charlie saß neben mir, knabberte aus einer Schüssel Trockenfutter und sah hin und wieder neugierig zu mir auf.

Eine Stunde später kam Simon auf die Brücke. »Peppe Flavio scheint ein netter Kerl zu sein. Er erwartet uns. Wo sind wir gerade?«

Ich warf einen Blick auf die Karte. »Fünf Seemeilen vor Venedig. Immer noch Sehrohrtiefe.«

Simon nickte, fuhr das Sehrohr aus, klappte die Griffe aus und spähte durch das Periskop. Mit den Linsen zoomte er die Küste so nahe heran, dass er einzelne Details wie Häuser oder Schiffe sehen konnte. Nach einer Weile klappte er das Sehrohr zu. »Ich übernehme das Steuer«, sagte er knapp.

Ich überließ ihm den Platz auf der Brücke. Durch das Bullauge sah ich, wie das blaue Wasser, durch das wir tauchten, immer heller wurde. Mittlerweile stand die Sonne im Zenit. Es war ein heißer Sommertag, und ich war schon gespannt, wie Venedig aussah.

Simon griff zum bordinternen Funkgerät und gab einen Befehl über alle Lautsprecher durch. »Alle Mann auf die Brücke. Wir legen in wenigen Minuten in Venedig an.«

Nacheinander versammelte sich die Crew auf der Brücke. Ethan schlurfte herbei und Johann hatte vom Ruderraum gleich gegenüber der Brücke nicht weit.

»Guten Tag, auch schon auf?«, fragte ich Ethan.

»Morgen«, murrte er.

»Nicht gut gelaunt?«

Er blickte mich mit verschlafenen Augen an. »Wenn ich am Morgen meine Augen öffne, und als Erstes dich sehe, wünschte ich, ich hätte mich anders entschieden.«

»Danke, wie nett!«

»Tragt euren Konflikt woanders aus, aber gefälligst nicht hier!«, blaffte Simon.

Als Nächstes kam Pierre zu uns. Da er wegen unserer übereilten Flucht von Wreck Island nichts anderes bei sich gehabt hatte, als seine Kleider am Leib, trug er immer noch seine grün gesprenkelte Camouflagehose mit den Cargotaschen, Schnürstiefel und eine speckige Lederjacke.

»Bonjour«, murmelte er mit einer Selleriestange im Mund. Seine blonden Rastalocken hatte er sich lässig hinters Ohr gekämmt, und während der Fahrt war sein Schnurrbart etwas dichter geworden.

»Wie sieht unser Plan aus, Käpt'n?«, fragte Johann.

Simon runzelte die Stirn. »Zuerst müssen wir unauffällig unter der italienischen Zoll- und Küstenwache durchtauchen und heimlich vor Venedig anlegen, ohne dass uns die Hafenbehörde bemerkt.« Er sah kurz zu mir. »Terry, die Karte!«

Ich breitete die größte Seekarte, die wir von Venedig besaßen, auf dem Tisch aus. Simon verglich das Kartenmaterial mit dem Sonar, das den Meeresboden und die Felsformationen unter Wasser in einer 3D-Ansicht auf den Monitor projizierte.

»Ich habe einen Weg gefunden, wie wir durch die Kanäle bis ins Innere der Stadt gelangen können«, fuhr er fort.

Wir steckten die Köpfe zusammen und beugten uns über die Karte. Venedig war eine Lagunenstadt direkt am Meer, eigentlich sogar im Meer. Das Wasser des Ozeans umspülte und durchzog die gesamte Stadt in langen Kanälen. Die Venezianer bewegten sich mit Gondeln von einem Ort zum anderen, wie andere Leute mit Taxis fuhren.

»Ist es dort tief genug?«, fragte ich.

»Dieser Kanal schon.« Mein Onkel zeigte auf einen Wasserweg, einen Seitenarm des Canal Grande, der direkt ins Zentrum in die Nähe des Markusplatzes führte. »Diese Stelle ist sechs Meter tief. Solange Flut ist, so wie jetzt, reicht es knapp, dass unser Turm unter Wasser ist, und wir mit dem ausgefahrenen Sehrohr zwischen den Gondeln durchschwimmen können.«

»Ziemlich riskant«, murmelte Ethan.

»Aber unsere einzige Chance.«

»Warum gehen wir nicht wie alle anderen auch am Fährhafen an Land?«, fragte Pierre. » Ist doch …«

Wir drehten uns um und sahen ihn an.

»Terry wird wegen Einbruchs, Diebstahls und Körperverletzung in Miami gesucht«, erklärte Simon.

»Was ich übrigens nicht begangen habe«, stellte ich richtig. »Außerdem wird Simon wegen Mordes in New York gesucht.«

»Den ich nicht begangen habe«, stellte Simon richtig. »Und nach Johann wird gesucht, weil er auf ein Auto geschossen hat.«

»Was ich tatsächlich getan habe«, murmelte er ein wenig stolz.

»Und Biosyde erwartet uns vielleicht sogar in Venedig«, fügte Ethan hinzu.

»Und wir haben weder Lust, auf die Polizei noch auf die Killer von Biosyde zu treffen«, ergänzte Johann.

»Oh, mon Dieu, schon gut!« Pierre hob entschuldigend die Hände. »War ja nur eine Frage.«

Simon kniff die Augen zusammen, blickte aufs Sonar, drosselte die Geschwindigkeit und ging auf Schleichfahrt. »Terry, Navigation mit Sichtkontakt.«

»Aye, Sir.« Ich fuhr das Sehrohr aus und warf einen Blick durch das Periskop. Vor mir lagen die ersten Ausläufer der Lagunenstadt. Ziegelrote, altertümliche, zwei- bis dreistöckige Häuser, die entweder auf Stelzen oder einer Kaimauer standen. Die Mittagssonne spiegelte sich auf dem Wasser. An den Holzstegen lagen die Gondeln der Reihe nach und schwankten auf den Wellen auf und ab.

»Langsamere Fahrt«, schlug ich vor. »Wir wirbeln zu viel Wasser auf.«

»Aye.« Mein Onkel reduzierte unsere Geschwindigkeit auf fünf Knoten, was etwa neun km/h entsprach. Langsam tauchten wir durch Venedig. Wir verließen aus südlicher Richtung kommend den breiten Canal Grande und drangen in einen etwas schmäleren Wasserweg ein. Hier war schon deutlich weniger los als auf dem überfüllten Hauptkanal.

Nur hier und da kam uns an der Oberfläche ein Wassertaxi entgegen.

Ich spürte, wie die Kopernikus noch langsamer wurde.

»Freie Fahrt voraus«, informierte ich die anderen. »Es ist kaum etwas los da oben und die Sicht ist trüb.«

»Gut für uns«, sagte Ethan.

Ich nickte. So würde man uns unter Wasser nicht so leicht entdecken können.

Simon navigierte die Kopernikus zunächst nach Steuerbord, danach nach Backbord durch die Kanäle, und ich sah durch das Periskop, dass der Wasserweg noch ein klein wenig enger wurde. »Wie weit noch?«, fragte ich beunruhigt.

»Keine Sorge, wir sind gleich da.« Mein Onkel war hoch konzentriert. »Die Flut hält noch etwas an, es ist tief genug. Und in ein paar Stunden sind wir wieder weg.«

Hoffentlich!

»Dein Wort in Gottes Gehörgang«, brummte Johann, und er klang nicht sehr zuversichtlich.

»Wir sind da«, verkündete Simon nach einer Weile.

»Ein Grad Steuerbord«, sagte ich, »dann wären wir direkt unter einem Holzsteg, der auf Wasserfässern schwimmt.«

»Aye, Terry«, antwortete Simon. »Sehrohr einziehen.«

Ich führte den Befehl aus, und er steuerte die Kopernikus mit sanften Propellerbewegungen unter den Steg. Dann stoppte Ethan die Maschinen, und Simon fuhr die Stabilisatoren aus.

»Wassertanks langsam leerpumpen.«

Johann betätigte einige Schalter und die Pressluft drückte Wasser aus den Tanks. Wir stiegen auf. Ich hielt den Atem an.

»Stopp!«, rief Simon.

Im nächsten Moment hörte ich das Rasseln der Ankerkette. Die Kopernikus klebte wie ein Kaugummi unter dem Steg fest, und ich atmete erleichtert aus.

»Gehen wir sicherheitshalber auf Nachtsicht.«

»Aye, Käpt'n.« Johann schaltete das Licht aus und schlagartig herrschte ein dunkelblaues Licht an Bord, das durch die Bullaugen nicht gesehen werden konnte, wenn man vom Steg aus ins trübe Wasser blickte.

»Ein exzellentes Anlegemanöver.« Simon rieb sich die Hände. »Aber nun kommt der schwierige Teil. Ich bleibe an Bord an den Geräten und am Funkgerät. Das Treffen mit Signor Flavio findet in zwanzig Minuten statt. Wer meldet sich freiwillig für einen Landgang?«

»Ich schlage vor, ich bleibe ebenfalls an Bord und schicke Darwin raus, um die Umgebung zu beobachten«, murmelte Ethan.

Feigling!

Simon nickte, dann sah er uns an.

Johann, Pierre und ich hoben gleichzeitig die Hand.

»Gut.« Simon fischte einen Stadtplan von Venedig aus dem Kartentisch. »Ich habe den Standort von Signor Flavios Labor bereits markiert. Hier liegen wir vor Anker … dort ist das Labor. Zu Fuß kann man es in einer Viertelstunde erreichen.«

Ich betrachtete die Karte und prägte mir den Weg ein. Dann faltete ich die Mappe zusammen und steckte sie in die Gesäßtasche meiner Shorts.

»Ich nehme diese Unterlagen mit.« Johann zog eine Klarsichtfolie hinter seinem Rücken hervor. Darin waren Signor Flavios DNA-Analysen und Aufzeichnungen über Splitter Jerichos enthalten.

»Einverstanden.« Simon nickte. »Aber gebt gut darauf

acht. Wir haben keine Kopien davon.« Dann drückte er Johann und Pierre jeweils ein Funkgerät in die Hand.

»Berühmte letzte Worte?«, fragte ich.

Er sah mich streng an. »Sei nicht übermütig und komm gesund wieder zurück. Johann, du bist für die Kleine verantwortlich.«

Die Kleine! Ich war fast so groß wie er.

Johann zwinkerte mir zu. »Aye, Käpt'n!«

Simon hob die Hand. »Und wenn ihr Mister Finn oder einen seiner Leute seht …«

»Nehmen wir Füße in die Hand und rennen!«, sagten wir wie aus einem Mund.

Mein Onkel fand das gar nicht lustig.

»Bitte um Erlaubnis, von Bord gehen zu dürfen«, sagte ich schließlich.

»Okay, ab mit euch.«

Ich blickte zu Charlie und stieß einen Pfiff aus. Der kletterte sogleich an mir hoch und legte sich auf meine Schulter. Dann stieg ich die Leiter im Turm hoch und öffnete vorsichtig die Hydraulik der Luke.

Sogleich schlug mir der Gestank brackigen Wassers entgegen, gemischt mit dem Geruch von Kloake und altem, morschen Holz. Ich hatte davon gehört, dass die Kanäle Venedigs einen üblen Geruch verbreiteten – besonders im Hochsommer. Aber ich würde mich daran gewöhnen.

Die Luke ließ sich nicht ganz öffnen, da sie an die Unterseite des Holzstegs stieß, aber es war genug Platz, um bequem herauszukommen. Flink kletterte ich raus, zog mich an den Brettern hoch und setzte mich auf den Steg. Sogleich hüpfte Charlie von mir herunter, wälzte sich in der Sonne und strecke alle Viere von sich. Als er die Tauben entdeckte, die über den Steg hüpften, und sein Hals lang wurde, packte ich ihn im Genick am Fell. »Keine Tauben jagen!«, schärfte ich ihm ein.

Ich sah mich um und entdeckte an einer Häuserecke eine gut besuchte Eisdiele mit rot weiß gestreiftem Baldachin. Etwa fünf Meter davon entfernt stand ein Gondoliere mit seinem Paddel am hinteren Ende einer Gondel. Ich wartete, bis er einen Pfiff ausstieß, eine Leine zum Steg warf, alle Touristen in dem Eissalon zu ihm herübersahen und beobachteten, wie seine Gäste an Land gingen. Dann zischte ich: »Jetzt! Schnell!«

Ich reichte Pierre die Hand, danach Johann, und Sekunden später saßen wir nebeneinander auf dem Steg.

Wir waren in Venedig!

Leseprobe aus
CODE GENESIS – Sie werden dich jagen (Band 2)
von Andreas Gruber
ISBN 978-3-570-16536-2
Erscheint voraussichtlich Oktober 2019 im cbj Verlag

Joe Craig

J.C.

Jimmy Coates ist äußerlich betrachtet ein ganz normaler 12-Jähriger. Doch der Schein trügt: Er ist ein genetisch veränderter Super-Agent des Britischen Secret Service NJ7. Für den NJ7 ist Jimmy eine ihrer mächtigsten Waffen. Jimmys Fähigkeiten entwickeln sich im Laufe seines Heranwachsens mit ihm. Sobald er 18 ist, wird er ein voll ausgebildeter Agent sein, der seiner neoliberalen autoritären Regierung als tödliches Instrument dienen soll. Doch Jimmy beschließt, dass er allein entscheiden wird, wofür er seine Kräfte einsetzen will. Und so wird J. C. zum meistgejagten Jungen des Planeten.

J.C. – Agent im Fadenkreuz
Band 1, 320 Seiten,
ISBN 978-3-570-17393-0

J.C. – Agent auf der Flucht
Band 2, 336 Seiten,
ISBN 978-3-570-17394-7

J.C. – Agent in höchster Gefahr
Band 3, 320 Seiten,
ISBN 978-3-570-17461-6

J.C. – Agent in geheimer Mission
Band 4, 320 Seiten,
ISBN 978-3-570-16507-2

J.C. – Agent unter Beschuss
Band 5, ca. 320 Seiten,
ISBN 978-3-570-16521-8

20264_5

cbj

www.cbj-verlag.de